记忆光谱

郝景芳 等著

江苏凤凰文艺出版社

图书在版编目（CIP）数据

记忆光谱 / 郝景芳等著. — 南京：江苏凤凰文艺出版社，2018.3
ISBN 978-7-5594-1443-4

Ⅰ.①记… Ⅱ.①郝… Ⅲ.①科学幻想小说－小说集－中国－当代 Ⅳ.①I247.5

中国版本图书馆 CIP 数据核字(2017)第 292939 号

书　　名	记忆光谱
著　　者	郝景芳 等
责任编辑	李　黎　牟盛洁
出版发行	江苏凤凰文艺出版社
出版社地址	南京市中央路 165 号，邮编：210009
出版社网址	http://www.jswenyi.com
印　　刷	南京新洲印刷有限公司
开　　本	880×1230 毫米 1/32
印　　张	8.75
字　　数	200 千字
版　　次	2018 年 3 月第 1 版　2018 年 3 月第 1 次印刷
标准书号	ISBN 978-7-5594-1443-4
定　　价	36.80 元

（江苏凤凰文艺版图书凡印刷、装订错误可随时向承印厂调换）

目 录

001 最后一个勇敢的人/郝景芳
021 消防员/王侃瑜
030 终极物转/傅汛
080 体验录制者/张天翼
103 岁月岛/半月王子夜
132 永恒之伤/大袖遮天
159 漫长的漂流/叶端
185 守时者的等待/重木
202 比你想象的更科幻/左力
209 河鱼/亦南
218 围猎/予执
228 8.12大爆炸/李雪洁
254 洞穴守夜人/函谷关喜
265 第三方编译/刘文丽

最后一个勇敢的人｜郝景芳

上

他跳过一道围栏，跑过草原的最后一段路。远方能看见线条和缓的山丘和小村的轮廓。长草在风中摇曳，无边无际，一棵枯树伶仃。夕阳照在小村的边缘，亮成耀眼的金色光晕。山的线条消失在光晕中，和天空草原融为一体。晚霞将草染成金色叶尖与黑色阴影的交织。草原像深海，远山是青蓝色。脚踏在草里，会在柔软厚实的触感中下沉，踩出擦擦的声音。四周只有风，寂静无人。这是他许久未见过的辽阔与自由。

他甚至希望能一直这样跑下去。

他在眼镜的一角测距，离地铁还有不到一公里，但身后的追缉者已经出发，距离他不到五公里。他心底有些许绝望。已经奔跑了这么远，眼看就能进入公共交通网了。可是恐怕是来不及了。只要能进入地铁，他有一百种方式消失在人海。但太晚了。地效飞行器在这种地方的速度是惊人的。他看见眼镜上的红点在逐渐靠近，只要几分钟，他们就可以到他身旁。他在到达地铁之前就会被截住。

他的脚步没有停下，胸口最憋闷的时段已经过去，此时已经进入没有痛苦、没有疲倦的机械时段，他几乎感觉不到自己的双腿，只是用尽全力交替让两腿运转。他望着前方。风在耳朵尖上冰凉。他的目标是最近的建筑。那建筑看上去像一个仓库，土黄色金属质地带棱纹的外墙，白色字母印在上面，有两辆运货卡车停在外面，像一个寻常超市，或者说故意装扮成寻常超市的样子。它在眼前一点点扩大。

他尽力望着远山和草原，想记住这最后辽阔的印象。

突然，前方有草丛着火了，火焰升腾又熄灭，留下烧焦的黑色疤痕。他的心猛地抽紧。他们已经赶到了。激光枪又一次袭来，追随着他的脚步，将草丛点燃。他变向，它也变向，几次将将擦过他的裤脚。他的背包侧袋被击中了，他向前一个趔趄，顺势扑倒，将背包甩在地上，站起来继续跑。背包被穿透，在身后默默燃烧。

他用最后一点力气冲刺，奔到仓库外停着的货运卡车背后，又向仓库大门跑去。门开着，似乎正在装运某些货物。

他已经看见了身后的地效飞行器，从草原上沿着他的足迹。

他向前鱼跃，扑到仓库门口，他刚刚跑过的地方墙壁上腾起火花。他跃起身子，抓住从仓库里走出的一个老人，用最大的力气卡住老人的脖子，将老人卡在自己身前，掏出随身的手枪，顶住老人额头，面对他们。激光枪暂时停止了。他一步步向仓库里退，老人的喉咙里发出呃呃的声音，但说不出话，双手徒劳地在身前抓着，跟着他向门里退。枪声似乎犹豫了片刻。他已经退到大门里。大门内侧像所有超市仓库一样有着淡灰色的控制面板，红色的是关门按钮。他拽着老人，用头顶撞击红色按钮。大门关上了。在合拢前，门缝里又有激光枪射入,只是他已然躲到门后。

大门关闭之后,他放开老人,用枪顶着老人头部,逼他又按动了几个锁门的开关。

他发现仓库大门出奇厚重结实,内锁异常复杂,远非超市仓库可比。他抬头环视一周,发现这是一座军火库。这在意料之外,却在情理之中。这附近还有一座军事基地。

他用手臂卡着老人颈部,环绕仓库一周,一边查看地形,一边用枪打碎了每个摄像头。他曾经在超市仓库做工,对常规分布相当熟悉。为了以防万一,他又用枪押着老人带着他在每一条通道仔细走了一遍,确定没有遗漏了才放开老人,老人跌坐在地上。他略松了口气,在仓库一角的塑料椅子上坐下,又扶老人起来,坐在他身边。

"我叫斯杰47。"他说。

"我知道。"老人说,"电视上播了。"

他警觉起来:"什么电视?"

"社区电视台。刚才刚播。"老人迟缓地说。他坐在塑料椅上,弯腰,整理刚才在地上拖得卷起来的裤子,动作慢却不乱,"说你是危险人物,要求所有村民不要收留你在家里。还要求所有知道你下落的人举报你。"

"什么?"他又掏出枪,对准老人的额头,"把手机交给我。"

老人直起身子,顺从地从上衣口袋里掏出手机,交给他,又任他搜身,把所有衣服口袋都翻开腾空为止。他似乎还不放心,连内衣都摸了一遍。老人的身体很瘦,干枯嶙峋。

"没用的。"老人说,"最多一个晚上。明天他们还是能抓到你。"

他皱皱眉:"为什么?他们能硬闯进来?"

"不能。这里的安全警备是顶级。"

"他们能毁掉仓库?"

老人又摇摇头:"不能。那会把这里的炸弹引爆,波及市区。"

"那为什么说最多到明天?"

"他们会通毒气进来。所有换风的地方他们都有办法送入毒气。以前他们在仓库抓人就是这么干的。"

"那我们赶紧把通风口堵死。"

"你想自己把自己憋死吗?"

"总能多撑一段时间不是吗?"他想了想,又补充道,"我不相信他们会那么干。还有你在这里,做我的人质。你是无辜的,他们不会把你也毒死。"

"他们会的。"老人漠然地说,像是在说其他人的事情,"我只是个微不足道的小人物,死了也没有所谓。他们会隐瞒的。"

"不可能。如果他们不在乎你的死活,刚才就把你和我一起打死了。"

"那是因为车上的人不确定我是谁。等他们晚上回去查了,弄清楚我只不过是一个普通仓库人克隆体32号,他们就不用顾忌了。这种事是常有的。我已经死过一次了。"

斯杰47心里渐渐发冷。他咽了咽唾沫:"你是谁?"

老人站起身,向仓库的另一端走去,似乎完全不在意身后的手枪:"我只是个小人物,说了你也不会知道。不过我也没什么可隐瞒的。我叫潘诺32,微不足道的人。"

"等等,你等等。"斯杰47站起来,跟上老人,抓住他的手臂,"你有办法对不对?你之前经历过这种事,你知道怎么躲藏对不对?"

老人抬眼看他一眼："我如果知道，就不会死过一回了。"

他继续跟着老人："但是你应该帮我。现在我们在同一条船上。如果他们明天灌毒气，那你得跟我一起死。你不想死对不对？那你就帮帮我，帮我逃出去。你救我也救你自己。"

"把你交出去是我最好的办法。"

"你敢吗？"他故意恶狠狠地说，"我今天会绑住你，让你根本没有机会。"

"那你还怎么让我救你？"

他又上前一步，挡在老人面前，双手死死扣住老人肩膀，手指用力掐入老人嶙峋的瘦骨，做出威胁的语调："你到底帮不帮我？你不帮我，我现在就能让你求生不得求死不能。"

老人被他摇得像一个关节断开的木偶，但是说话的声音并没有变："随你的便吧。反正早晚都是死。"

他有点绝望，把老人放下，深呼吸，问："你到底怎样才肯帮我？我有隐藏的大笔资产，等安全了就给你一笔钱，你要多少？你说个数，能给我一定给。你相信我。"

老人将弄皱的蓝色工装服袖子拉平，说："我当然信。斯杰的宝藏不是吗？你当然有钱。不过我不缺钱花，估计也活不了几年了，要了太多也花不完。"

"你知道我的宝藏？"

"谁不知道？斯杰的追随者里富可敌国的太多了，一人给你一笔捐款，你就有一座宝藏了。"

他已经很久没有看过电视了。关押的地方没有电视，他不知道他的形象变成了什么样。"那你还知道我什么？"

老人喘过气,继续向墙边的电脑走去:"没什么特别的,都是老一套。你是奇才,推了自己的宇宙模型,有一套自己的文明理论。和当前的文明理论不符。很多人想以你为领袖,你有好多追随者。你虽没成立自己的党派,但是他们看到了巨大的威胁,因此说你的理论是错的,要杀掉你。就这么多。"

"我的理论是对的。"他跟上老人的脚步。

"你不用跟我说,反正我也不懂。"老人说。老人一边说着一边操作墙上的电脑屏幕,完成每天例行的管理工作。他对他的话始终没有显示出关心。

"我也没有煽动暴力革命。"

"这你也不用跟我解释,不是我要抓你。"

"有些事并不是我的意思。"他仍然固执地解释说,"一些追随者做的事我也不知道。"

老人停下手里的操作,转过头看着他,说:"如果我没理解错,你名字的意思是第47号克隆体?"

他点点头。

"所以有很多事并不是你亲身经历的?"

"对。"他说,"不过你知道……"

"包括最早推导出理论的也不是你?"

他不想承认这件事,但他又没有解释的借口,"对,不是我,但我……"

"那你为什么要在意你的本体做过的事情?"

他大吃一惊,"我为什么不在乎?他的事情就是我的事情啊。"

"这你就错了。你是你,他是他。"老人慢吞吞地说,"他做了什么都是过去的事了。你有你决定的权利。他的理论叫什么来着……独立个体主义,是不是?你就是独立个体不是吗?你可以投降。你何必为了他而送死呢?我看过电视了,如果你承认错误,和他们合作,你就不用死。"

他一只手按在墙上:"可他们要杀死我的每一个副本啊,不管我说了什么或做了什么,只要是他,或者说只要是我,他们就要杀死的。这不是我自己采取了什么立场就能改变的。就像……就像过去焚书坑儒,要烧掉同一本书的每一个拷贝,是一样的。"

"不一样啊。"老人说。他已经完成了一天的例行登记,关上了屏幕。"每一本书都一模一样,但每一个人的副本是不一样的啊。你有你的决定权。你就告诉他们你不同意你本体的意见,他是错的,你要和他们合作,你就能活下来的。他们一定愿意见到你站在他们一边,不会杀死你。这对他们有好处。"

他被老人的话震惊到了。"你怎么能这么说?你也是克隆体对吗?"他严肃地问,"刚才你说到你死过一次的经历,说明你也把本体或者其他克隆体的经历代入成你自己的,对吗?这说明你也认同你们都是统一体了,他的经历就是你的,你的也是他的。"

老人的神情还是一如既往。他平静地朝自己的小餐桌走去。"我是这么说过,"他说,"但这不意味着我不能放弃他。只要我需要,我随时可以宣布我和他们没关系。我就是我自己,和谁都没关系。"

"不,你不能。"

"为什么不能?"

"你不能放弃你自己。帮帮我。好吗?"

"给我个理由。"

老人走到自己的小餐桌边上,坐下,点选了两个按钮。墙上的烤炉里降下两份包装好的冷冻食品,在烤炉里自动打开包装,开始加热。斯杰47看见烤炉逐渐变红的内腔,感觉到饥饿。他隐隐希望这两份食物有一份是给他的。他已经一天一夜没有吃东西了。

老人点燃一根烟,问他要不要,他点点头。又一根烟点燃了,老人递给他。两个人默默地抽了一会儿,都没有磕烟灰,一直在手指间夹着,像是在等某个信号,直到烟灰长得支持不住才在烟灰缸里轻磕一下。烟的味道很好闻,他们的距离似乎在烟圈里拉近了。

他压住内心的焦虑,耐心地问老人:"你还记得你第一次知道你有副本时的情景吗?"

老人说:"我和我的一个副本一起长大,从小我就知道了。"

"我不是。"他说,"我一个人长在澳大利亚的一个农庄上。靠近一个天文观测站。小的时候,我的生活很闭塞,每天就是农庄和小镇子上的一点事。我家附近有好多袋鼠,我每天和袋鼠玩。镇上有几个伙伴,我们一起打袋鼠、捉鸟,也相互捉弄。"

他说着停下来,似乎看到了过去,陷入小时候的单纯回忆。那个时候很简单,每天下午在镇上奔跑,打板球,恶作剧,欺负与被欺负。他以为那就是全天下了。他想击败镇上一个粗横的大孩子,那个孩子会抢他们的零花钱。那是他能想到的最强大的敌人了。

"所有的一切到我十三岁那年为止。"他说下去。老人一直沉默着。"那年我爸爸带我去一个女人家做客。那个女人是天文观测站的计算机维护员。我爸爸给那个天文观测站做饭,每天晚上送过去。那时候我也总去观测站玩,认识那个女人。那个观测站很大,方圆几公里,基本上就是没人的草原,零零星星有几个天线。来观测的是各国科学家,总是来几天就走。那个女人没结婚,一个人住在草原上一个小房子。那天是圣诞节，她邀请所有人去她家玩，可是其他国家的科学家都拒绝了。我爸爸看她怪可怜的，就答应了，带着我和我妈妈过去。她显得很高兴。我也挺高兴的，难得去不认识的人家玩。

"当天我们都带了礼物，到了她家就堆在圣诞树下面。树下还有不少其他礼物，我看了还觉得奇怪，有这么多人会给她送礼物吗。但我没问。我就坐在沙发上吃饼干，看童话书。她家乱糟糟的，有钢琴，有童话书，也有好多计算机书。我爸妈和她聊天，似乎聊得不错。直到吃饭时，我才目瞪口呆。厨房里走出来一个女人，跟她长得一模一样。我那时还不知道克隆体，我还以为是她的双胞胎姐妹，谁知道她自己介绍说她俩是一个人。我当时吓呆了。我爸妈倒是没觉得奇怪。我整顿饭都没吃好。饭后又回到沙发那儿，她俩互相拆礼物，原来那些礼物都是她俩相互送的，还全都包装好，写上赠言，拆礼物的时候两个人都露出惊喜的表情，为每个礼物拥抱一番。我那时才知道，原来这世界上还有这么寂寞的人。

"当天晚上回家的路上我问我爸爸：爸爸，我也有克隆体吗？我爸爸才把一切告诉我。原来他只是我的养父，我还记得那天的星星，虽然我们那儿天天能看到银河，但那天的银河还是特别亮，南天十字也很亮，我好像再也没见过那么多星星。"

他讲完了，望着仓库的天顶，似乎想透过天顶看到外面的银河。

老人抽完了一根烟，烤炉的时间刚好也到了。老人站起身，将烤炉里的两盒食物拿过来，分给他一份，是速冻肉卷和烤土豆。

老人开始吃，斯杰 47 没有动。他手里的香烟还点燃着，他似乎忘了。

"后来，"他说，"我央求父亲把我送回我的克隆体和本体集中的地方,在那里我见到了他们,那一瞬间我觉得自己找到了归宿,我的心好像终于醒了。"

老人没有被他打动,只是自顾自地切土豆。

"这故事太温情了,不适合我。"老人说。

"你有没有那种时候,"他抽完手里的最后两口烟,"感觉你和本体或者另一个副本情绪相通?当他们讲一段事情,你觉得就是发生在你自己身上的事情?"

"有啊。"老人说,"太正常了。"

"你想没想过为什么?"

"为什么?"

"因为你们共享着同一个生命。"

"哈,"老人冷笑了一下,"哪有那么神秘,只是因为你们基因一样,所以激素和脑结构一样,对事情的反应也就一样,这没什么的。"

"不是这么简单。"他说,"这涉及到生命本身,你想没想过生命是什么东西?它是禁锢在一个身体里面的东西吗?不是的,它是超越身体的存在。我们每一个,每一个副本,都是同一个生命。这就好比,好比一本书,你销毁了一本书,能说你把这本书消灭了吗?不能。只要还有纸,就还能复制一本出来,还是同一本书。书的灵魂是它的内容,和纸张没关系。即使这个世界上所有书的拷贝都消失了,这本书也还存在。"

"你再不吃要凉了。"老人指了指他的盘子。

他低头看看,心不在焉地叉起一块土豆,又补了一句:"书和拷贝的关系,就和生命和我们是一样的。"

老人吃下最后一口肉卷,放下叉子:"不过,如果再没人记得这本书,那这本书也就算消失了。"

"是的。是的。所以至少应该留下一份拷贝,让人记得。"他紧张地盯着老人的眼睛,"我说了这么多你还不明白吗。我就是最后一个副本,这个生命的最后一个拷贝。"

老人盯着他,不说话了。

他放下刀叉:"前面已经有 46 个人死掉了,包括他。我是他们要消灭的最后一个副本。等到我死了,他们会将我的基因图谱彻底销毁,这个世上就再也不可能有我的存在,不只是副本,连这个生命本身也就没有了。这不是我的事他的事,这是这个生命的事,也就是我的生命。"

天光已经消失了,从仓库一圈小窗中透入的只是黑色的夜光。仓库里几乎相互看不到了。老人点亮了餐桌上的一盏小灯。两个人都隐在黑暗中,小灯的光晕照亮的一圈中,只有双手是清晰可见的。他感觉他很热,那种躁动不安的热。他想从黑暗中看清楚老人的眼睛,想看这个始终无动于衷的老人内心真实的想法。

"帮帮我好吗?"他的语气已经从最初的威胁变成了恳求,"要不然他就彻底消失了。"

"可是我还有妻子和女儿。"

"你可以和我一起逃。"他双手合十,内心无比焦虑,"这也是为了全人类。"

老人沉默不语。从皱起的眉头看,他也在做着艰难的抉择。

他刚想退而求其次:"或者你帮我留住我的书?我的新作,还没来得及出版。"

"明天上午将有一辆运输车来运货。"老人说。

中

次日清晨，仓库外有振聋发聩的高音喇叭，声音大得能够传到几百米外的小村。喇叭对仓库喊话，从仓库的气窗清楚地传到室内，在仓库宏阔的屋顶下盘旋，发出嗡嗡的回声。和老人预测的一样，他们威胁要通入毒气，除非他自首或被交出来。

仓库的门开了，老人走出来，仍然是处变不惊的样子，眼观鼻，鼻观心，穿着蓝色工装，脸颊松弛的皮肤耷拉着，显出腮帮凹陷，眼圈黑黑的，稀疏的几根白头发飘来飘去。阳光里所有人都望着他，那目光的聚焦似乎把他变得更瘦小。

他示意他们跟他进来。他带他们到一个封装的集装箱外，开了箱，将装载的一颗中子弹从箱内轨道上滑出，带人走进箱内，在角落的一个本应装载中子弹配件的小木箱前停下，等摄像机就位，把木箱打开。

里面是斯杰47蜷缩的身影。

那一刻，全世界都看见斯杰47愤恨、恐惧与绝望交织的眼神。

潘诺32说，斯杰47的计划是让他谎称他半夜由气窗逃跑，白天则暗藏集装箱内由卡车运送到图卢兹。

"这个计划很简陋，但我得到了他的信任。"潘诺32向拘捕者说。

"是的，我想过合作，但我还有妻子儿女。"他对围绕他的记者说。

斯杰47在突袭中没有过多抵抗就被制服，带回军事基地。在他身上搜到了他的基因组图谱，这是他前一天偷出来的，被当场销毁。

将斯杰47带走之后,抓捕者并不放心潘诺32。他们对仓库上下进行了地毯式搜索,将一切纸片都燃烧殆尽。电脑也彻底清查,连同仓库仓储信息一同格式化,销毁硬盘,以确保斯杰的新书没有被保存在任何地方。仓储信息在总部有每日备份,不怕丢失。但斯杰的新作如果留存下来并传世,影响不可小视。连潘诺的身上也进行了仔仔细细搜寻,衣服被绞碎,又给他配备了全新一套。

接下来的日子里,斯杰47接受了军事法庭的秘密审判,并被快速处决。

潘诺32被带到另外一个基地,在军事医学专家的指导下接受催眠观察。军事医学专家和刑侦科经验人士一遍遍询问他斯杰有没有透露新书的内容,问他是否记得新书内容,或者斯杰的宝藏存储方式,或者斯杰的追随者信息。潘诺32在催眠审讯法中被审问了很多次。他对那段时间的记忆就是睡与醒分不清边界,醒来和睡去不知道哪一个是真实世界。他反反复复回想这一生的种种片段,从儿时与另一个他在小河边钓鱼,到少年参加国际象棋盲棋大赛,到成年后穿过世界拜访每一个仓库中的自己,再到登雪山的顿悟,最后是在这偏隅角落孤独仓库的寂寥晚年。他回想自己生命的每一个转折和最终的走向。醒来是麻木的作息起居,睡梦里穿梭在一生的画面和那一晚的交谈。

最后,在确认了得不到任何有用的信息之后,他们释放了他。从记录看,他确实不了解斯杰47的新书。也就是说,那本新书还没有问世就彻底消失了。

斯杰的追随者在他的最后一个副本死去之后很快四散,原本就没有成型的组织架构,在领导者消失之后更无组织的核心。追随者以豪富和一部分崇尚独立的中产阶级为主,这些人最希望保全自己。在声势浩大的时候也只是悄然捐款,到了危机四伏的境况中更是退散蛰伏。他所引起的一波反对的声浪就这样如退潮般散去,悄无声息,世界之海又恢复死一般沉寂。偶尔有一些追随者还在传播斯杰归来的消息,但随着时间流逝,这些消息也不再引起轰动。这件事就这样了结了。

世界仍在如常运转。大世界的概念已经逐渐成为根深蒂固的理念。基因选择让人的特长分化得更加鲜明突出,于是一代代身份特征固化得更加明显,仓库人运输人程序人警察人,每个人是大世界的一个小电子,人人安于身份,融于世界。

当你的自由和世界的自由冲突,你就不自由。你的自由不重要,得到自由的办法是融入世界的大自由。这是世界的法则。

潘诺32经历了不平静的晚年。从被释放的第一天,他就受到憎恨和威胁。他对斯杰的背叛被全世界支持者唾弃,不止一封恐吓信躺在他的邮箱里,威胁要杀死他示众。他不得不乞求拘捕者的保护。他们将他置于军方管控的范围内,定期有士兵巡逻。他的工作免除了,由政府提供高额退休金,这一方面是对他的保护,另一方面也反映出军方对他仍旧有怀疑,不敢让他看管军火。他在两方面的怀疑中度过软禁一般的日子,每天早上在小村边缘散步,上午去废弃的小教堂做一个人的祷告,下午和妻子喝下午茶,看儿女传来的照片,晚上独自写日记。他只旅行过两次,都是在看护中去看望他从小一起长大的另一个副本,他的兄弟,分享生命的人。

他的晚年眼看就要平安度过了,在六十七岁的一个下午,也就是斯杰47被杀后七年,他被一个成功闯入小村的杀手将咽喉割开,复仇成功。这是整件事最终的结局。

下

潘诺34骑在马上,看着眼前的山涧,远处有瀑布声。潘诺35站在山路拐弯处的平台上,半只脚伸出悬崖外,离下面的深渊只有一步之遥。潘诺34只挪了一步,潘诺35就又后退了半步。

"你先听我说,"潘诺34小心翼翼地说,"你听我讲一个故事,然后再决定行不行?"

潘诺35不置可否,他带着拒斥与怀疑看着潘诺34,在这个时候,他什么都拒斥。

给晚辈讲述不光彩的祖先总不是一件容易的事,更何况是在一个人离死只有一步的时候给他讲不光彩的自己。但潘诺34知道他还是得讲,这是潘诺35唯一能听下去的事。

"那个时候我跟你现在一样大,十三岁。"潘诺34对潘诺35说,"而33当时六十二岁,33给我讲的时候,我还有很多事不明白,就像你现在一样。"

潘诺34已经老了,他知道自己也许没几年可以活了。所有的故事都是他从潘诺33口中听来的,五十五年过去,他的记忆依然清晰如昨。他恍然仍能看到潘诺33站在窗边的身影,苍老、倦怠、眉头皱着,充满困惑。他见过潘诺32一次,只是那个时候他才五岁,还充满羞怯,只躲在潘诺33的沙发背后悄悄看着。

"克隆体的真谛就在于,我理解你。"他尽量耐心地向潘诺35解释道,"我完全知道你现在的感受,虽然我们都不同,比如潘诺33的腿小时候车祸留下过残疾,比如我的肾很早就出了毛病,比如我不会喜欢你现在这样的衣服等等,但是我们有些核心的东西是一样的,我们都很内向,对别人的话特别敏感,喜欢联想。我们共享着一个生命。我真的明白你现在的感觉,你不必害怕,不是只有你自己这样。即使你长着一只怪耳朵,你也不用觉得自卑或孤独……"

潘诺35急了:"谁长着怪耳朵!"

"好,好,我错了。"潘诺34连忙和缓了语气,"你没有长一只怪耳朵。我的意思是,你有你的独特,你所擅长的东西,不用为了一些细节太介意。"

潘诺35的情绪不佳。自从班上同学给他起了新外号"怪耳兽",他的情绪就没有好过。他留了一半长一半短的发型,额前的头发拨向一侧,蓄得长长的,把左耳完全覆盖在其中,顺便也遮住一只眼睛和半张脸,而右侧则剪得短短的,几乎贴着头皮。他的习惯动作是捋额前的头发,哪怕已经很服帖了,他也总是下意识再向左梳。他讨厌班上那些总是试图撩起他左侧头发的家伙,如果可能的话,他想胖揍他们一顿。他做梦的时候就揍过他们。可是现实生活里,他又想和他们玩。如果可以,他愿意付出家里所有的模型玩偶换取他们中间一个受高看的地位。他总是被嘲笑的那一个。

他也不受老师宠信。他成绩不好,脑子不快,除了死记硬背,什么都不擅长。他聚会时被人忘记。他被喜欢的女孩拒绝,而被拒绝之后,还要在大家面前看女孩跟着叫他"怪耳兽"的人一块亲吻着离开。这最后一点最让他无法忍受。

"你有你的个性。"潘诺34仍然在耐心地说,"比如说你过目成诵,过耳不忘,你可以给同学背很多诗。"

"背诗?哈!"潘诺35再没有听过更荒谬的话了。

"你有别人没有的悠长历史,悠长的克隆体的经历。"

"那有什么好骄傲的?"潘诺35抬眼瞪着潘诺34,目光里有一种难以觉察的伤感,像水里的火,灼得人发疼,"你别总拿你们那点事儿跟我唠叨了行不行?我早就知道了,可现在不是你们那个时代了。你以为克隆体有什么值得骄傲的吗?你知道我们同学都怎么叫我吗?他们说……说……算了。反正我们班家里有钱的都不是克隆体。"

"那是他们并不真的理解克隆体。"

"理解什么?理解仓库管理员的乐趣吗?"

他们都是仓库人,天生就是,到了一定年龄就去报到。潘诺34知道,这一点也是被人嘲笑的一部分。管仓库不是什么体面的工作,他小的时候也为此被人嘲笑。

潘诺34看着潘诺35,他穿着一身黑色连体服,紧贴着皮肤,边缘处几乎和皮肤连上,四肢处有飘飘荡荡的布料,像是裁剪失败的边角料,又像是蝙蝠侠缩水的翅膀,是潘诺34年轻时无论如何不会穿的衣服。但他脸上的固执、愤怒和羞怯与当年的自己如出一辙。这个孩子跟随他长大,就像他跟随潘诺33一起长大。他们是人群中特殊的一类,能够不断培养自己长大,因为他们有很多东西要相互教授。他完全明白此时潘诺35的痛苦、羞怯和愤怒,在他年轻时他也经历过。

"这个世界上每个人都是与众不同的。"潘诺34说,"你可能并不在意我们的历史,但我想告诉你的是,那一年仓库里发生的事情决定了我们的未来。"

潘诺35远远地瞪着他,脚仍然僵直地踏在悬崖边上,没有退回一步。

潘诺34看着青翠的山谷,似乎能穿过白色的水雾,看到那天晚上昏黄的灯光。

"那天晚上潘诺32问斯杰47，"潘诺34说，"为什么一定要活下来，既然他的很多思想已经流传开了，人的死活也无所谓。古代思想家的著作留下来，但是人也并没有一直活着。他说了一段话，一下子打动了潘诺32。

"他说：'你想想看，如果爱因斯坦活着，看到了后来的宇宙学，看到了大爆炸理论和夸克理论，他会做出什么事？有很多人活在和爱因斯坦同时同地，但没有想到广义相对论。这不是那些人不聪明，是思维方式的不同，看问题角度不同。每个人的大脑沟回、灰质白质比例、激素水平、左右脑的关系都是不同的，因而每个人的思维方式都是特定的。'

"'我就是我。'他又说，'虽然不是我这个副本推出了我的方程，但是我第一次看到它，我就知道我也是这样想的，我看到那些假设就自然而然会往这个方向去想。这就是我，同理你也是特殊的你，有很多事只有你会做，也有很多事只有你会往特殊的方向上想。'

"就是这句'有很多事只有你会做'打动了潘诺32。"

潘诺34说到这里，转过头紧紧地盯着潘诺35，似乎想用目光传达很多事。潘诺35能够感觉到34此时的严肃，他不知道潘诺34要说什么，有点紧张，又下意识地捋了捋头发。他动了动脚，脚下有两块小石头松了，滚下山崖，发出刷一声。两个人立刻都静了一会儿，身后只有瀑布哗哗的声音，轻雾笼罩着山岩上的松树。

"我知道仓库员的工作不精彩，你有点羞耻，因为你不想做这个，你想做明星。这些我都明白，可是我想告诉你，我们做这个有我们的理由。

"我们都像一本书的拷贝,书才是意义。克隆体越多,你的世界越大。你可以经历永生永世。斯杰的独立个体主义说,一个人的价值不应该用大世界来判断,应该用小世界判断。这是他最危险的地方。

"我愿意相信他。

"现在,我来告诉你为什么你不该死。"

潘诺34能看到潘诺35悄悄屏住呼吸,四周寂静无人,瀑布遥远空旷的声音传入耳朵,气势磅礴的水雾升腾几十米高,在半山腰形成彩虹。自然的力量裹挟着他们。在这里说话,没有人会听到。

潘诺34又清了清嗓子,他相信时候到了。他想着这些天在电视里看到的一切。大世界的危机,权势倾覆。如同电路运行过久积累的错误,局部过热,烧毁电路,各部分不协调,冗余和缺漏不能互补,强行压制与掩盖,更多不协调,人为的调度,缺少总体眼光和气度,淤积和空缺之间巨大的张力,一触即发的系统性失调和崩溃。一切都到了需要新秩序的时候。已经没人能想起旧日逃犯,防范过去已不再是当务之急。

"你听好,"潘诺34的声音因为长时间说话有些沙哑,他的头也有点疼,"我已经老了,也许这几年就要死了。但你可以替我活下去。我们为什么是仓库人,最大的特征就是记忆。我们要看管很多机密,因此经过了基因筛选和改良,脑区有了特别的发展,有超常的记忆力,能把记忆打散、拆分、混杂、糅合在一起,快速提取出有用的信息,因而能管理复杂事物,也可以让我们把一些记忆深深隐藏,不被人探知。

"你知不知道在人类还没有文字的时候,有一种人叫吟游诗人?他们跟随音乐唱的史诗能将历史传播几百年。日本曾经有一个家族,世世代代背诵历史为生。他们古时候没有史书,都靠这个家族背诵历史。还有好多例子,中国秦始皇焚书坑儒的时候,有很多儒生和他们的学生全靠记忆背诵经书,等上百年后世态变了,他们才又把经书写下来,一本书只要有一个人记着,就不算消亡。还有基督教徒,罗马帝国整整三百年他们都蛰伏,靠传诵使徒的记忆活着,终于有一天把福音书传到世界各地。记忆就是他们的粮食。

"这是我们的宿命。我们平时是瘦弱难看、不起眼的小人物,但是在某些时候我们可以和别人不一样。我不知道你平时受到怎样的嘲笑,但不管什么时候,你都可以选择你的独特,选择自己是一种勇敢。"

他长长地吸了一口气,又深深地呼出来。他想说这段话已经很久了。"现在你听好,你要用你的心背下来下面这一段。在合适的时机,把它告诉需要告诉的人。这一段也不是特别困难,不需要你去记30亿个碱基对,只需要记住2万基因和7万片段的排列顺序,我知道这不容易,但你肯定可以。"他对潘诺35说,"现在跟我背。一号染色体:起始子——史密斯片段——γ52片段——羟基类固醇脱氢酶——α蛋白——NFG片段……"

潘诺35从悬崖边走回来了。他一段一段跟着潘诺34重复,他很聪明,背得很快。缥缈的瀑布声盖住他们的声音,远远看上去,他们就像一对普通的郊游的祖孙。

消防员 | 王侃瑜

其实我不知道该称她,还是它。

"我叫芬妮。"扬声器中传出的声音冰冷粗哑,带着金属质感,锈蚀的金属,正如她褪色剥落的体表涂层。

我朝椅子点点头,示意她坐,随即意识到适合人类的椅子未必适合她。

她没有在意,迈动两条下肢来到我桌前,在椅子旁屈起关节,折叠起三分之二的下肢长度,将头部调整到与我视线同高的地方。

"没去救火?"我注意到她体侧业已模糊的油漆喷绘:红色隐约聚成一簇火苗,白色的锤子和喷水管交叉其上。这是消防局的标志。

她摇头,"联邦早就决定,非人为引起的森林火灾只要不危及个人的生命和财物安全,一律不予扑救。"

"不予扑救?"联邦到底在想些什么?

她的语调干涩,难以辨别其中的感情,"'将对自然的干涉降到最低,这样才能让森林植被自然更替,让埋在土层之下的种子有机会发芽'。他们是这么说的,我也觉得不可思议。"

我耸耸肩,"那么,你来找我是为了?"急性应激障碍?情绪障碍？PTSD？毕竟，消防员的心理疾病发病率从未低过。

她转头重新面向我，探测镜深处红光一闪，"医生，我没法出任务。"

我接通云网，搜索起这一款消防机体的资料，以沉默回应，等她继续说下去。

"我害怕，我害怕自己辜负哥哥……"她低下头，以三指机械手掩面。这动作充满人性，在她的机械身躯上显得如此怪异。

"哥哥？"难道她……检索结果确证了我的猜想。奥克塔维亚7.2型，专用于消防任务的类人型机体，拥有救援特长，与以往型号最大的不同是搭载了真正意义上的人类意识，而非人工智能意识，以更好适应消防任务中的复杂环境并即时做出正确行动，在保障救援目标安全的同时最大化对自身进行保护。

她放下手，抬起头，"医生，我可以给你讲讲哥哥的故事吗？他们都不肯听我讲，没人在意哥哥。"

我确认右眼的影像记录功能已打开，对她说："讲吧，慢慢讲。"

不知是不是我的错觉，她的探测镜镜头蒙上一层雾气，"我的哥哥是一名志愿消防员……"

我的哥哥是一名志愿消防员，我们那种小村负担不起职业消防队的开销，只设志愿消防员，平时做着各自的工作，有火灾时出任务灭火。也许是因为村子太小，压根就没有大火光顾，村里的志愿消防员懒懒散散，有一搭没一搭应付着任务。直到那年，气候干燥，不知是谁把没熄灭的烟头落在谷仓，火舌席卷了半个村子，我们的父母也在火灾中丧生。那年我十三岁，哥哥十五岁。葬礼上，哥哥紧紧握着我的手，我可以感受到他在颤抖。很久以后我才意识到那不是因为恐惧，而是愤怒。

火灾之后，村里重整了志愿消防队。哥哥十九岁时，成了一名志愿消防员。他是队里训练最刻苦的那个，即便没轮到他值班，也随时待命。村里的火苗总是刚萌芽就被哥哥他们扑灭，邻村遭遇大火时向我们借调的人手中也总有哥哥。看哥哥如此卖命，我很心疼，每次他出任务我也总是很担心。我为他打造了一枚幸运币，硬币背面刻着他名字的首字母P，彼得。哥哥一直把这枚硬币带在身边，那是他出入火场的护身符。

哥哥二十一岁生日那天，我烤了蛋糕，做了他最爱吃的炖羊腿和烤春鸡。我在家里等他，等了很久，菜都凉了，灯都熄了，哥哥还是没有回来。我紧张起来，莫非他去出紧急任务了？可村子周围没有火光没有浓烟，难道去了邻村？我愈发担心，却无计可施，只能绕着桌子走了一圈又一圈。半夜，哥哥回来了，满身酒气，我冲上前想要扶他，却被一把推开。我递给他蛋糕，却被扫到地上。哥哥嘴里念叨个不停，他说男人就该和兄弟们喝酒，说蛋糕是小姑娘的零嘴，说他要去远方寻求发展，说他不能一辈子被困在这个小村。我费了好大力气把他架到床上，他仍旧没完没了地胡言乱语。当时我真的相信那只是胡言乱语。

第二天，哥哥醒来后找我，说前晚志愿消防队的队员们给他庆生，灌了他许多酒。他为自己的酒后失言而道歉。可他说要去远方是真的，队长推荐他去缺少人手的远方市镇志愿消防队，干得好还有机会当上职业消防员。我恳求他留下，他沉默许久。最后他说他必须走，因为那里更需要他。

难道我就不需要他了吗？我赌气不与哥哥说话，想以沉默抗议，可他还是走了，独自去往远方。他有时会寄信和礼物来，在信里说他的工作，说他的邻居。我读信时会笑，知道哥哥过得很好我也高兴，笑着笑着又会哭，因为他丝毫没有流露出回家的意愿。哥哥把我一个人抛在这里，追求他的理想，却不考虑我的感受。我没有回信，我不知该如何回信。哥哥如愿当上了职业消防员，工作越来越忙，他说年假时会回家看看，问我在不在家。我当然在家！三年了，哥哥终于要回来了！我提笔给他回信，写了两笔觉得应该先打扫房间，拿起扫把又觉得该先钻研新学到的菜式。等我终于坐回桌前重新提笔时，噩耗传来。

那是一场森林火灾，当时的联邦还会对森林火灾采取扑救措施，拯救树木和动物。何况那片森林离市镇太近了，不加理睬很有可能威胁到市镇的安全。哥哥本不该在那天值班，但听到消息后，他第一时间整装出发，加入救援。他总是冲在最前面。他是那场火灾中唯一一个丧生的消防员。葬礼在市镇教堂举行，我独自搭车前往，脑海中一片空白。哥哥去世了？怎么可能呢？他就快回家了呀。我还没来得及同他和解，他怎么能就这么离开我？我走进教堂，没人认识我。他们对我说，彼得真勇敢，他往返火场三次，救出一位林场工人的儿子、一条崴了腿的猎犬、一只与母亲失散的小松鼠。最后一次从火场中出来时，他倒下了，再也没能起来。他们说，那天的火势真大，遮天蔽日，远离火场的地方又冷又暗，让人想起深秋。他们说，他倒下时手里攥着一枚硬币，那枚硬币一定很值钱，不然他为什么攥得那么紧，人们花了好大力气才从他手里挖出来，喏，就在那儿，那边的圣台上，等着被归还给他的家人。他们说，彼得真是个好人，多好的小伙啊,他帮苏珊奶奶修好了栅栏,给约翰大叔家的奶牛治好了病。他们说,这么好的小伙子去了真可惜啊,他本该找个漂亮姑娘,生一堆可爱的孩子,可他只是努力工作,攒下所有的钱寄回家去,不看那些姑娘一眼。他们说,彼得勇敢、正直、热心、善良,你知道吗知道吗知道吗……我看着他们,在心里怒吼,我知道我知道我当然知道,他是我哥哥呀,是你们什么都不知道不知道不知道……我是他妹妹!可我什么都没说,我忍住泪水,默默走到圣台边上,拿走了硬币。

她说到这里,停下来,从身侧绑着的防火囊袋中摸出一枚硬币,递到我面前。我接过,她的掌心生涩冰冷,好像冬日裸露在寒气中的锈铁。

那是一枚有好些年头的硬币,与她脏污欠照料的金属机体不同,硬币表面光洁如新,没有一丝污垢,只是背面那个阴文P字几乎被磨平,闪着柔和的光。

我将硬币还给她,"你一直带在身上。"有时候,心理医生不得不说废话,以鼓励患者继续往下说。

她小心翼翼用两指夹起硬币,放回囊袋,扣好搭扣,按了按袋子,才又开口,"是啊,自那时起到现在,快四十年了吧。"

奥克塔维亚7.2型自三十年前开始服役。这么说来,她是三十二岁左右上传的,而这并不是消防员的黄金年龄。开发商缺意识缺到这种地步了吗?我开始破解该款消防机体的意识搭载者名单,同时继续与她的对话,"所以你为了继承哥哥的遗志,当上了消防员?"

她的肩关节抬高,做了个类似耸肩的动作,"算是吧,这对女人来说可真不简单。"

"我原本想留在哥哥牺牲的市镇，加入那里的志愿消防队，可他们不收女人，说女人干不了这活儿。后来我去了更大的城市，想着在那里一定不会有性别歧视。我通过了考试，加入市志愿消防队，可他们只让我接电话、写文书、做些后勤工作。我不想躲在办公室当胆小鬼，我想真刀真枪地上火场，只有那样我才能够接近哥哥的灵魂。我向队长提出申请，他笑了，揉了揉我的头，说，我的小妹也像你这样，觉得自己什么都能办到。可火舌不长眼，进火场你得有勇气有决断，我毫不怀疑你有这些，可还得有力气，瞧瞧你这细胳膊，你抬得起整根房梁吗？抱得起比你还胖的太太吗？我咬紧牙齿，我确实办不到。

"我开始锻炼肌肉，但这太慢了，难以达到我的要求。我渴望变强、变壮，要快些，再快些，不然我会赶不上哥哥。我在一次消防员考试中遇到博士，我不知道他的真名，他们都叫他博士。博士正在开发一套消防用机械外骨骼，用以增强消防员的力量和速度，他邀请我加入实验。也许是女性天生的灵敏帮了忙，也许是渴望赶上哥哥的意志强盛，我在实验中的表现超过了大多数男性受试者，甚至是那些有丰富临场经验的消防员。很快我就成了那套代号为'白狼'的机械外骨骼最熟练的操纵者，我开始驾着白狼出入火场，我成了当地最炙手可热的消防英雄，人们给我起了个外号叫'凤凰'，也有人叫我'母狼'。每一次进火场，我都带着当年送给哥哥的那枚硬币，就好像带着哥哥，对他说，看，你的小妹如今也是个英雄了，她终于配成为英雄的妹妹了。

"白狼风靡一时，随着成本的降低，量产成为可能，较大的市镇都能担负起租用一至两套白狼的费用。可没多久，奥克塔维亚系列研发计划重启，它的风头压过了白狼。你可能没听说过奥克塔维亚，那是二十一世纪初很受关注的人形消防机器人。人工智能的飞跃式发展使得奥克塔维亚的重生成为可能，搭载了超级人工智能的奥克塔维亚5.0能够在火场做出迅疾有效的判断，采取利益最大化的行动，实施完成火场救援。跟将人类消防员的生命置于危险之中的白狼相比，奥克塔维亚得到越来越多的支持。

"博士又将白狼项目苦苦支撑了一阵，没过多久便无以为继，租出去的白狼在租约到期后纷纷被退了回来，仍在使用中的白狼机甲也得不到应有的维护。博士彻夜无眠，苦苦思索对策。可商业运作本来就不是他的强项，他擅长的只是研发。最终，项目组里只剩下我和博士两人。我们发现了奥克塔维亚的弱点——它无所畏惧。勇敢本该是火场上的优秀品质，但过于勇敢带来的则是对自身生命的无视。每一次出勤，奥克塔维亚的损耗率都远远高于白狼，制造商承诺在租期内无条件维护机体，但也知道这种烧钱的方法不是长久之计。博士断定，奥克塔维亚的研发人员们正在攻克人工智能不具备畏惧心的难题，而其中的关键正是白狼。我当时并不理解他话里的意思，直到那次我驾着白狼同奥克塔维亚一同出任务。它迅猛有力，可以如同闪电般劈开火幕。我跟奥克塔维亚一起进出火场，每一回它都毫不犹豫，我犹疑的时间却越来越长。火势越来越大，火场里的人都已救了出来，它为何还往里冲呢？纵使还有宝贵的财物深陷其中，又有什么比生命更宝贵？我突然懂了：奥克塔维亚从未拥有过生命，它不懂失去生命的痛苦。在我犹疑之间，房屋塌了，我用最后的几秒往后撤。我只记得刺眼的红光从我身后袭来，接着一片黑暗。

"再次醒来时，我成了奥克塔维亚。不是那台在火场中完全损毁的量产型奥克塔维亚5.0，而是试验中的奥克塔维亚7.2。我的意识进入了它，它就是我。我的肉体受了重伤，唯一使我的生命存续的方法就是将我的意识转移到奥克塔维亚7.2原型机的身上。博士替我做了主。在合作试验白狼时我与他有协议，他有这个权利，而他也中止了白狼项目，转而为奥克塔维亚7.2服务。刚开始，我唾弃他，认为他出卖了白狼，出卖了我。后来，我想通了，我以身体搭载白狼和我以意识搭载奥克塔维亚又有什么本质区别呢？更何况，他还帮我留下了我总是贴身带着的幸运币，那是我与哥哥之间唯一的联系。我开始配合训练，熟悉新身体，不久后扎入火场，重又开始工作。我想我真的成了浴火重生的凤凰，却没有几个人知道我就是曾经那个驾着白狼出入火场的女消防员凤凰。"

"你就这么服了三十年的役。"我说。

"是啊，43859次任务。"她报出这个数字，就如报出她的年龄一般平常。

"平均一天4次？"我被这个频率震惊。

她却摇头，"在黄金时代，我一天可以出十多次火警，钢铁之躯，不知疲惫。可如今，两三个月还不一定接得到任务，联邦的防火措施越来越严密，好不容易盼到森林火灾还不让救。"

"这难道不是好事嘛……"

"好事？"探测镜中的红光快速闪动。

"你不必再出任务了。"后半句话滑出我的嘴，我隐约感觉到不对。

她骤然立起身子，伸长的下肢向前弯曲，整个身躯压到我头顶上方,她的话音也尖锐起来,"我成了这副鬼样子,就是为了救火。只有在火场中我才会觉得自己靠近哥哥,火场之外的我只是行尸走肉,你竟然觉得没法出任务是好事?"

云网在我脑内弹出一声脆响,搭载者资料来了。排在第一位的就是芬妮·贺兰,奥克塔维亚7.2原型机的搭载者,在三十年间扑灭四万三千多场火灾,却在两年前脱队,行踪不明。资料表明,她极有可能同这两年来原因不明的数起火灾有关。有人在火灾发生前和扑灭过程中看到本不该出现在该地的奥克塔维亚7.2型的机体,火被扑灭后又消失不见。我突然懂了,那些火都是芬妮引起的,她纵火,又扑灭,从而在心灵上更贴近哥哥。我从一开始就判断失误:她说的没法出任务不是因心理障碍无法进入火场,而是根本没有任务给她出。

她尖锐的嘶吼在我头顶轰鸣:"你什么都不懂,你和他们一样,你们什么都不知道!"

我看见她指尖火光一闪,红色的火星从她银灰色的三指中跳到我的木制办公桌上。我起身跑向窗口,玻璃在我身周破碎,可身后并没有爆发出我想象中的光与热。我回头,泡沫包裹了她,办公室的自动防火系统及时启动了。

我哑然。变得无所不在的火灾预警系统——这就是芬妮会没任务可出的原因。

我回房,关掉泡沫喷射装置,走到芬妮身旁,俯身对她说:"芬妮,重要的不是你扑灭多少场火灾,也不是拯救多少生命。你哥哥最想看到的,是你在奋力救火的同时,珍惜自己的生命啊。"

"珍惜……自己的生命……"芬妮喃喃道。

我看到她探测镜中的红光熄灭,却仿佛映照出窗外密布的浓烟。

终极物转 | 傅　汛

1

杀人这件事，不管做多少次，沈漠还是无法习惯。

第一次接受杀人委托是在三年前的 2043 年，那一年他四十岁，目标是一个五十多岁的家庭主妇。按理说这不是多难的工作，但当时他还没有中间人，工具之类的只能自己想办法。为了不弄脏衣服好脱身，他异想天开地选择了绳子。那次他潜入目标家中下手，结果主妇在挣扎过程中差不多把整个客厅的玻璃器皿都打碎。最后他也没能成功把人勒毙，而是推下楼摔死的。

多做几次后渐渐上手，开始有中间人来替他策划。工具有人准备，日程有人安排，做起来难度下降了不少，生意好的时候，还可以挑单子做。当手里同时拿着多份目标资料翻阅时，他有时候会想：我是谁？我有权结束其中某个人的生命吗？没人有这样的权力，只有神才能决定一个人的生死。替神来做主张的人，迟早会遭报应，杀手就是这样一个遭报应的行业。

即便心知肚明，沈漠还在继续做下去，理由只有一个——杀人的报酬够高。自从非成瘾性迷幻剂发明后,毒品几乎从世界上消失,贩毒这个高利润行业差不多绝迹了。偷盗这个原始犯罪职业固然保留下来,但技巧性不比杀手低,收入却差了很多。抢劫单个的人同样不来钱,除非抢银行。但是这需要团伙作案,即便成功,也会因为某个成员的不守规矩导致全员覆灭。沈漠不想因为别人的失误搭上自己的性命。多方比较,杀手成了他的最佳选择。对他来说只要有钱就行,哪怕会下地狱都在所不惜,至少在下地狱前还能托起一个人。

这次的委托目标是一个老人,委托人留了一张他的照片。照片带点仰视,人像位置有点偏右。老人看上去有七十来岁了,头发白的多黑的少,深色方框眼镜给人感觉是个知识分子。大把皱纹的脸上,下拉的嘴角让他显得有些固执。这个目标是沈漠自己选的。有多个委托可供挑选的时候,他一般会选年纪大的,因为年纪越大剩下的日子就越少,杀人时他可以少一点罪恶感。

关于这次目标的信息给得很少,只有一张照片和一个住址,连目标姓名都没留。一般这样的情况比较少见,委托人提供的目标信息越多,对杀手完成任务越有益。像这种情况偶尔也会出现,说明任务比较隐秘,相对的委托收费也更高,所以也不是没有好处。至于谁要杀这个看上去无害的老人?为什么要杀他?这些事沈漠并不关心。行业规矩,就连中间人也不会去打听。

委托讯息里提到老人下午常去一条河边钓鱼,那地方有片小树林,适合下手。期限是三天,比较急。这几乎是没什么难度的任务,急一点也情有可原。沈漠当天早早吃完饭抵达那里,到了地方发现,与其说这里是树林,不如说是由几十棵树组成的大树丛。林子的一侧是河流,一侧是马路,但树木太过稀疏,从马路这头可以望到河边那头。离道路不远的地方还建有学校和工厂，来往的行人不少，下手的时机很难把握。

沈漠在树林外绕了一圈回到路边，趁附近没有行人时把甲虫形无人机弹射到空中。到达最高点时人工甲虫的鞘翅自动打开，薄如蝉翼的后翅高速扇动，微缩无人机像真的甲虫般停留在空中，用头部搭载的微型摄像机对这片区域实施监控。早在三十年前，美军就有这样的微缩无人机用于监视任务，现在早已退役，现役的侦查用无人机只有蚊子那么大。这是经过改良的仿制版，在网络黑市上花不太多的钱就能买到。当然，这些工具并不需要沈漠自己掏钱。

沈漠的脚步没停，边走边按下左腕电子表的一个按钮。手表平面的45度方向投射出一块五寸屏大小的影像区域，显示出无人机拍摄到的画面。沈漠把手指点在手表盘面，通过触控调整摄像头角度，朝向他身后的道路位置。镜头中远处有个戴着渔夫帽提着抽拉式钓竿的老人向林子边走来。时间能够对上，很可能这就是目标。但周围不少行人，沈漠并没有贸然下手，把无人机设定成循环飞行模式，让甲虫自动在树林上方盘旋，之后迈着不大不小的步子继续往前。

从事杀手这一行当的人，各有各的风格，有的雷厉风行，有的见机行事，对于多数人来说，这种行人稀少的路段完全可以采取行动——走过去正面确认目标，擦肩而过时用装了消音器的手枪射击，在路人的惊叫声中装作没事人一样离开。但沈漠不会冒这样的险，他会先观察目标的行动，确认环境安全，再采取万全稳妥的方法完成任务。

走了快一刻钟后，路边出现一家小咖啡店，从落地窗望进去，里面门庭冷落。沈漠进去后找了个角落位子坐下来,在桌子右下角的点单屏幕上选了一杯美式咖啡。他把左臂平放桌面,打开手表的实物投影功能,在桌面上投射了一块十寸大的屏幕。

在沈漠还小的时候,大人们几乎是人手一部手机,每时每刻都离不开这块集娱乐、通讯、办公为一体的小屏幕,但现在手机几乎绝迹,只要植入通信和投影模块,手表、茶杯、唇膏、钢笔……任何东西都可以具备手机的功能,不需要专门带一块长方形的硬东西。

屏幕上显示了无人机的监控画面,从这个角度只能看到路上行人,看不到被树林遮挡的河边。沈漠用手指遥控甲虫在树林上方飞行,找到了在河边架起渔竿钓鱼的老人。他先让甲虫飞到了河面,从正前方悄无声息地给老人拍了几张照片。老人神色安详地注视河面浮标,完全不知道对面飞过的一只"甲虫"对自己做了什么。经过和手表内存的照片比对,确定目标正是此人。

在操纵甲虫飞回到林子上方时,沈漠点的咖啡到了。"这是纪录片吗?"端着咖啡来到桌边的男服务生看到桌上影像,好奇地询问。

"嗯,是一部关于平原地带林木生长的纪录片。"很多客人在店里等待时都会看投影消磨时间,沈漠毫不掩饰桌上画面,随口编瞎话回答。

"好像有点枯燥啊,我估计看不下……"服务生摇着头放下咖啡,很快拿着托盘离开。

沈漠继续被打断的工作,操纵无人机下降潜入林子内。下方树木间距很宽,实际穿行起来应该不费力,地上的落叶不多,行走时也不至于发出很大的声音。他打开无人机搭载的微电脑,测算按他的步速穿越树林的时间,结果显示只需要半分钟。实际行动时并不需要走到老人跟前,在树林里就可以开枪,还能节省几秒钟时间。算上事后拍摄死者照片保留证据,总时间应该不会超过一分半钟。

再次遥控甲虫飞向河畔,停留在一棵树梢上观察目标。令沈漠意外的是,老人身边不知何时多了一个身穿风衣的中年人,可能是沿着河岸走来的。那人严谨的穿着风格有点像公务员,他站在坐在板凳上垂钓的老人身侧,弯着腰和老人讲话。

"这样啊……知道了,我会采取防范措施的。"老人微微点着头说。

中年人立正身体,似乎是要结束谈话。"放心,我一定会让他们早点定下来。"说完他便和老人告辞,转身离开树林。

沈漠觉得有些遗憾,如果早点窃听到他们谈话,或许可以获得对行动有用的信息。

这以后再没有状况出现,老人孤独地坐在那里看着河面,偶尔抽起渔竿,没钓到几条鱼。钓鱼是一项悠闲的消遣,但对于监视钓鱼的沈漠来说就有点枯燥了。他觉得自己不太理解老年人,明明剩下的人生已经不多,为什么要把时间花费在这种多数时间只能干坐着的事上?干点更积极更有意义的事不行吗?

一个多小时过去,手头的咖啡杯早已见底,他叫服务生又续了一杯。就在他端起热咖啡准备喝的时候,镜头中的画面突然晃了两下,停了几秒后,又晃了晃。

甲虫是停在树上的,镜头晃说明树木在动,这节奏显然不是被风吹动,倒更像是谁在摇这棵树。老人显然也察觉了身后的异动,回头看了看,没说什么,脸上却露出微微的笑容。

直觉让沈漠觉得这事有点蹊跷,他操纵甲虫起飞,选了一处空隙降下来在林间观察,但没见到林子里有什么人或东西存在。半小时后老人收起渔竿,拎着网兜里收获的几条小鱼独自沿来路返回。

一切都没什么异常。沈漠只得作罢,设定无人机往自己所在方位自动返航后,离开霸占了快两小时的座位。

2

到家的时候已是傍晚,沈漠先去楼下的超市买了些生鲜菜类,想起水桶也快见底,又扛上一大桶饮用水。付完钱后把水留在柜台,拎着生鲜蔬菜回到在六楼的家。

开门后室内光线昏暗,正打算伸手开墙上开关,卧室方向传来一声喊:"爸你回来啦!开灯!"整个屋子的灯在这一声后都亮起来,照亮沈漠的脚下。

沈漠放下菜,踏着暖心的光来到卧室。这里摆放着两张床,一张窄窄的单人床是沈漠自己的,另一张占地巨大的电子理疗床是儿子睡的。

"爸,今天这么早。"理疗床的一部分正在缓缓升起,仰躺在上面的儿子小昆对他露出笑容。

今年十七岁的小昆三年前和母亲一同遭遇车祸,开车的母亲当场身亡,小昆受了重伤。那天沈漠赶到医院先见到的是已经抢救无效的妻子,当浑身是血的小昆被推进手术室时,泪眼模糊的他以为将要失去整个家庭。幸运的是小昆抢救回来了,然而不幸的是,由于胸椎损伤导致他高位截瘫,并且身上多脏器受损,术后昏迷不醒。维持孩子的生命需要大笔医疗费用,加上之前的手术费,这几乎导致沈漠倾家荡产。山穷水尽的他为了高额报酬铤而走险去当杀手。几个月后儿子总算恢复了意识，但四肢失去功能的现实依旧无法改变，为了养家和给孩子更好的康复条件，沈漠还是没机会回头。

值得庆幸的是小昆很懂事，虽然全身瘫痪，但并没因此失去生存的意志，四肢不能动，就用下巴、用嘴来代替手。第一次看到孩子叼着笔一个键一个键地敲键盘时，沈漠落下了不知道是喜悦还是悲伤的泪水。为了让孩子生活便利，他用当杀手的酬金给孩子买了价格昂贵的理疗床，家里装了声控的电器，配备了只要动眼就能操作的电脑……小昆以前最大的兴趣是旅游，事故后他再也不能靠自己的双腿去看世界。虽然孩子没提出过要求，沈漠一年中还是会带他出去游玩几次，尽管旅途中频繁搬动轮椅会累得他筋疲力尽。

杀手工作危险度很高，沈漠知道一旦自己出事就无人照顾孩子，因此每次行动都格外小心。但父母毕竟是会先孩子而去的人，因此他在攒一笔钱，打算在一个高档护理院里买一张至少五十年的床位。那边不但照料病人细心，每年还会专门包机带病人旅游，这对小昆是很好的慰藉。

"爸，今天工作顺利吗？"孩子扬起笑脸询问。

每次进家门都会见到小昆笑脸相迎，沈漠有时候会怀疑孩子是不是在假装，为了不让付出这么多的自己感到失望。不管是不是，他总是笑脸相对。"还不是一样，审核文件签署合同什么的，没意思的很。"

沈漠一直对孩子隐瞒自己杀手的身份，只说是辞了旧工作跟人合伙做生意，工作方面的事从不在家里多谈。因为孩子不可能自己去外面找他，谎言多年没被拆穿。

"今天在家做什么了？"

"在网络图书馆看书。几本书一起看，《神曲》《沉思录》，还有荣格的《原型与集体无意识》。对了,还有在看第三遍的《时间简史》。"

沈漠点了点头。只有说到兴趣的时候,才能确定孩子的笑容是发自内心的,虽然有些书的书名他听都没听说过。瘫痪卧床以后,同样身有残疾的霍金就成了儿子的偶像,《时间简史》看了一遍又一遍。沈漠也想通过看书多了解一点儿子,但是那书他有点读不下去。

"又看《时间简史》啦?说实话那本书到现在我只看了三分之一……"

"那没关系。要知道霍金在书里说过,如果你记住了这本书里的每个词,你的记忆就大约记录了 200 万单位的信息,你头脑中的有序度就增加了大约 200 万单位。然而,当你读这本书时,你至少将以食物为形式的一千卡路里的有序能量,以对流和出汗释放到你周围空气中的热量形式换成无序能量。这就将宇宙的无序度增加了大约 20 亿亿亿单位。或大约是你头脑中……"

"你饿了吧?爸给你做饭去。"

这方面的谈话无法继续,沈漠从卧室溜出来直奔厨房。他拿出刚买的猪肉、鸡翅和蔬菜,准备做个乱炖。沈漠没有太多时间去研究做菜,很多时候会叫外卖,乱炖是他唯一的拿手菜。这时想起买的水还在店里,他打开放在客厅一角的大号物转箱,通过盖子内侧的屏幕输入楼下便利店的号码接通可视电话,叫店员把寄放的桶装水传过来。盖上盖子过了几秒,箱子响起"叮"的一声提示物转完成。打开盖子,那袋几十斤重的饮用水已经躺在箱内。

"物转技术"诞生于二十年前,由于 υ 粒子的发现,量子纠缠原理下的物体瞬间转移成为可能。放入物转箱的物品可以在瞬间移动到另一个物转箱内,哪怕两个箱子位于地球的两端。因为这项技术的诞生，很多行业已经销身匿迹。沈漠的生日是11月中旬，正好赶上所谓的"双11"网购节，小时候父母会在"双11"那天疯狂购物，其中就包括给他的生日礼物。他们家附近有个当时知名的快递公司的物流中心，网购节后那几天的上学路上，半条马路都会被快递公司排成长龙的黑色运货车占据。每次看到这场景都让年幼的沈漠心中充满期待，因为他的生日礼物可能就在其中某辆运输车内。但是自从物转行业的兴起，物流行业迅速垮塌，这样的盛景在多数国家已经看不到了。

现在除了放不下的超大件物品外，人们都直接通过物转箱来传递东西，超级快捷而且东西不会因为运输受损，虽然每月需要支付物转公司一定的月租费，但相比以前的运输费还是便宜很多。当然这只限于国内传送，如果要把东西转到国外或者从国外转过来，还是要特殊手续的，需要两个国家的物转监督员分别到场监督，还需要缴纳一定的物转税。另外物转箱也并非万能，一切的生物都无法进行转移，只要放进箱子就会报警。物转箱的说明书上有写，生物基因在物转重组时会遭遇DNA识别障碍。不只是生物，甚至有着生物基因的皮革皮草之类制品都无法转移，生鲜蔬菜当然也不行，所以沈漠自己把菜提上楼。也是由于这个原因，传统的物流行业并没有灭绝，只不过日常快递的都是些生鲜瓜果之类，产业规模和以前不可同日而语。

沈漠展开理疗床上的折叠桌面，把做好的饭菜端过来放上去。他搬过一把椅子坐到床尾，然后打开桌面中间凹槽内的投影系统。和床同宽的投影屏幕刷的一下升起，坐在床两头的父子可以同时看双面映射的晚间新闻。

父子俩面前各放着一碗冒着热气的菜肉乱炖。"怎么样，这汤的味道？"沈漠喝了一口后问儿子。

"唔！味道很好！爸的手艺真不错。"小昆的语气里透着满意。

按照沈漠的口味，乱炖的汤味道有点淡。但是医生说长期卧床的小昆适宜清淡饮食，减少因为缺乏运动出现血管壁增厚的可能。"我觉得也差不多。"他点了点头，又喝了一勺。

电视新闻里提到，人工智能领域巨头蜜柑公司的家用智能人二代已投放市场，比之前代拥有更快速的处理器，更精准的视觉识别系统，更强大的情绪认知能力。沈漠注意到坐在床头的儿子眼中露出羡慕之色。有了这个智能人帮手，以后不用自己动手孩子也能上下轮椅，就能去更多地方了吧。但是看到屏幕上最后显示的昂贵标价后，小昆眼中的失望溢于言表。

正往嘴里扒着饭的沈漠决定早点完成手头的单子，到时候给儿子一个惊喜。

3

第二天下午沈漠又到那条河边，再次放飞甲虫无人机。根据手表里的录像确认老人钓鱼的具体位置，找出直线距离最短的一条路，亲自踏入林子走了一遍。接近目标的时间是25秒，和计算的差不多。之后把甲虫无人机停在路边一侧的上空，从这里能清楚观测到路上行人的状况。准备就绪后他离开了树林，留下空中的无人机继续充当他的耳目。

这次他没有进昨天那家咖啡店，在另一家茶室里消耗掉半个小时。从投影中看到提着钓竿的老人走来时，他知道是时候行动了。

靠近那片林子的时候，刚好正对面有路人走来，沈漠放慢脚步，让那人先过去。他打开手表投影，探测显示对面的路两端有两个行人正走来，身后约两百米处还有个和他同方向的路人。无人机搭载的微电脑很快测出几个路人的步速，计算出抵达时间。他们靠近林边最快的也要走五分钟，这点时间足够行动了。沈漠加快脚步闪身进入树林。

已经熟悉一遍的道路走起来轻车熟路，越接近林子边缘，树木的空隙越大。沈漠看到了坐在河边的目标，老人低着头，注意力全在前方，完全没留意身后。他拉开外衣，掏出插在腰间装好消音器的USP手枪，打开保险。

时代在飞速发展进步，很多用品都发生了变化，枪械和几十年前相比却没多少进化。或许作为杀人武器，人类很早以前就已经殚心竭虑地将其发展到了极致吧。就算开发出了激光枪，还是一样的功用，并没有多大意义。

距离目标大概只有五六米，只要再往前一点，树木露出足够大的空隙就可以射击。正当沈漠举枪瞄准时，上方的树叶丛中传来响动，有什么东西从叶片间掉落在地。竟然是几个砸碎的鸟蛋。没等沈漠弄清怎么回事，一道黑影从天而降，同时右手一痛，手枪脱手坠入草丛。

从树上跳下的是一个年轻人，身高并不高，弓着腰屈着膝盖挡在沈漠面前，布满血丝的双眼中无来由射出仇恨，让沈漠倒吸一口凉气。那人冲着沈漠龇出两排牙齿，发出像动物般的威吓声，突然一拳打来。

沈漠的枪法不错，但半路出家的他并不擅长格斗，胡乱挡了一下，还是被这人一拳击中嘴角，紧接着对方像发狂的野兽般将他扑倒在地。平时任务中遭遇突发状况也是有的，沈漠都能够冷静应对，但是突然出现这么个"狂人",让他在惊愕中受制于对方。而且这人似乎学过擒拿,双腿纠缠住沈漠,让他动弹不得。沈漠的喉咙被紧紧扼住,感觉快要窒息。虽然知道迟早会有这一天,但没想到会来得这么突然。

"天哪!快住手!!"一个苍老的声音响起。是钓鱼的老人赶来了,对着狂人呵斥。

听到老人的声音后狂人松了手,放开沈漠爬起来。但他并没有放松警惕,红通通的双目盯着从地上爬起来的目标。

"抱歉,没受伤吧?这孩子没吓着你吧?他的……他的脑袋有点问题,对陌生人有敌意。"老人有些手足无措,对沈漠解释着。

"受……受伤倒是还好。"其实被打的嘴角感觉有些麻木,沈漠并不想把事情闹大。

"对了,你走过来有什么事?"

"我……我只是好奇,想看看你钓没钓到鱼……"

"哦,什么都没钓到呢。你要是喜欢钓鱼的话,这些钓鱼的用具就送给你吧,就当是对你的赔偿。孩子,我们走。"老人叫上狂人,丢下渔具沿着河岸往回走了。

狂人离开前有些不舍地看了眼地上碎裂的鸟蛋。沈漠这才想到,昨天摄录到的树木异常抖动,就是这人跳到树上掏鸟窝的缘故吧,那以后可能就躲在树冠里面,所以没拍到他。

沈漠弯腰寻找被打落的手枪,但是枪被落叶和草丛遮住,花了点时间才翻找出来。等他想要再次瞄准时,那两人都已失去踪影。

沈漠摸了一下被打肿的嘴角,"妈的!"用拳头重重砸了一下身边的树干。

"什么？被一个怪人干扰了？哈哈哈——你不是在跟我开玩笑吧？"不出所料，跟中间人阿波在电话里说起情况时，对方笑出了声。"我说老沈，不就是没有一次性成功吗？没事啊，我不怪你，反正还有时间，你也别编这种异想天开的理由来糊弄我了。"

电话那头还有电视中转播球赛的声音，两队踢得正激烈。三十来岁的阿波是个球迷，此刻应该正在他那个废弃仓库改造的窝棚里消遣度日。

"我没开玩笑！"气上心头的沈漠不禁加大声音对着通话中的手表吼起来，"那家伙还会搏击，突然出现把我打倒在地，我差点没机会站在这里说话！要是我今天就这么挂了，留下全身瘫痪的小昆一个人怎么过下半辈子？！你告诉我啊！"

听出沈漠动了怒，阿波知趣地收起笑声。

"委托人怎么没说老人身边有保镖？说什么很简单的任务，简直是在害人！"

"好了好了，我知道了。"阿波声音严肃地说，"我会联系对方了解情况的。如果真是故意隐瞒，那就是对方的错。"

一番安慰后，阿波又轻声问："我说老沈，你……是不是有老花眼什么的？"

"我眼睛没问题！"

"好好，是我错是我错。我找委托人去，你先歇歇啊。"

那头挂断了电话，沈漠用力甩了一下手。通信模块是内置在手表里的，就算再怎么甩也不会脱手。

阿波办事的效率很高，十分钟后打来电话，开门见山地说："老沈，我联系过委托方了，对方说并不知道有这么个人存在。"

"就这样？不知道就完了？"沈漠压低声音说，"我这边可是生命危险！"

"我知道你那边的情况。委托人已经表达歉意了。你也知道，对方毕竟是顾客，说起来我们也是服务性行业，不能太过分。"

"那接下来怎么办？"

"接下来的事对方还是指定要你去办，不过要连那个保镖一起收拾掉。"

"什么？这可跟原来说好的不一样。"

"当然。所以对方把酬金加倍了。"

"哼，报酬提升了一倍，任务难度提升了可不止一倍。"

"呃……这方面你放心，我会替你再争取的。毕竟你收入高了我的佣金提成也高嘛。怎么样老沈？你还是把这事了结了吧！就趁今天夜里。等下我会传给你目标家里房屋的平面图。好像他一个人独居，再算上那保镖也才两个吧。"

"真的没问题吗？会不会又出什么状况？"因为今天的突发事件，沈漠有点心有余悸。

"你放心，大不了我晚上租个遥感卫星红外探测一下那房子，确定没别人你再进去。这下万无一失了吧？要知道租那玩意儿一个钟头也要几千美金，这钱是我自己承担的。"

沈漠略作思索后回答："如果能把酬劳再提上去的话，可以考虑。"他报了一个数字。有了这笔钱，就可以一次性买到那个智能人二代，想到小昆的笑脸，他觉得还是值得的。虽然那个狂人有点吓人，但毕竟也是血肉之躯，被枪打中一样会倒下吧。

阿波爽快地说包在他身上。通话在双方都满意的状态下结束了。

4

晚上十点的时候，沈漠再次展开行动。

跟儿子那边的交代是今天要陪客户喝酒，这样的"晚归"经常发生，到时候在身上洒点酒，小昆不会怀疑。电话那头的儿子还叫他要注意身体，不要喝太多。沈漠当然会注意，只不过很多时候总是身不由己。无人驾驶的汽车自动停在预设的道路边，他踏着月光照亮的路面走向老人的住所。

这是一幢独栋的郊外小别墅，和周边的别墅群间隔较远，就算闹出动静也有足够的时间脱身。三层小楼只有底楼亮着灯。站在别墅前，沈漠不禁想象老人的身份。看他穿着简朴，类似一般的退休职员，完全不像有钱人，不知道他哪来的钱买别墅。虽然这楼看上去有些老旧，但是比沈漠家那套六十平米的一室一厅肯定贵很多。现在的房价已经趋于平稳，不像三十年前那样疯长，但是普通人肯定是买不起这样的一栋楼，租也不可能。行动前已经收到阿波那边用遥感卫星拍摄的热成像资料，房子里只有两个人形热源。

作为暗杀者当然不可能堂而皇之地敲开大门进入，现在家家户户门口都会安装摄像头，有的录影资料还会自动上传到云端，走那里就是自寻死路。来这里前沈漠看过输进手表里的别墅平面图，决定采取突破围墙进入的方法，他肩上的背包里预备好了专用的工具。除了背包，他还背着武器。在原来的USP手枪基础上还向阿波申请了一把M16A5自动步枪，防弹背心也已经穿在身上。即便只有两个目标，他还是做了万全的准备。

走在周边林木的暗影中绕过正门,来到距离道路更远的一侧围墙下。沈漠卸下背包,从里面取出垫脚枪钻。这东西外形就像射钉枪,只不过头部是扁长形的。枪头顶在墙壁上按下扳机,内置的钻头就会深深钉入墙面。这些钻头前半截尖利,后半截扁长,可以供人踏足。虽然只有短短的十多公分留在墙外,却可以承受一百公斤的重量。连续在墙上打钻,就可以轻易爬上十几米高的墙面。垫脚枪钻在偷窃界是常用工具,无法通过正常渠道购买,不过阿波有的是办法。

沈漠左右开弓,把两排垫脚钻一直打到胸口高度后,背着包踏足而上。登高以后继续往上打,直到上半身出现在墙头。墙头顶端装有一米高的带电铁丝网,对付这个沈漠早有准备。正当他从背包里掏出绝缘钳想要夹断带刺的铁丝时,察觉铁丝网深处有红点一闪,他停下了手中动作。

那红点应该是接触型报警装置,只要铁丝一被触碰,整栋房子都会响起警报。平面图上只标有建筑概要,谁能料到一个老人家里还装有这样昂贵的防盗装置。近在咫尺却无法进入院内,半个身体耸在墙头的沈漠有点尴尬。

都到了这个地步,就只有硬跨铁丝网了,过程中不触碰到就有成功的可能。问题是铁丝网是紧贴在墙头外侧而建的,这一侧并没有立足的空间。

这点小障碍并没有难住沈漠。在这个行业里,沈漠没有很突出的个人能力,但三年来大大小小的任务还是圆满完成的占多数,主要的原因是他善于动脑子,懂得随机应变。他用手中的垫脚枪钻在墙头连续打入钻头,打了足足有一排。并排突出于墙面的钻头形成了一米长十厘米宽的平面,足够他双脚立足。沈漠把工具收入背包,用双手保持平衡，颤颤巍巍站了上去。

　　站在高度足有五米的墙头，沈漠感到轻度的眩晕。不知道是不是高血压在这时候犯了，还好很快清醒过来，看来只是有些恐高而已。接下来只要伸腿跨过铁丝网即可，这也是最关键的一步，只要沾到一丝一毫，警报就会触发，就算不被抓现行，下次行动也难了。

　　沈漠身高一米八，自我估计腿长大概一米多一点。但这一排钻头打在墙头以下大概五厘米，他踮起脚尖比对了一下，想要不碰到铁丝还是很悬，搞不好还会扎到蛋。他把背后的自动步枪卸下，把外套脱下放进包里，再把塞得鼓鼓囊囊的包垫到脚下。这一边一下子垫高了十公分，应该可行了。把背后枪的背带收紧后，沈漠双手提起裤腿，左腿高高踢起跨了过去。一条腿顺利站在了铁丝网的另一端，尖刺也没有扎到裆部，还留有几公分的距离。他长吁一口气，很快把右腿也跨了过去。

　　墙头的另一边有足够的立足空间。他卸下背后的M16A5，用枪头挑起铁丝网对面的背包背带，把包钩过来丢到墙内。地面黑漆漆一片看不清，包落地发出的响声很轻，应该是草地之类。沈漠两手攀住墙壁边缘，缓缓放下身体。五米减去他的身高和臂长，剩下也就两米多的高度。放下手后，沈漠安全落地，但是脚底有些疼。他有点后悔没带上降楼器，那个小东西轻便又实用，年纪大的人用来落地很安全。

　　台阶上的正门口没装警报装置，沈漠掏出装了消音器的手枪直接打掉门锁，把枪插回去后，端起自动步枪顶开门探视。

　　空旷的大厅里并没有人，虽然房子很大，但屋里的摆设有些寒酸，这厅大概很少被使用，缺少生活气息。一进客厅就闻到了边上厨房里传出的食物香气，是咖喱的味道。

沈漠快速接近厨房，打算一看到人就射击。但厨房也是空的，锅里的咖喱只剩下一半。连接着厨房的饭厅桌上也没人，不知道这屋里的人都去了哪儿。书房、卧室……一个个房间搜过去都没见到人影，沈漠怀疑是不是屋内人员察觉情况后躲起来了，这么大一栋别墅要找两个躲藏的人不是件易事，实在不行只能联系阿波使用遥感卫星探测了，但卫星定位也需要花时间。

很快他来到底楼靠近楼梯口的一个房间，大开的房门让人觉得可疑，进去后发现是一个堆着纸箱杂物的储物间，地面上有个盖子翻开，露出下面黑洞洞的空间。没想到这家里还有地下室，从洞口飘出的咖喱味让沈漠觉得找对了地方。

人在地下的话那是最好，进去就可以瓮中捉鳖。不过谨慎行事的他还是从裤袋里掏出一个音爆手雷放在了下行的阶梯角落。这样一来就算有人从里面跑出来，他遥控引爆也能让人失去行动能力。做好了最后的准备，沈漠才端着枪放轻脚步走下阶梯。

地下室的空间比想象的要大，阶梯下还有一道墙，一扇推拉门连接后方的空间，半掩的门内传出说话声。

"味道怎么样？我的手艺赶不上你妈，不过应该能凑合着吃吧？呵呵呵……"是白天那个老人在说话，沈漠躲在门边探头朝里张望。

橘黄色灯光的房间里没什么摆设，只有一张地铺和几个桶。深处有张小桌，那个狂人正面对门口席地而坐，吃着桌上盘子里的咖喱饭。老人坐在桌子对侧的板凳上，背对着沈漠，也挡住了狂人的视线。

虽然看不到老人的表情，但从他说话的语气里听得出慈爱，他和狂人的关系应该非同一般。沈漠估算了一下距离，从这里射击的话并没有把握把两个人同时干掉。尤其是那个狂人，反应相对敏捷，如果一击不中的话形势会对他很不利。他决定再花点时间看看形势，没有更好的机会就只能硬上了。

老人说话时狂人一直没有回应，光顾埋头吃饭。吃饭的动作就像不懂事的小孩子般毫无章法，拿勺子的右手动作很大，不时有饭块掉落桌面。

"慢点吃慢点吃，饭有的是啊。喏，吃这个，这块是牛腩。"

老人出手指点，但狂人似乎误会他要抢菜吃，把盘子抱住拖向自己身边。当他做出大动作的时候，身上发出金属碰撞的叮当声响。沈漠这才注意到，原来狂人的一只脚上拴着铁链。他被锁在地上一个巨大的金属拉环上面。

老人放下手看着狂人吃，听到锁链声响，他语气沉重地说："唉，我也不想锁你，但是不得不这样做。白天的时候你差点伤到别人，不限制你行动不行啊！清醒的时候屋里的门窗你都会开，只是锁门又锁不住你。"

发现狂人被锁以后，沈漠一下子放下心来。他让两人处于准心瞄准范围之内，端着机枪冲了进去。

听到响动的老人转身扭头看过来，看到端枪进来的沈漠，他一下子愣在那里。狂人随后也注意到，丢下饭碗跳起来，但由于脚被拴住，并没能靠近。

"都不许动！"沈漠高声命令。

"你是……白天那个……"老人认出来人是谁。

"抱歉，我也是受人之托。"说完沈漠就要扣动扳机。

老人再怎么迟钝也明白了沈漠的意图，伸手大叫一声："等一下！

是美国人派你来的吗？我可以给你他们要的东西，只求不要伤害他！"最后的"他"指的是狂人。

"美国人？不清楚。我并不知道是谁雇的我。"局势已经控制，沈漠倒并不急着开枪，"并没有人要我带东西回去。我的目标是你们两个，所以我不能答应你。"

"难道不是他们？那还能是谁……"

老人一副难以置信的表情，身后的狂人暴跳着想要冲过来，把锁链拉扯得咣当乱响。

"叫你不要动！"沈漠把枪指向狂人，决定先处理这个潜在威胁。

狂人完全没听警告，抓起桌上的饭碗朝沈漠砸过来。沈漠弯腰躲过这一砸，朝着狂人开火。静立的老人突然弹起来，把狂人扑倒在地，帮他躲过子弹。

"要杀的话先杀我！至少、至少让我死在他前面！"倒地的老人对着沈漠大叫。

沈漠第一次遇到这样的情况，放在扳机上的手没有再次压下去。"为什么？……这有什么区别吗？"

"你有孩子吗？有孩子的话就会明白，没有什么比看孩子死在自己前面更痛苦。"

这话像子弹击中了沈漠的胸口。深吸了口气后他才说："这怪人是你的孩子？"

"是我的亲孙子。他父亲临死前把他托付给我的。但是……但是我没照顾好他，还让他成了这副人不人鬼不鬼的样子……"

沈漠听不懂这话。疑惑地望着陷于悔恨的老人。

"你……真不知道我是谁吗？"老人盯着沈漠发问。

被他这么一说，沈漠倒是有些在意起来。当初看照片的时候就觉得好像在哪里见过这人，但怎么也想不起来。

"我是佟义功啊。就算你不知道我，也用过我开发的产品吧！物转箱就是我发明的。"

经这么一提醒，沈漠终于记起这老人是谁。

5

二十年前物转技术刚诞生的时候，佟义功博士上过大量的媒体头条，几乎是无人不晓的人物。是他发现了υ粒子，利用量子纠缠原理开发出物质转移技术。从此货物不用奔波在路上，实现了瞬间移物的物转箱被称为划时代的产品。由于物转技术的诞生，一个行业应运而生。国家很快收购了佟义功的这项专利，成立了"中国物品转移技术集团公司"，并让佟博士担任公司总工程师的职务。世界各国也向中国购买此项专利技术，纷纷成立自己的物转公司。很快物转箱在世界范围普及，进入平常家庭。那以后佟义功便很少露面。当年他五十来岁，看上去还是很有活力，没想到二十年后就苍老成这样。

沈漠觉得惊讶，但不管佟义功是什么样的身份，他的职责还是不变。虽然杀死这个为人类做出巨大贡献的老人会有更深重的罪恶感，他还是把枪口对准了博士的额头。

博士面对枪口并未显出恐惧，反而露出苦笑。"我已经活到这个岁数，经历了那么多事，确实也厌倦了，就算这时候死了，也没什么大不了的。只是有件事还是不甘心……物转技术差一点就能做到完美！"

"你在说什么？"沈漠怀疑他是为了活命在拖延时间。

"就是我说的可以交给你的东西。这些年来我的终极研究成果，生物转移技术！"

"什么？生物转移？那不是物转的禁忌吗？"

"只是当年的禁忌。在我最初的构想里，生物转移本来就是物转技术中的一部分，因为当年的生物转移试验都失败了，所以最终物转技术上线时把这个作为禁忌。但是，不能进行生物转移的物转，并不是真正的物转！"

"生物转移现在已经成为可能？"

"没错。这么多年来我在公司除了进行技术维护，一直在继续生物转移的研究，可惜在职期间都未能破解物转重组时遭遇DNA识别障碍的难题，活的小白鼠进行转移后，再度出现时成了一只死老鼠。直到不久前一个偶然的机会，我发现了使生物转移成功的方法。只要在物转系统终端上更新我设计的最新版程序，在物转箱里加装识别芯片，就能够全线实现生物转移。到时候人体传送就是家常便饭，想去什么地方，只要站进足够大的物转箱，由外面的人按几个按钮，箱子打开时就已到达目的地。不要说上下班，就算是出国旅游也只要花费几秒钟时间！虽然人类的寿命无法再延长，但生物转移可以提高生命的使用效率！这才是真正能够加快人类进步的科技，难道不是吗？"

听这番话的时候，沈漠的内心也在展开联想。如果人体转移技术真能实现，那身有残疾的儿子也能轻松去世界各地旅游，新型的智能人、高档护理院床位都变得没那么必要了，那为什么还要杀死佟义功呢？

他低头细看博士的脸，这是一张洋溢着兴奋与满足的科学狂人的脸，没有丝毫贪生怕死在里面。

博士的笑脸渐渐收起，神情沮丧地说："就在一周前，我把这事通报了公司技术部经理乔奇，他说要先向上面汇报，要我等消息。昨天他又来见我，说上面很期待我的成果，要我打包一下资料。但是要我注意别走漏消息，现在美国那边也在研发生物转移，怕知道我的成果后起觊觎之心。"

"技术部经理？昨天下午钓鱼时和你说话的人吗？"沈漠想起之前见过的中年人。

"对，退休后我没什么交际，这段时间只和他有过联络。"

沈漠垂下了枪口，把自动步枪背起来，看了眼一边虎视眈眈的狂人后问博士："刚才说他是你的孙子？这又是怎么回事？"

转到这个话题，博士的情绪变得低落，未曾说话先叹了口气。

"唉，这孩子……跟生物转移的成功也有很大关系。我这一生都扑在了物转研究上，常年住在研究院，妻儿很少照顾到，虽然保证了他们富足的生活，但没有一个严父在家教育，孩子还是出了问题……我儿子从小就是个不良少年，长大后还因为抢劫罪被判刑……"

大概是由于常年独居，没人说话，博士忽然讲起儿子的事。虽然沈漠并不想知道这些，但也没忍心打断。

"后来我靠个人关系使他获得减刑，回归社会后结婚生子。原本以为他能够像普通人那样生活，但他还是跟犯罪集团脱不了关系，在一次斗殴中被砍成重伤。大概是意识到自己身体快不行了，我去医院时他把儿子托付给我。那时候孩子他妈已经跟他离婚。他让孩子喊我爷爷，但他却始终没叫我一声爸。在他很小的时候，就不肯叫我爸了。没过几天他就伤重过世了，那天晚上我正在实验室，没能陪在他身边。"

说起伤心往事，博士语调凄楚，似乎快要落下泪来。

"接手佟谅这孩子那年,他六岁,我五十八岁,还没到退休年龄。因为有他爸的前车之鉴,我提前退休,全身心地在家照顾他教育他。为了不让他走他爸的老路,读初中起我就让他上军事化管理的学校,这孩子也很争气,十七岁就考上了军校。"说到自己孙子的优秀事迹,博士不禁笑着看向一边,"孩子在外读书的时候,我一个人实在无聊,就让公司把我的实验设备搬到了家,我一个人继续研究生物转移技术,但还是解决不了老问题,实验始终在原地踏步。就在孩子读军校的第二年,也就是今年年初,在一次体检时查出他的右腿上长了个骨肉瘤,也就是常说的骨癌。发现的时候就已经太晚,肿瘤骨转移了,手术治疗已经不可能。我当时真是难以接受。难道老天要我经历两次白发人送黑发人?早知道我应该去研究医学才对,物质转移都已成为现实,人类却还攻克不了癌症!想想真是可笑!"

博士一脸的沉痛,而边上被谈到的佟谅却还是全然不知的样子。沈漠看着这祖孙俩,心里百感交集。

"后来我就把孩子接回了家,陪他度过最后的日子。病虽然也在看,但还是一天天在加重。两个月前,病入膏肓的孩子对我说,想请我帮一个忙,他要成为我的首个人体转移试验志愿者。我知道这孩子在想啥,他早就知道生物转移实验会是什么结果,骨癌晚期时浑身的剧烈疼痛实在太难熬了,他想通过这方法离开这个世界啊!我纠结了很久,实在不忍心看着他再受苦,最后答应了他,就当这是一场给孩子的送别仪式。可是当转移结束我打开目标物转箱时,竟然看到孩子还活着!原本已经病成那样的他还站了起来!只是他变得不认得我这个爷爷,自言自语说着胡话。带他去医院检查身体后发现,他身上的癌细胞不在原先的骨骼部位,而是转移到了脑部结成另一个肿瘤,物转把他体内的肿瘤移位了！虽然肿瘤由于位置原因无法手术摘除，但没有扩散的迹象。由于肿瘤的压迫，孩子经常会发病，发作的时候基本失去语言功能，智力也下降到三四岁小孩的水平，对陌生人有很强的攻击性。我不想他被当做怪人，多数时间把他关在家里，但他脑子变清醒的时候会自己打开门窗出去找我。后来我想，这次生物转移能成功识别基因，会不会就是因为佟谅体内有癌细胞的关系？癌细胞是特殊的生物细胞，可以无限增殖，难以被消灭，有着极强的生命力，是不是它让物转系统识别到了生命信息？于是我提取了一些癌细胞的基因，制成生物识别芯片装在箱子里，之后再做动物实验果然成功了！虽然我也尝试利用物转移掉佟谅脑子里的肿瘤，但可惜没有成功。"

6

听完这番有些冗长的讲述，沈漠明白了事情的来龙去脉。他问老人："博士，接下来你打算怎么办？"

"接下来？"博士愣愣地看他，"你……不打算杀我们了吗？"

沈漠缓缓摇头，把自己有个身患残疾的孩子，希望人体转移技术能给孩子带来新生的情况讲了一遍。博士笑着眨眼，点头说："原来是这样！你放心，等到世界范围内的物转箱都升了级，他想去哪里都没问题！对了，你孩子几岁？你们关系怎么样？"

"十七岁，比佟谅小一岁。我们父子两个相依为命，关系还挺亲近的。"

"是嘛……"博士点着头，露出羡慕的神色，"要是早点认识你就好了，可以向你请教如何跟孩子相处的问题。我在工作上虽然有些成就，却是个不尽责的爷爷，更是个失败的父亲，我的儿子……都不肯叫我一声爸。"

"博士，千万别这样想。那只是孩子小时候不懂事吧，这多年习惯了，才叫不出这一声爸。长大后知道了你做出过什么样的成就，他应该会理解的，他一定已经原谅了你，最后才会把孩子托付给你。"

"是吗？是这样么……"博士露出若有所思的表情，忽然抬起头看着孙子说，"难道就是因为他原谅了我，所以给孩子取名叫佟谅吗？那个谅，正是原谅的谅。"

"一定是这样没错。"沈漠重重点头。

这话似乎对博士颇有安慰效果，他的表情变得柔和起来，又说："那么……请问你是怎么和孩子搞好关系的？说实话，佟谅这孩子大了后很多时间都在学校，现在有时清醒有时糊涂，我也不知道清醒的时候该和他说什么话，该为他做什么事才好呢？"

"这个……"沈漠一时也不知如何回答是好，对于自己的孩子他也不是很了解。只能把想到的随口一说："只要……陪他做喜欢做的事，给他买喜欢的东西就好了吧！"

"是嘛……原来就这么简单。"博士不住点头，但很快露出苦笑。"可是……我好像连孩子喜欢什么都不知道啊。佟谅过十岁生日的时候，我给他买了个船模，那是我小时候最喜欢的。但他好像完全没耐心去拼装，后来就丢在了一边……"

沈漠无奈地看着博士，摊了摊手说："这些事以后再说吧。博士，你们目前要紧的，是离开这个地方。我放弃了行动，但要杀你的人想必不会就此放弃，还会找别人来执行。"

"是是，你说的没错……这里不能久留了。"

正说到这里,地下室上方突然警报声四起。

"这警报怎么回事?有人侵入吗?"博士慌忙打开他的手表投影,查看安装在围墙上的摄像头。沈漠也凑了上来,帮忙把朝向大门口的摄像头角度调向里侧。

有几条黑影正从围墙跳下,进入已被沈漠破坏的正门。沈漠看出他们来的方向正是他翻墙进来的地方,应该是借用了他打的垫脚钻,大概在翻越铁丝网时触发了警报。这些人全都背着自动步枪,戴着只露出双眼的黑色滑雪帽。有一个提着消音器手枪的高大男人走到门口时从队列里出来,站在了镜头画面的正中央。

这人显然发现了正在拍摄的摄像头,眯了下露出的眼睛,举起手枪瞄准镜头。下一秒,画面成了一片黑色。

"这、这些人是谁?"博士惊呼起来。

"显然是来杀人的!我们快离开地下室!"沈漠命令祖孙俩行动起来。

从这帮人潜入的方式来看意图非常明显,只是沈漠没想到他们会来得这么快,自己行动失败的消息还没跟任何人说起过。

博士用钥匙开了佟谅的脚镣,拉起还在发呆的孙子往楼梯走。沈漠把背后的M16A5又端到了手上,抢在他们前面开道。

刚冲出拉门,枪声响起,走在最前面的沈漠身中数弹摔进屋内,倒地时他用尽力气一脚把门踢上,滚到墙边。没想到那些人的先头部队动作这么快,已经发现了他们的所在。因为摄像头被破坏,也不知道敌方这次来了多少人。

看到沈漠中弹,后面的博士瞪大眼睛一时呆住。但沈漠并没有死,身上的防弹背心没让他被射成筛子。

祖孙俩也躲到了墙后子弹射不到的角度，别看佟谅一副神志不清的样子，对于保命似乎有很强的自觉。但是薄薄的一扇木门几乎没什么防御功能，子弹不时射穿门板打进来，地下室很快会被攻破。

沈漠抖落防弹衣上的子弹，忍着胸口中弹部位的疼痛爬起来。这防弹衣的防冲击性能不错，痛感消退后已经没有大碍，多亏阿波买的都是好货色。沈漠扭头对身后的祖孙两人说："都捂住耳朵，看我的手势，到时候跟我一起冲出去！"

见两人都准备好，沈漠按下手表上的一个按钮，同时迅速按住自己的双耳。巨大刺耳的轰鸣声响起，事先丢在阶梯上的音爆手雷这时候派上了用场。就算捂着耳朵，巨大的声响都让人耳道里嗡嗡作响，脑袋阵阵生疼。

"走！"沈漠打了手势，三人迅速冲上阶梯。有三个蒙面人丢了枪捂着耳朵在储藏室的地上打滚，音爆手雷近距离冲击了他们的耳膜，让他们一时失去战斗能力。

从摄像头拍到的画面看冲进来的人远不止这三人，应该还有更多人在过来。

"这房子有没有后门？我们从后门撤！"来到储藏室门口警戒的沈漠问博士。

"有！在那边！"博士用手指了指沈漠背后的一条过道。

"你俩先走！嗯？他人呢？"沈漠这时候才发觉佟谅不在。

"可能、可能是没上吧？我下去看看。"博士的身影再次下到地下室，但是没见他和佟谅一起上来，而是传来"啊——啊——"两声佟谅的大叫。

"他怎么啦？"沈漠急得满头大汗，敌人转眼间就会冲过来。

"不、不知道。大概是被刚才的声音吓到了。我哄哄他。"

"没时间了！拉他上来！"

这时大门方向冲过来两个蒙面武装分子，一个扑到靠墙的柜子后面，一个躲在前厅门边，用手中的AK自动步枪朝沈漠射击。

沈漠闪身躲进储藏室，半蹲在地上朝那两人还击。柜子后的人站起来时被沈漠的连射打中，倒地不起。门框后的也被沈漠用火力镇住，不敢贸然出击。

"快出来！趁现在！"

这一声催促后，终于有人从地下室冒了出来。这人竟然是佟谅，他背着爷爷蹬蹬蹬冲上来，方向性十分明确，朝沈漠身后的过道跑去。

沈漠有些看不懂，但也没时间多问，跟在他们后面撤退。

"别让他们跑了！"一个高大的人影出现在前厅门口，边冲上来边用手枪射击。

这时爷孙俩已经进入那条过道，沈漠眼看也可以躲进去，却在这时遭到阻击。沈漠的左臂突发剧痛，自动步枪脱手落地，他用力一扑摔进了过道。

低头见左前臂中弹，血流如注。冲他开枪的正是那个打掉摄像头的高大男子，看样子是这伙人的领头人。M16A5掉在了对方的火力范围内，手上的武器只剩下手枪，情况不容乐观。

"怎么样？"凑上询问的不是博士，而是佟谅，把沈漠吓了一跳。

"大概是被刚才炸弹震到的关系吧，孩子现在清醒了。"博士在边上解释道。

"那就好。我没事，你们快往后门逃！"沈漠胡乱用袖口缠绕了一下伤口，用手枪还击，阻止追兵逼近。

话音刚落，佟谅突然蹿起来。但他去的方向不是过道那一边，而是反方向。少年就地一滚，拿到了沈漠掉落在地的 M16A5。

敌人显然没想到还会有人出来，朝他射击的时候，佟谅已经翻滚回来，把枪递过来，盯着沈漠眼睛"嗯"了一声。

沈漠有些无语，佟谅的做法虽然冒险，但是平安回来了，也不好再多说。他想起佟谅接受过军校训练，便问："你会用枪吗？会的话你用这个，我的左手受伤了，只能用手枪。"

佟谅点了点头，把 M16A5 收了回去。

沈漠很快爬起身来，"我们走！"三人迅速穿越过道。

按照博士的说法，出过道右转弯走到尽头就是后门。过道并没有很长，但后面的追兵很快。还好垫后的沈漠动作快点，不然在狭窄的过道里就成了活靶子。

走在最前面的博士突然喊一声："你们先走，我必须去一下实验室！"说完便脱离原定路线，推门进入边上一个房间。

没想到在这性命攸关的时刻博士会擅自行动，沈漠暗骂了一声"见鬼"，以墙体作掩护，在过道这一端迎击追兵，希望可以为博士争取时间。

身边被击碎的砖块碎屑乱飞，激起的尘沙刺激着沈漠的双眼。他朝守在实验室门口的佟谅打手势，让他确保后门通路的安全。佟谅领会了他的意图，端着枪往后门口跑去。

过道另一端的敌人至少有三名，两杆自动步枪，和领头人的一把手枪，三个人的火力足以压制沈漠。更要命的是，沈漠手中 USP 手枪的十三发子弹快用完了。原本以为目标只有两个，他只带了一个备用弹夹，已经算是很谨慎，没想到现在要对付一支武装部队，这简直就是打仗！换上仅有的弹夹后探头察看，发现有一个蒙面人已经进入过道，大概是看出沈漠这边火力微弱，端着AK边扫射边朝这头逼近。

这位敢死队员的火力很猛，沈漠一探头就遭到密集的子弹射击，几乎无力阻挡。沈漠裤子的侧袋里还有仅存的一颗音爆手雷，如果那边三人齐上的话他早就扔出去，但对方只派了一个人打头阵，手雷扔出去只对敢死队员杀伤力较大，远处的两人受影响很小，太过浪费。

看到脚边刚卸下的空弹夹，沈漠有了主意。他撕下一片衣袖把弹夹包裹起来，朝过道里投掷。敢死队员见有包裹着的东西扔过来，怕是爆炸物没敢射击，后退几步拉开距离。沈漠趁这个间隙闪身射击。愣在那里的敢死队员几乎就是个固定靶，沈漠第一枪射中了他防弹衣的胸口，第二枪射中了脸，那人像砍断的树木般轰然倒下。

在这喘息的机会里，沈漠大喊："博士！你好了没有！"后面那句"我快顶不住了"他没说出口。

实验室内的博士没有回话，后门方向却传来枪声。沈漠暗叫一声不好。

远处的枪声就像是一声信号，领头人和另一名武装分子冲入过道，一齐朝沈漠逼近，两杆枪的火力更猛，冲锋速度更快。

沈漠再没有别的招架办法，把仅存的一颗音爆手雷朝过道里扔进去，捂住自己耳朵。眼看音爆手雷落在眼前，领头人竟然没有后退，而是冲上两步一脚把地上同伴的尸体踢得翻了个身，压在手雷上面。音爆手雷虽然引爆，但由于受到尸体覆盖爆炸效果打折，发出的声音变得微弱，那两人只是捂住耳朵稍作停顿，晃了晃脑袋后又冲上来。

沈漠的脑袋也是嗡嗡作响，探头见敌人还是来了，知道大势已去，放弃了这个阵地，开了两枪后朝后门方向跑去。这时佟谅持枪边射击边从后门退回来，扭头看到沈漠，大叫道："后门被堵住了！至少有三四个人！"

此时已经别无选择，沈漠打手势，两人一起退入旁边的实验室。

7

一进门沈漠就在第一时间把大门关上拉上门闩。他和佟谅合力推翻一个放实验器具的架子横在门前，又分头推过来几张实验桌堵住门口。

"发生什么了？"室内的博士赶过来询问，手里捏着个银色的打火机大小的高容量硬盘。

外面的撞门声很快传来，回答了博士的疑问。实验室的门是金属制的，有着厚重的门闩，并不容易被撞开。一串枪声响起，门上传来雨点般连续的撞击声。武装分子用枪射击金属门板，但同样失败了。

铁门虽然坚固，但迟早还是会被突破。实验室四面是墙，连窗户都没有，找不到一条退路。沈漠推翻了房间深处一张金属试验床，让博士和佟谅藏身后面。一旦外面人冲进来，这里将是他们最后的阵地。只是他们的抵抗能力实在有限，沈漠手枪里剩下的子弹不到十颗，而佟谅的 M16A5 估计也只有一半子弹，再没有弹药可补充。

沈漠扭头看到屋子里有个大号的物转箱，觉得看到了希望，问博士那是不是能正常使用，如果可以的话他就让阿波把武器弹药传送过来。

"呃……"博士的脸上显出遗憾，"这个物转箱是我做实验用的，只能连接到房子另一处的一个箱子，没连上物转网络。"

最后的希望之路也被堵死,沈漠叹了口气,但还是用手表联络阿波。

"怎么样老沈?完成委托了吧?"阿波一副悠闲的样子出现在投影屏上,手边还摆着一瓶啤酒。

"没有,出了点意外,我正在保护两个目标离开。"

阿波把刚灌进去的一口啤酒喷了出来。"什么?!你有没有搞错?你是去杀他们的!"

"我没时间解释,救他们是为了人类更好的未来!现在我们被一个武装小队包围在屋子里,你能不能派人来支援我们?"

"开什么玩笑?我手底下都是雇佣杀手,不是警察!就算你肯花巨款雇他们,就算他们肯去卖命,也来不及召集那么多人!"

"是,我知道。我也没抱太大的希望。"胳膊上的枪伤让沈漠龇了一下牙,"那我问你一件事,你有没有把我这次行动泄露出去?"

"当然没有!我怎么可能出卖自己人!"阿波那边几乎要暴跳起来,酒瓶也丢在了一边。

"好好,我知道了。抱歉,不该怀疑你。如果我今天回不来的话,我儿子那边可能需要你安置一下。"

阿波理解了这话的意思,变得安静下来,不无关切地问:"你……现在怎么样?还有什么别的我可以帮忙的?"

"对了,你租的遥感卫星到期了没有?还能用的话帮我查一下这边的情况,看看实验室外面有多少人在包围我们,有没有翻盘的机会。"

"我看看……还有点时间,我这就帮你查。"

阿波关掉了通讯画面。这时门外的枪声也停歇了,一个男人的声音在喊话:"博士!佟博士!你把门打开!把你最新的研究资料交出来,我们可以不杀你!"沈漠听出这声音正是之前打伤自己的那个领头人。

博士用略微颤抖的手从口袋掏出银色硬盘,"果然他们是为了这个来的。"他看了看身边手臂受伤的沈漠和气喘吁吁的佟谅,叹了口气,冲着门外喊:"东西可以给你们!我们这边有三个人!你都要放了!"

外面答应得很爽快:"可以!我们的目标只是资料,别的都好商量!快开门!"

"别听他的!"沈漠对博士喝道,"只要一开门他们会冲进来把我们全杀了!"

男人大概听到了沈漠的话,开始对他喊话:"那个被我打伤的!你杀了我们的人,怕我们不放过你才这么说的吧?你的话我们是要考虑一下,博士和其他人我们不会伤害。"

"别给我来什么反间计!"沈漠对外面高喊,"如果只是想拿到资料,你们根本不用出动这么多人!这么多人这么多枪是为了对付我这个杀手而来的!我的任务是要杀死博士他们两人,你们在我后面赶来,说明是认可他们被杀的!就算我不杀,你们一样会杀他们!这次的行动里不会留活口!"对方一时没了声音。沈漠继续说:"你们知道我的行动,就是我的委托人雇佣的你们对不对?"

外面没人答话。沉默片刻后,领头人冷哼一声发出恼羞成怒的声音:"好吧!敬酒不吃吃罚酒!你以为不开门我们就进不来?找东西给我把门撞开!快!"

杂沓的脚步声离开门边,很快又回来。"咚"的一声巨响过后,门被震得直往下面掉灰。看来他们已经找到用来撞墙的重物。外面开始连续撞门，剧烈的震动过后铁门发出吱吱声响，看样子要不了多久就会被撞开。

沈漠知道接下来机会渺茫，他和佟谅两个人两把枪肯定扛不住那些人的火力，等人冲进来他们也就完了。这时手表中传出阿波的喊叫声：

"老沈！你他妈得罪什么人了？我查过了，有十一个人正围在你们门外！十一个人啊！"

"知道了！你这消息来得有点晚啊！"沈漠在撞击声的干扰中大喊。现在知道这些也没多大意义，正打算断掉通话，博士忽然凑过来："我、我想问一下，十一个人就是他们的全部吗？外面没有包围的人了吗？"

"没了！没别人了，都守在你们门口呢！话说，你是谁？"

"谢谢。"博士按掉了通话，拉了一把沈漠的胳膊说："跟我来！我有办法出去！"

"什么？"沈漠的耳朵被震得嗡嗡作响，不知道是不是出现了幻听。但他还是跟着博士走去。

"就是这个。"博士带着两人来到房间深处的大号物转箱前。"刚才说过，这是我用来做实验的专用物转箱，连接着另一个在门口小房间的箱子。既然外面没什么守卫，那么把人传送到另一个物转箱里正好逃脱。"

沈漠深吸了一口气，"你是说……人体转移？"

"没错。放心，我做过多次活体实验，都成功了。"

"但是……人体试验你只做过佟谅一个吧？他还有特殊的体质。"

"人体试验是没机会多做,也没进行过多人同时传送,但理论上应该没问题,我可以保证成功。"

沈漠看着信誓旦旦的博士一时说不出话。如果不成功的话他躺进去直接就转成了死人,博士再怎么保证都没用吧。

"等着吧!马上来收拾你们!"外面的领头人在撞门的间隙大叫着,大门已经不能完全关闭,很快就要崩塌。

"没时间了!快!你们丢掉身上多余的东西,两个都躺进去!"博士跺着脚催促起来。"还有这个,这个有着生物转移资料的硬盘就拜托你了,别落到那些坏人手里。"说着他把手中硬盘塞进沈漠衣袋。

就算不躺进去,敌人冲进来一样是死。不如赌一把。沈漠把心一横,丢掉枪械和背包,率先躺进了箱子。

"佟谅,你也是!快点!"

佟谅呆呆地放下枪,但没有马上躺进去。"爷爷,那你呢?"

"是啊,博士你不进来吗?"沈漠这才想起这茬。

博士苦笑着说:"总要有个人留在外面设置操控的。"

"这……不能自动?"

"还不是完成品,没有设置自动程序,只有我知道具体调试数值,所以必须我来操控。佟谅,快!"他不由分说一把将孙子推进箱子,用力盖上盖子。

箱内瞬间变得一片漆黑。佟谅在里面挣扎着想爬出来,但盖子是密闭的,在里面无法打开。博士的声音忽然从箱子上方一个传声装置里传出来:"那谁!孩子就拜托你了!"

沈漠这才想起还没对博士通报姓名,高声说:"博士!我叫沈漠!我会照顾好佟谅的!"

在沈漠的叫喊和佟谅的哭叫声中，箱子开始震动。博士已经启动程序，开始人体转移。

"你们在另一个箱子里醒来后，必须马上离开这屋子！知道美国人可能觊觎生物传送后，我就在实验室设备上安装了自爆装置，他们一冲进来我就会开启。记住，你们只有20秒时间！"

佟谅愈发挣扎起来。博士大概能看到箱内状况，大喊道："孩子！不要动！沈漠，你抱紧他！别让这孩子乱动！会影响传送的！"沈漠听从吩咐，用双臂和双腿箍住佟谅，让他动弹不得。

"最后……虽然有点晚了，我还是想问一下。"博士的声音此时再度响起，语调不再是刚才的命令形式，"佟谅，你喜欢什么？想要什么？能不能跟爷爷说说……"

"我喜欢有你这样了不起的爷爷！我想要跟爷爷在一起！爷爷你不要离开我！"

佟谅边哭边喊着，挣扎得更加厉害，沈漠觉得自己快控制不住这孩子了。

"好，好孩子……谢谢，对不起……"

箱子震动得愈发厉害，博士感动的声音变得越来越微弱。身处箱中的沈漠觉得好难受，感觉自己的脑子快被抖成一团糨糊，牙齿都要从牙床上掉下来了。喉头里似乎有一种声音要发出来，但当他缓缓张开嘴的时候，意识在瞬间变得空白。

再次睁开眼的时候，沈漠还以为自己是在做梦。睁眼依然漆黑一片，脑袋一阵阵发晕，全身酸软无力。花了点时间才想起之前发生的事。怀里面抱着一个一动不动的人，应该就是佟谅了。他伸手碰到了箱盖，但却无法打开。正要用力时，跟物体转移完成时一样的电子声响起,盖子自动弹开了。

身处的已是另外一个小房间,除了物转箱还摆着一些实验设备。看了一下自己的身体完好,佟谅闭着眼睛还没有醒,肩头有个在流血的伤口,不知在何时受的伤,但至少没有缺胳膊少腿。人体转移显然成功了。他想起博士之前的警告,用力摇醒佟谅,两人爬出物转箱。

"爷爷!爷爷呢?"佟谅一出箱子就叫起来。

沈漠伸手指示意他不要出声。四周一片寂静,原本实验室外面的撞击声不知何时停止了。屋子深处突然有两下噗噗的枪声响起。沈漠明白这代表了什么,抱住佟谅不让他发出声音。

"听你爷爷的话!快跑!离开这里!"压低声音说完,他拉着佟谅往门外跑去。佟谅此时也已理解爷爷不在的事实,含着泪猛跑。

"喂!什么人?"跑过大厅时,身后传来喝问声。两人没有停留,用尽全力往外狂奔。

冲出屋子后佟谅打开指纹识别的大铁门,后面的追兵也已出现在客厅,正要举枪对他们射击。就在这时,仿佛从地底深处传来了一声巨响,房子开始震动,火焰的红光从实验室方向迸发出来。

奔跑中的沈漠和佟谅同时向前扑出。趴在地上的沈漠听到了后面更大的连续爆炸声,爆炸的冲击波将他的身体掀起来抛出去。等到震动和巨响都渐渐平息,浑身酸痛的沈漠挣扎着从地上爬起来。佟谅不知是不是被冲击到了别处,不见了踪影。身后那座如古堡般的老别墅已经化作一片废墟,断壁残垣之上黑烟滚滚升起。

"佟谅——"沈漠用尽力气大声呼唤起来。

8

乔奇拿起秘书放在乌金木办公桌上的报纸，然后给自己点上一根中华烟。

报纸上的显眼位置有一条新闻，是一周前发生的别墅爆炸案的后续报道。报道说据警方消息，现场死者的DNA已经确认，正是物转创始人佟义功博士。爆炸是由于别墅内的易燃易爆物品引发的，疑似退休的博士在家中坚持做实验所致。报道的最后还追忆了博士的丰功伟绩，对博士的逝去表达了惋惜。

身为技术部经理的乔奇，十多年前刚进公司时曾在佟义功手下当过实验员，后来调到技术部门，和博士还是常打交道。对于这位逝去的先驱，他在部门同事面前表达过哀痛之情，公司也将在一周后举办博士的追悼会，纪念这位元老功臣。

从报纸的遣词用句判断，媒体对这起事故的关注度正在快速下降，毕竟这只是一个事故，现在的年轻人很多都不知道二十年前的这位风云人物。事件很快将告一段落，大家的生活也将恢复平静。

他放下报纸，打开手表投影，查看记录在电子日历上的日程安排。再过两天就是一对双胞胎女儿的生日，大的那个前几天考试测验得了年级第一，买礼物的时候需要重点犒赏。最近部门里虽然没什么事做，但坐镇的他不能早走，另外确实手头还有事没完成。

一支烟快抽完的时候，秘书小芸打电话进来，说有访客找他，对方名叫沈漠。乔奇愣了几秒，在烟灰缸里按灭了烟头，对着手表叫小芸让这人等等。

刚挂掉电话，办公室的大门已被人推开，一个高瘦的中年人出现在门口。

"这位先生！沈漠先生！"小芸紧跟着追进来。两位公司保安也很快赶到，拦住这个闯入者。

乔奇挥了挥手，让自己这边的人都退下，请沈漠在办公桌对面的待客沙发上坐下。

三人听从指示退下，小芸轻轻把门带上。她用眼色告诉乔奇，两名保安会留在门外防备这位不速之客。

乔奇微笑着对坐下的来客说："沈漠先生对吗？我们……见过吗？"

沈漠的目光先环顾了办公室一周，渐渐放松紧绷的后背，说："我见过你，你可能没见过我本人。一周前你和佟义功博士见面，商谈物转新技术的事，我通过无人机的摄像头见过你。"

"倒是没想到会是这样的见面方式。"乔奇笑了笑掩饰一下尴尬，"那你来这里找我是为了……"

"乔先生，我就开门见山吧。我来是要求你放还我的儿子。"

"什么？你儿子？我……我不知道你在说什么……"

"我觉得你没必要再掩饰了。直说了吧，一周前，就是你雇了我去刺杀博士，首次刺杀失败后，你又指名我去杀博士和他身边的人。但这并不是你的真实目的，你的目的是我们三个人都死，所以在我行动后又雇了一支十多人的杀手小队来收拾残局。可惜你的计划失败了，博士虽然被你们杀害，但他也拉上了你的整支小队陪葬，我逃了出来。于是你们又派人四处搜寻我。昨天你们找到我家，刚好我不在，就把我全身瘫痪的儿子带走，留下纸条叫我去一个仓库交出装有博士研究资料的硬盘，来换回儿子。如果我真那么听话的话，这时候我应该在那个仓库里，和你安排好的武装人员在交火。不过我已经提前看穿了你,所以直接来这里和你交涉。"说完这一大段话,沈漠握拳放在唇边咳嗽了几声。

"沈先生,我还是不知道你何出此言……"乔奇还在呵呵笑着,目光悄悄落到桌面下的抽屉。正中那只抽屉里放着一把22式手枪。从大门过安检进来的沈漠身上应该没有武器,就算把拉抽屉下保险的时间都算进去,自己还是有足够时间击毙这人。他并没有急着动手。

对面的沈漠还在慢条斯理地说着:"你留下的目标照片,为了不让人认出是那位二十年的名人,所以用的是近照。照片带点仰视,人像位置偏向右侧,表明这是利用左手上手表的摄像装置当面偷拍的。但是近期博士并没有和别人接触过,只和你见过几面,所以拍照的人只能是你。还有爆炸中死去的十来个武装分子,各种新闻报道中都没有提到,显然消息经过了封锁。能够行使这样特殊权力的,只有政府要员或者国有大公司的领导吧?这就是我找到你的原因。"

乔奇惊讶于这个杀手竟有这样的洞察力,想了想后,承认下来:"好吧,你很聪明。事到如今我也不遮遮掩掩了,你的委托人正是我。"

大概是过于坦然的语气激怒了沈漠,他高声说:"你为什么要这么做?跟博士有仇吗?"

"不,我和博士并没有仇,相反他当年还照顾过我,我对他十分敬仰。"

"那为什么要这么做?为了抢资料?去卖给美国人?"

"美国人?哼哼,美国人只是我随口说说的一个幌子,那边确实也在开发生物转移技术,但对于博士的情况全然不知。你真以为是我想杀他吗?错了,不是我,是上头的命令,要杀他的是政府!"

"政府？为什么？博士明明做出过那么大的贡献，还刚实现了生物转移，你知道这意味着什么吗？"

"就是因为这个！"

乔奇的吼声让沈漠一呆。看样子他还不明白话中的意思，乔奇像做解释般继续说："继物品转移后，生物转移也成为可能，这是多么伟大的发明！带给人类历史性的进步！都会这么以为对不对？但是你知道这些背后的事吗？二十年前，因为物转技术的横空出世，导致了多少行业消退甚至崩溃？导致多少人失业你知道吗？大变化必然带来大震荡，你我年纪差不多，当年大街上物流行业失业人员的游行大军你应该还有印象吧？物转技术上线后，一夜之间，繁盛的快递行业几乎崩溃！政府动用了多少款项来安抚这些人、解决他们的再就业问题你知道吗？物转带来的巨大便利转移了人们的视线，这些背后的事我也是在这边工作后才了解到的。"

"怎么这样说？照你这话难道博士的发明弊大于利？"

"也不是弊大于利，但对于政府来说，就像是赶鸭子上架。他把发明申请了专利，就算我国不收购，别的国家也会争相抢购，谁先投入谁就能成为行业老大。虽然最终鸭子都上去了，过程仍然是艰难的。当年的技术还只限于物体转移，崩溃的只是少数几个行业，但要是生物转移上线，人体转移成为可能的话，你知道会带来什么吗？作为支柱产业的整个交通行业都会崩溃！既然可以瞬间到达目的地，谁还会花时间在路上？公路！铁路！船运！民航！都会消失不见！关联的还有旅游产业、汽车船舶和飞机制造业，钢铁厂也会减产，还有能源行业也会进入严冬，中石油、中石化都会倒闭！你想想这有多可怕！当然不止中国，物转技术是全球同步的，那就是全球的相关企业都会受影响，你知道这里面有多少从业人员吗？有多少人会失业吗？数以亿计！甚至是十几亿！这么多人要是都闹起来，那就是全球性的大灾难！很多国与国之间的贸易协定都会因此撕毁，就算发生世界大战都不无可能！"

沈漠这次似乎真被震住了，呆坐在沙发里一时说不出话。他这样在底层混日子的人，显然从没考虑过这些大问题。乔奇觉得这件事或许有和平解决的希望，稍稍缓和一下语气接下去说："人体转移试验成功后，博士就多次找过我，希望我把这振奋人心的好消息递交上去。出于对公司的感情，这次他不打算申请专利，只想尽快亲身参与进来推动新技术上线。我曾经暗示过可能伴随的后果，他却完全无视，觉得阵痛在所难免，只要推行下去就会像二十年前一样圆满解决。他根本不知道当年那些背后的艰辛！也不想去理解！把情况上报后，上面的反应和我预想的差不多，让我安抚博士，暂缓推进。我多次婉转表达，博士还是坚持一条道走到黑，如果硬要阻止他'为人类做贡献'，一定会去找别国的合伙人。我把这些反馈上去后，上面做出了壮士断腕的决定。其实不管哪国政府，遇到这种事必然会阻止不是吗？好在这些年博士把自己封闭在那个旧房子里，和外界断了联系，只要行动快速就可以封锁这个消息。杀死一个曾经的功臣，阻止一项新发明的诞生，这种事当然不适合政府亲自出手，受命的我选择了委托雇佣杀手。没想到你很快失败了，还报告说博士身边有保镖在。这件事必须绝对保密，既然博士身边有其他人，自然也必须铲除。而你突然中止了行动，我以为是博士对你说了什么导致你动摇了，既然你靠不住，那就一起抹消掉。所以后来我从别的地方雇了更多的人，以保证这次不会出错。没想到……"

说到这里,乔奇不禁有些佩服沈漠的职业能力,叹了口气后继续说:"没想到还是被你逃脱了。核对尸体数目后发现还少了个人,博士的那个保镖和你一起跑了吗?"

"保镖?他在保护博士的时候就被打死了。是你雇的人临阵脱逃了吧?"

"也有可能。毕竟是一帮散兵游勇。"乔奇轻轻敲了一下桌子,决定进入下一个话题。"沈先生,既然你来了这里,那我们把事情在这里解决也一样。你儿子在我手上,你把博士的资料交给我,我就把他还给你。你可别跟我说资料不在你手上,我不信博士会任由这个伟大的发明和自己同归于尽。如果真是这样的话,你儿子就回不来了。"

"是,那个拷有生物转移技术资料的硬盘在我手上,由一个信得过的人保管。如果我不能从这里安全出去,他会把资料在国际互联网上公布。在和你谈交易之前,我必须确认儿子的安全。"

"没问题!"这话让乔奇看到了希望,他按下桌面上一个按钮,烟盒大小的黑色投影仪缓缓升起,一道光幕投射在墙上。

"请看,你儿子完好无损。"

9

沈漠的目光随着投影仪投射的光线移到墙上。

光幕中出现了一个空旷的屋内场景,应该是一个空仓库。镜头中间有一张病床,一个少年和衣躺在床上,直挺挺就像个死人。

"小昆!"沈漠从沙发上站起来,扭头质问乔奇,"你们把我儿子怎么了?他为什么成了这样?"

"别担心。为了让他老实点,给他打了肌肉松弛剂,方便看管。"

"阿彪,人到我这里来谈了,你那边准备交易。"乔奇通过投影仪上的声音传送装置喊话。很快一个蒙着脸只露出眼睛的男人走到床边,面对镜头外的摄像机站住,双手交叠放在下腹部,暴露出右手握的手枪。

"肌肉松弛剂?你们还怕一个全身瘫痪的孩子逃跑?"沈漠质问道。

乔奇摊了摊手:"这次找的是亲信,没那么多人手看管。别担心,马上给他复原。"他对着投影仪说:"阿彪,给他注射解药。"

床边的男人把枪插到腰间,走到了镜头外。回来时手上多了一支抽取了药液的针筒,拉起床上少年的衣袖,在上臂注入药液。没过半分钟,少年的身体就扭动了一下。男人用枕头把少年的上半身垫高。少年惶恐的目光四下看着,男人指了指镜头方向。

摄像头大概架设在床尾。"爸爸!"少年对着镜头大叫一声。

"小昆!你怎么样?"

"我、我没事……爸爸,你快来救我!"

"怎么样?现在放心了吧?"面带微笑的乔奇插嘴进来,"沈先生,只要你交出资料,我立刻放了你儿子。"

"我正和他说话,你能不能别打断?"沈漠冷冷地对乔奇说,咳嗽了几声后,又面对镜头。"小昆,这些坏人绑架你,是想要我手里面的一件东西。这东西很重要,关系到人类科技的进步,你说,我该不该把东西交出去,来换回你的安全?"

这父子的对话让乔奇觉得惊讶,他不明白沈漠为什么会把选择权交给只有十几岁的儿子,决定静观其变。

靠在枕头上的少年听完缓缓点了点头,眼珠翻起对着镜头说:

"不要给他们！我的事，我自己解决。"

"喂！你们可想清楚了！"乔奇大喝一声站起来，对着投影仪喊，"阿彪！动手！"

病床旁的男人行动起来，抓住少年的衣领把他拖到床尾，两人的身体一下子占据了大半个屏幕。他拔出腰间手枪对准少年的太阳穴。

"沈先生，看到了吧？不想看到儿子死在面前的话，就把东西交出来！"

沈漠似乎铁了心，面对乔奇的威吓，竟然无动于衷。

乔奇恼羞成怒，但他坚信一个父亲是不可能眼看着儿子被杀的，于是进一步威胁："阿彪！听我口令，数到零就开枪！十，九，八，七，六……"

倒数愈来愈接近零，但沈漠依旧不动声色地望着镜头，完全没有动摇。

"三！二……"乔奇声嘶力竭地喊着，他忽然想要看看沈漠是如何面对儿子的死亡。

倒数没到零，一直趴着不动的少年突然扬起手肘，打开脑袋边的手枪。没等阿彪反应过来，他已从床上爬起，一脚踢向对方面门。阿彪的鼻梁被这一脚踹断，捂脸痛呼。

瘫痪的少年竟然起身把人打倒！这突然的变化令乔奇猝不及防，意识到不对后拉开抽屉伸手拿枪。但沈漠的动作更快。他早就从乔奇的目光中知道抽屉里有东西，乔奇刚一动，他就像箭一般弹出沙发，单手一撑办公桌，借着前冲的动势像铲球般从桌面上朝乔奇踢过来。乔奇手抓到枪的同时，沈漠踢中了他的右肩。乔奇的肩关节被踢脱臼，手枪脱手落地。紧跟着沈漠的另一脚踹中乔奇的胸口，把他蹬得后退连连。

乔奇没有再去抢枪,直接逃往门口。打开门的同时喊了声"来人",守在外面的两个保安立刻冲进来,但企业保安的武装只有警棍。桌子对侧的沈漠已经捡起手枪,对着手持警棍的保安射击,两人腹部中弹倒在地上。

已经跑出去的乔奇听到背后枪响,膝盖一痛,失去平衡扑倒在地。沈漠收起枪走出去,拽着他的腿又把人拖回办公室。秘书小芸看到这场景尖叫着向外逃去。沈漠没理她,把乔奇拉进来后将门上了保险。

投影仪里传出几下枪声,少年正用抢来的枪对着镜头外射击,很快枪声停止,他把手枪丢在床铺上。

"搞定了吗?"沈漠放下乔奇对着镜头问。

"都干趴下了。一共只有两个守卫。"

"好样的,佟谅。"沈漠笑了笑,又很快叮嘱,"快离开那里!我之后再跟你联系!"

"了解。"少年飞快地跑出了镜头。

"这……这是怎么回事?"乔奇按住膝盖上正流血的伤口,靠在墙上喘着气问。

"很简单,你们绑错了人。那是博士的孙子佟谅,他就是另一个从别墅逃脱的人,而不是什么保镖。他住在我家帮我照料儿子,那天你们的人上门时,他为了保护我儿子把人搬到床下,自己躺到了床上。因为两人年纪相近,你的人就理所当然地以为他是我儿子给绑来了。"

"他……是博士的孙子?我、我还以为他早就得癌症死了……"

咚咚咚的砸门声响起,还有不止一个人的喊声。秘书叫的后援已经到了。

沈漠站起身,低着头对乔奇说:"看来我得赶紧走了。不过在这之前,还有账要跟你算。"他把枪口对准了乔奇的脑袋。

"别!别杀我!我只是奉命行事!杀人什么的,并不是我的主意啊!"乔奇哀求起来,脸上肥厚的肉全在抽搐。

"说得也是。"沈漠抬高了一点枪口,很快又说:"但是绑架我儿子以此来要挟我是你的主意吧?任何威胁到他安全的行为,我都无法原谅!"

发射过子弹残留余温的枪口再次压在额头上。乔奇快要哭出来:"不!不要开枪!我有家人!有两个女儿!有老婆!她们都在等着我回去!"

"谁又不是呢。"沈漠咳嗽一声后扣动扳机。

枪声过后,乔奇的脑袋无力地歪向一边,血液自额头上的枪孔里笔直淌下来。

门外的人开始用身体撞门。沈漠离开门边,打开窗户往下看去。和之前观察过的一样,楼底下是一条行人不多的街道,他的车就停在墙角。他取出口袋里的降楼器,用绳子一头的钩子钩住窗框,拉着有握把的绳子另一头从三楼窗口滑下。落地后按下按键收起上面的钩子,快速跑进自己的车,很快驶离了物转总公司的大楼。

傍晚时分,沈漠独自坐在河边盯着水面。博士留给他的钓竿就架起在河岸上,鱼线上的梭形浮标半沉在水中,没有鱼咬钩的迹象。他已经在这里坐了许久,身后的小树林把路上的人和车的噪音都隔开,这一块区域显得很宁静。沈漠只在小时候钓过鱼，如此长时间的无所事事，让他有些不适应。

浮标忽然微微沉了两下，沈漠的心弦绷紧，把手按在渔竿上做抽竿准备。

这时手表突然发出有电话进来的电子音，水下的鱼好像也对此察觉，浮标不动了。沈漠失望地收手，点了一下表盘，把左腕放到耳边接电话。

"喂！爸！我在回家的路上了。"

沈漠一愣，这明明是佟谅的声音。"说什么呢？你还在演戏吗？"

佟谅那边笑出声，"哈哈，我的演技是不是很逼真？"

"嗯，这次真要感谢你，为了救小昆你把自己都搭进去了。"

"唉，别提这事了，我还以为很快能自己脱身，没想到一上车他们就给我打了针，害得你还要出马救我。"

"那是应该的。"

"对了，爷爷留下的资料我们怎么办？听那些看守说生物转移要是上线的话会带来全球性灾难？"

"也许真像他们说的那样吧，但是不是应该封禁这项技术不是他们说了算的。咳咳……"沈漠把手表移开咳嗽两声，"生物转移技术是属于全人类的财产，该毁灭还是该推行也该交给全人类来决定。我决定把资料传送给联合国，让各国领导人一起来判断。"

"嗯！我支持你的决定。"说完大事，佟谅的语气变得轻松起来，"话说爷爷的生物转移技术真是厉害，自从那天我们转移成功后，我再也没有发过病，你胳膊上的枪伤也在转移后就消失无踪了。是不是物转成功后还原了我们原本的身体？不应该存在的都消去了？"

"嗯……我觉得有这个可能。"

"哈哈，那太好了！我的脑子里的肿瘤一定已经消除了！"

"是啊，这样的话，照顾小昆的事以后就要多拜托你了。"

"嗯，没问题！对了，昨天你本来是去医院看咳嗽的吧？医生怎么说？"

"那个……没什么。普通感冒而已，给配了点药。"

"那就好。这样的话我就先回家照看小昆了，晚上见！"

"再见。"

沈漠挂断电话后，把左臂放在面前检视。前臂上被领头人打中的地方就像没受伤前一样，皮肉完整。但他知道，事实上那伤并没有消失，物转成功后佟谅肩头上莫名出现的枪伤最说明问题，或许是他抱紧佟谅导致物转定位偏差造成的吧，冥冥之中自有天意。没有什么会消失，只会转移。但他并没有因此觉得怨恨或者不甘，当初如果没进物转箱，自己早已不在世上，现在至少还有三个月生命。

胸痛伴随着肺部的刺激感又让他咳嗽起来，他掏出路上买的手帕按在嘴上。手帕拿下时，上面沾染了红色的血迹。他苦笑着把手帕折叠放回口袋，对着河面深吸了一口气。这时候他开始理解那些暮年还在钓鱼消遣的老人们。时光并不会因为做什么而增多，如何度过才是重要的。最近几年的工作让人身心俱疲，享受眼前的宁静时光让他觉得安逸。

水面上的浮标颤抖了两下，一下子沉了下去。沈漠快速抓住渔竿猛抽起来，凭手感判断，这是条大鱼。

体验录制者｜张天翼

利用别人的欲望，满足自己的欲望，世界还不就是这么回事嘛。

我是一名"体验录制者"——在我被捆在医院里之前。

"体验分享"这项技术从研发到盛行，也才四五年时间。它的原理与录声音、录影像的原理一样，它能把外界给人脑的刺激和感受转化为可记录数据，再在另一个脑袋里"播放"出来。

想体会冲浪？不用去夏威夷瓦胡岛，只要在网络上买一段"瓦胡岛冲浪体验记录"，复制到播放器里，播放器会依照数据对脑细胞发出相应刺激，会让你眼前出现澎湃巨浪，让你的额头感到灼烫的热带阳光，以及随着浪头摇晃身子、在冲浪板上努力寻找平衡的快感。

想跟身在日内瓦的情人一起喝啤酒、听布达佩斯音乐节上的表演？只要戴上体验记录器，再让地球那边的她戴上体验播放器，把信号同步，她就能听到你所听到的音乐，口中感受到你所吞咽的酒浆。

发明这项技术的是个二十八岁的英国天才青年，他有一个双胞胎弟弟，两人都是极限运动的狂热爱好者，攀岩、跳伞、单板滑雪样样精通，兄弟俩还拿过 U 台滑板挑战赛的洲际冠军，在圈内名声甚著。

二十四岁时两人一起到堪察加半岛跳伞，出了事故，弟弟脊柱受伤，自颈部以下全部瘫痪。

哥哥伤心得几乎疯狂，在辗转多国求医未果之后，他把痛苦发泄到了研究"同步经验"的技术上。几年后他申请了体验录制器和阅读器的专利，并建立了第一个体验共享网站，"Read My Mind"（"读我的心"）。

在后来的电视采访中，他蹲在轮椅上的弟弟身边，头靠在弟弟肩膀上，微笑着说，现在我们又能一起滑雪、一起骑自行车了，我能感受到的，他也跟我一样能感受到。

个人感受的物理疆界被打破了，那就像是敞开了一扇新世界的大门。在这项技术出现的半年之中，就出现了上千个供全世界人民上传、下载各种体验的网站，人们陷入了录制和分享的狂热之中。

钟爱饭前拍食物上传到图片社交网的人们，迅速把喜好置换成了"这是今天午饭三文鱼的味道"，"超好吃的乳酪肉丸饭！跟我一起尝尝"。原本喜欢炫耀跟男友合拍照的女人们，则痴迷于上传"睡前晚安吻的甜蜜滋味""傍晚我们牵手在海边看落日""啊被男友抱起来转圈的感觉好棒"……

明星们的热情参与，令这项技术掀起的热潮如火上烹油，在普通社交网络更新一张自拍、一句话，哪比得上随便录一段在迪拜拍戏或参加首映礼的体验更有诚意、更受欢迎？

人们从未能如此真切地了解彼此的感觉，心和心之间，似乎终于找到了一条无障碍的平坦大道。测谎仪退出历史舞台，执法人员获取证据与供述变得前所未有的容易，运动员可以更清晰地领会到动作要领，电影和书籍的反盗版也迎来新挑战……总之，世界被这项技术彻底改变了。

某一年下载点击量最多的,是一个姑娘的性爱体验。她脑子里的画面是一个俊俏的金发男孩伏在她身上,一面亲吻她,一面用西班牙语深情地叫她"宝贝,我的热辣小猫咪",但睁开眼看到的画面是一个满头油汗的中年胖子,嘴里念叨"你这小婊子"。

整段体验就在闭上眼睛、睁开眼睛两种画面里不断切换。而且所有阅读这段体验的人都能感受到,那胖子的技术极差,姑娘则在心中不断抱怨"哦天哪,快完事吧……快滚下去吧!""听他发出的声音,简直像只嘴巴里含着垃圾的猪""上帝,我简直后悔死了"……

这段体验的标题叫做"获得升职的代价",据说本来是她偷偷录了发给密友的,结果被泄露了出去。

那姑娘自然被公司免了职,这件事好的一方面是那金发男孩被狂热的网友搜索到了,是个西班牙餐馆的大厨,再后来他跟那姑娘复合了,还闪电结婚,两个人的婚礼体验在网上做了付费直播,收取的费用捐给了"女性职员权利维护保障协会"。据说那天收看婚礼直播的人数竟然超过了英国王储加冕直播的观看人数。

硬币总是有两个不同的面,与"亲吻初生婴儿""参观好莱坞的名人内衣博物馆""品尝孟买最辣咖喱"一起疯狂流传起来的,还有各种极端性爱体验、吸食禁药体验……

有趣的是,在这种"疑似有害体验"出现的初期,很多青春期少年的家长公开表示,对孩子下载"吸食大麻""迷幻剂之夜"等体验的行为并不严格反对,他们认为,孩子们不过是好奇罢了,虚拟体验可以成为不错的替代品,既能满足好奇心,又不至于伤害身体。就像用奶嘴替代乳头、用电子香烟替代真实香烟一样。再说得难听一点,用充气娃娃泄欲总比召妓好一些……

可惜,人们很快发现,虽然让大脑生成体验是虚拟的,对脏器并无真正伤害,但那些"有害体验"其实与毒品的原理类似,是靠刺激脑部固定区域产生快感,会让人产生极强的依赖感,亦即"上瘾"。

虚拟体验是否也算是罪行?"虚拟毒瘾"与"毒瘾"到底有多大区别?……很快,政府出台的新法律规定:吸食毒品与自主购买、下载吸食体验,同罪。

在体验分享技术出现一年后,第一批职业"录制者"出现了。

他们在网上公开接受体验订制,例如,有人在订单页填写"体验内容:我想知道猫肉的味道",提交,并上交预约金,一位录制者接受订单之后,会戴上记录器,捉一只流浪猫,杀死,去毛,剥皮,切片,煎熟,浇上调味汁,吃下去,再把记录数据发给客户,拿到全部报酬。

物理爱好者订购解题过程体验,已婚妇女订购与俊美青年的性爱经历,鳏夫为孩子订购由母亲朗读的《猜猜我有多爱你》,卧病多年的老人订购跑马拉松的体验……

这些只是网络上的合法生意,犹如冰山一角,更庞大、蓬勃、热闹的是海面之下的"体验黑市"。有很多可能危及性命的乐趣,人们不得已要舍弃,但如今有了体验交易,只要肯出高价,你可以让那些不惜命的录制者替你冒风险,"咀嚼吞咽一只剧毒的狼蛛""以二百五十码车速行驶""把气化的酒精直接吸入肺中""窒息性爱""拳交""抢劫金店"……

在几个最著名的地下黑市网站,集合着世界上最大胆的录制者们,就像海盗和赏金猎手、海底寻宝人汇集的小酒馆,那里时常出现几个出手豪阔的匿名客户，他们会隔三差五开出天价，提出购买下流变态得匪夷所思的体验。

具体内容我就不描述了，单是说一说都会觉得不舒服。只要接下那样的一单，就有可能会让录制人落下终身心理阴影，造成轻微肢体残疾甚至丢掉半条命，但获得的报酬也足够下半辈子的生活。

只要你不惜钱，总会有人不惜命。

猜测那几个"变态狂"的身份，是录制者们碰面聚会时永远热衷的话题。有人说其中一个是油王家的三少爷，夜夜游艇派对、玩弄女影星像风车似的那位，有人言之凿凿说是日本财阀家族的继承人，有人则独辟蹊径，说为什么一定是男人？为什么不可能是女人？也许是瑞典王室那个已经公开出柜、剃光头打眉钉的公主……

你甚至可以体验濒死的感受，真有冷心肠的家人，想在将死的老父或老母身上捞最后一笔钱。也有些医生护士冒着被开除的危险，偷偷录制病人的临终体验。

也有些情况，给临终者戴上录制器是因为病人已经无法开口，家人想知道他是否还有未了的愿望，或者没来得及说出的遗产。

老妇人脑中出现的，总是未能到场的那位子女或孙辈。老先生脑中出现的，则是已去世的老妻。没人会想到珠宝、证券、遗产……

在我曾购买过的一个家庭旅游体验里，有录制公司赠送的一段"濒死三分钟"，体验来源者是一个五岁小女孩。我试着阅读了一下，差点连那三分钟都忍不下去。

简介上说女孩死于一种罕见的血液病，她父母录制了这一段捐献给相关机构，希望作为宣传材料，呼吁大家捐款支持对该病的研究。

弥留之际的影像，当然不会太清楚，画面有点模糊，色调发暗，是她和妈妈坐在花园里晒太阳，一人一口吃覆盆子冰淇淋，然后是她和爸爸一起给一只柯基犬洗澡，再然后是她跟姐姐抱着柯基犬一起坐在湖面小船上，父母各坐一端，水波反射的阳光不断在她脸上晃动。

还能听到她脑子里不断地说，姬蒂要乖，姬蒂要陪着爸妈……

姬蒂就是那只柯基犬。

死前的感受是什么？跟以前那些传闻完全不一样。没有发着光的隧道，没有天际飘来的音乐，没有轻飘飘地浮在空气中、注视自己肉身的奇妙感觉，当然更没有背生双翼、身穿白袍的美少年前来迎接。只有像坏掉的老式电视机屏幕一样的画面，不规则的黑斑、白斑跳动，图像逐渐变暗，声音逐渐降低……

就那样直到彻底黑下去。大幕合拢。

这就是死亡。

虽然各国政府很快立法，禁止非自愿性的录制，禁止有可能危及生命、触犯法律法规的体验交易，但是禁毒禁了那么多年，不也是屡禁不绝吗？

我读中学那阵，录制和播放器还像一个铁头箍一样难看，套上脑袋，卡在太阳穴的位置，十分蠢笨，也没法戴出门。一年之后，那玩意儿就变得越来越轻巧好看了。现在最流行的一种能别在耳廓上，像耳饰一样。

十年级的时候，我是学校滑板队的主力队员，某天训练结束后，一个网站的录制者团队在训练场外叫住了我。他们和颜悦色地问，能不能替他们的滑板合辑录一个空中反向转体 900 度的动作体验，就是刚才我一直在练习的那个。

那是我上传到网络上的第一条体验记录。那时我压根想不到自己会成为职业录制者。

如今在地铁上、咖啡馆里,放眼看一看,到处都是耳朵上戴着播放器、目光呆滞、表情古怪的人们。他们正用别人的眼睛观看世界。他们正活在别人的一段生命里。

故事已经讲到一半,没法再拖延下去,我不得不说到我母亲了。

她叫洁迈玛。

洁迈玛年轻时是个漂亮姑娘,可惜到我记事准确的时候,她的容貌已经被酗酒、嗑药和滥交毁掉了。跟很多稀里糊涂度日的女孩一样,她的生命开端似乎还不错,后来就神鬼莫测地逐渐往深渊滑下去。

她二十一岁进入一家公立医院做护士,在社区圣诞舞会上遇到我的消防员父亲。两人一个碰巧打扮成超人,一个打扮成路易斯莱恩,事儿就这么成了。我见过他们那时的合影,两张脸上全是没什么想法的、快活的笑,头碰着头,像一对年少妩媚的动物。

我四岁那年,父亲殉职身亡。等火彻底灭掉后人们找到尸体,尸体已经被烧得面目全非。

我对他的印象已经很模糊了。只记得他那一头总是梳不顺溜的褐色头发,哦,还有,他左脸颊上有一个浅浅的酒窝。

在哭哭啼啼的几个月之后,母亲领到了一大笔抚恤金,但半年后,她弟弟就把那笔抚恤金借走了九成,据说是拿去入股做一家夜店的合伙人。

后来夜店不知怎么没开成,钱呢也不知去向。而她爸妈居然还支持儿子不必还钱了。

她跟父母和弟弟大吵一架,吵得伤筋动骨、赌咒发誓,然后带着我搬到另一个州去。

从此，我就没有外公外婆家可去了。

她认为换一个地方就能甩掉坏运气。但事情当然没那么简单，租房，置办一点简单电器，买一辆二手车，积蓄很快用光了，她没找到医院里的工作，只能有一搭没一搭地做上门服务的按摩师。

我飞快地学会了做很多家务，但也阻拦不住家里那股往下滑的颓败之气。沙发上乱扔着她的胸罩内裤，我每天将高跟低跟的鞋子在鞋柜里摆整齐，她着急出门时一通扒拉，又弄得一团糟。我的晚饭总是中餐外卖。她周末时会心血来潮，带我到超市买回一大堆莴苣、培根、蘑菇。但至多只做一次饭，她就厌烦了。碗碟仍由我来洗，剩下的食物则堆在冰箱里等待过期。

后来她不知跟哪个新结交的姐妹学会了喝酒，然后是……抽大麻。

同时，她还不断地交各种男朋友，每次总有掀开生命崭新篇章的兴奋和慌乱，但每次总是被男人用各种借口甩掉。

洁迈玛是那种一辈子都沉浸在漫长青春期中的女人，喜欢鼓起腮帮子、睁圆了眼睛说话，看人的时候会歪着头。生命中的东西来了又去，她是来也不知其所以然，去也不解何故。男人们也许暂时会被这种女人的天真打动，但很快他们就忍不住开始犯浑了。

她就像是个活动的人渣吸附机——对不起，我不该这么评价自己的母亲，但她确实是。

晚上我在我的小房间里画画、看书，常听到客厅里有些奇怪的声音。我偷看过一次，后来再遇到这种情况就用枕头压住耳朵。

五年级的一个半夜，我忽然醒过来，看到门缝下沿有光，却没有声音。赤着脚走出来,见她正坐在厨房的瓷砖地上喝酒,一头金色长卷发被剪得乱七八糟,碎头发满身满地都是。我目光扫了扫,看到剪刀的尖端从她裙摆下面露出来,便走过去,把它拿起来。

就在我想悄悄离开的时候,她用醉酒的人那种神经质的态度,压低了声音喊道,喂,哈瑞!

我冷冷地看着她,干什么?

她若有所思地说,你说你爸爸会不会根本没死?你想想,那具尸首烧得只剩一条狗那么大,谁知道到底是不是他。也许他杀了一个人顶替他,抛下咱母子,不知去哪儿逍遥快活了。

我转身就走,她在后面叫道,儿子,你不陪妈妈喝一杯呀?

她没再留过长发。

我忘记在哪本书里读到的:如果一个母亲是人格化了的牺牲,那儿女便是无法赎补改变的罪。

我爱她,她也爱我,这没法否认,但我没法把她当"真的"母亲。

我羡慕那些有"真的"家庭的小孩,他们拥有催眠曲,睡前故事,母亲特制的香喷喷班戟和纸杯蛋糕,父亲制造的树屋,以及全家到球场看棒球赛的周末,那些东西汇聚成一片粉红色的私人天空,笼罩在他们头顶,让他们随时散发出知道自己被宠爱着的自信气味。

我猜,我跟洁迈玛都在默默地、下意识地等待互相离散、结束折磨的那一天。

我上大学的前一年,洁迈玛的新男友叫霍顿,是个重型货车司机。为了不遇到他,我晚上总会在外面练滑板练到很晚。

但某天我还是看到最不想看到的画面:霍顿光着身子坐在客厅沙发里,玩我的笔记本电脑。

我问，洁迈玛呢？

在床上，她醉了。他嘻嘻笑着，显然也已经半醉。我可还没尽兴，哎，小子，你有没有兴趣跟我来下半场？我超棒的，你妈爱死我的技术了。

我难以置信地瞪着他。

他合上电脑，摇摇晃晃地站起来，在沙发后面找到自己的牛仔裤，单脚跳着往里蹬腿。顺便告诉你，我刚传了一段很有意思的体验到网上，才一小会儿就有上百点击量了……是关于你妈妈的，哈哈哈哈。

等他走了，我气急败坏地打开电脑，查询浏览历史。一看到霍顿上传的体验标题，我只觉得浑身血液冲到头顶，又全部落下来。

那标题是"干一个胸和大腿还不错的、喝醉酒的单身母亲"。

已经有三百零八个男人（或女人）播放过这段体验，虚拟地把我妈干了三百零八遍。

我拨通那个网站的联系电话，找到管理员，表示这段体验是非自愿状况下录制的，无论如何要撤下来。那边的人说不可以，他们不愿损失点击量。

我说，你们积攒点击量无非是要拉广告赚钱。我也可以给钱，把这段体验买断了，怎么样？

那边的人低声商量了一阵，笑道，那倒可以。

他说了个数字。

那根本不是我能承担得起的，家里全部家当都拿出去卖了也值不上那么多钱。但我说，好，请你们先把那段体验冻结三天。

我登上地下黑市的网站，火速寻找高价体验订单。能让我赚够那笔钱的订单很多，但大部分都超越我的能力和忍受范围。而在"合作"区域，录制者们寻找的合作者也都条件颇高，例如"有五年以上冲浪经验""身高七英尺左右，职业或半职业橄榄球员"……

就在快放弃希望的时候，我发现了一个条件极简单的录制者，提出的要求是"二十岁以下，金发男孩"。

他的ID叫"约拿单"。约拿单是《圣经》里扫罗王的儿子，大卫王的密友。

我立即拨通约拿单留下的号码。他告诉我，他接了一个多人性爱的订单，已经找齐了三个金发女孩和两个金发男孩，只差最后一人。

我拍了一张自己的照片传给他，听到他在电话那边吹了声口哨。第二天，我没去上课，去了他给我的一个市郊地址。那儿是个废弃的洗车场，约拿单已经准备了好几个旧床垫，堆叠在一起，看上去倒很像装置艺术。

一共七个人，四人需要戴录制器，又动用了塑胶阳具、口枷、手铐、眼罩、绳裤……一大堆繁复道具和程序，其中还有一系列杂技式的动作。失败了三回，到第四回才算成功录完，所有人都累得气喘吁吁，倒在床垫上动弹不得。

约拿单真是个妙人，他第一个爬起来问，没人受伤吧？我带了超好的创伤药，管治！

我苦笑道，自尊心受伤管不管治？

所有人都笑出声来。

第三天分钱的时候，约拿单给我的钱比我预期的少了五分之一。虽然差得不算太多，但我已经没时间再去补上这个缺口了。

他也很不好意思,把网站转账单据都发给我看。嗨,那个客户反悔了,说是录制的效果不如预期,得扣掉一些酬金。他非要耍赖,我也没办法。七个人里,分给你的已经是最多的了。

他又说,你若是急用钱,我那份你也先拿去。

又说,喂,有什么难处不如说出来,看我能不能帮得上?

就这样,我靠一次屈辱的体验录制赚到的钱,把洁迈玛的屈辱体验买了回来。

这件事从头到尾她都不知道,我也并不打算让她知道。约拿单替我花钱雇了两个人,把霍顿揍了一顿,让他很长时间没法再炫耀自己的"技术"。洁迈玛始终蒙在鼓里,她不明白为什么霍顿换了手机号,也不再来找她,以为自己再一次无缘无故地被抛弃了,为此伤心酗酒了一个多星期。

那之后我就从家里搬了出去。

为了还约拿单的钱,我又跟他合作了几次,我暂时没找到房子的时候,睡了一个月他房间的沙发。

后来我第一次自杀,也是他把我送到医院的。

我搬出去住这件事,洁迈玛装作并不在意,也不阻拦,还帮我收拾行李,其实我知道她很伤心。她有一回在学校门外等我下课,给我送来一盒她烤的蛋糕,坦白说,烤得不怎么样,蛋白打发得太潦草。约拿单咬一口就怪叫起来。但我还是都吃光了。

半年后我考上了本地大学的商学院,这让洁迈玛高兴坏了。说实话我更希望考一个美术学校,但洁迈玛钟意商学院,她特别喜欢想象儿子穿着定制西装、在证券公司跟客户聊天、嘴里吐出一串串金融界专用词汇的画面。

她特地提前买了一条新裙子,到美发店做了头发,很认真地化妆,然后开车送我去大学宿舍。

那一路上,我是很爱她的。我们扭开电台听歌,还一起唱了《我被锁在天堂门外》和《黄色潜水艇》。把我和行李箱安置好之后,她说,哈瑞,下月6号是你爸爸忌日,你回家来吃饭,好不好?

下月6号,我记得牢牢的。那天下午回到家,发现门敲不开,我从门口花盆下抠出门钥匙开了门。家里乱得像遭过贼,卫生间洗手盆里有男人的胡渣,从胡子的颜色和硬度来看,是个大块头汉子。

我打她的手机,拨了好几次终于拨通,那边有很吵的音乐背景声,她说,什么?我听不清。啊,哈瑞,我跟史蒂夫在酒吧呢。你在学校?什么?今天就是6号?啊,宝贝,太对不起了……

我说了声没事就挂了电话。翻翻冰箱,把过期的酸奶和盒装沙拉扔掉,找出所有还能吃的东西,冻肉、胡萝卜、青椒、土豆、蘑菇、一袋意大利面,做了凉拌蔬菜、烤肉排和黑椒酱汁意大利面。面分了三份,我把自己那一份认真浇上酱,拌入芥末和蔬菜,认真地一口一口吃掉,把碟子洗干净,剩下两份面留在餐桌上,然后关灯,锁门,钥匙放回花盆底下,坐地铁回学校去。

大学第二个学期快结束的时候,约拿单问,有一个很肥的订单,要求两个人一起到马洛卡岛洞穴潜水,是个母亲给双胞胎儿子订购的生日礼物,来回大概两周时间。我有深潜执照,你可以现考一个。想不想去?

我说,下周是我们学院的考试周。

约拿单显出古怪的笑,说真的,你将来真想进证券公司?我一直以为你的志向就是当个录制者。

他说,你不会甘心尝那些乏味的、别人尝惯的东西。你其实是个天生的录制者。得啦,我都在这儿等你这么久了,你就别假装自己是个正常人了。

如果约拿单看过我的体验阅读记录,他大概就不会这么说。

在各个体验网站,总有一个阑尾式的条目叫"家庭生活",点击量寥寥,通常是十几岁的中学生随便录了、挂上来攒积分的。那些正是我渴求的珍宝。"陪祖母去教堂望弥撒""全家一起吃复活节大餐""拆生日礼物"……我把每个网站家庭版的体验都下载下来,一遍一遍活在别人家的笑声和火鸡香气里。

后来我也开始下单订购,"分类:家庭生活。内容:周末郊游或度假。要求:母亲与父亲均为三十五岁到四十岁。母亲金色长发。父亲褐色短发,左脸颊有酒窝。郊游地点不限,湖边、林区、国家公园皆可。"

接我的订单的录制者都是些半大男孩,他们会提前给我打电话,"我爸爸没有酒窝,不过我妈确实是金发,我还有个弟弟,这样行不行?……我爹虽然是褐发,但是没有酒窝,我家出门郊游还会带着祖母和狗,成交吗?"

符合要求的母亲很多。左颊有酒窝的父亲太难找了。

所以我总会说,不要紧,好吧,成交。

如果父亲一直活下来,那我肯定会有个弟弟。也许还会有两个,三个。洁迈玛喜欢男孩,她喜欢被异性围绕着。

一切宛如天意,就在我复习备考的时候,网上有那么个小崽子给我传来一张照片,天哪,他的母亲和父亲简直就是按我的要求订制出来的,那男人连左边脸颊上酒窝的位置,都跟我死去的父亲一模一样。

他人很精灵,说,价格得随着市场浮动,你给那么低的价格可不行。

他给出的价比原价翻了十倍。

我被弄得啼笑皆非。你要那么多钱干什么?

他倒很坦白。我看中了一套超贵的"亚洲女子性爱体验合辑",兄弟,那真是难得的好货色啊!

利用别人的欲望,满足自己的欲望,世界还不就是这么回事嘛。

没办法,录简单普通的体验挣不到那么多钱。我对约拿单说,走吧,咱们去马洛卡。

我付钱。我将数据输入阅读器。我在床上躺下来——不,是在春风漫卷、春草鲜嫩的山坡上躺下来,在巨大如伞盖的樟树下躺下来。

那儿有我买来的母亲和父亲。

温柔姣好的、金发垂下来在肩头打着卷的母亲,身穿特地为周末郊游缝制的碎花连衣裙,平底玛丽珍鞋,美得像广告招贴画儿。高大爱笑的父亲左脸颊上有个酒窝,他提着野餐篮,篮子里有保温茶壶、母亲前一晚做好的沙拉、带无籽葡萄干和杏仁的蛋糕。

那个我从未见过面的儿子,那些我永远没法变成的儿子,我就是他,是他们。我投入金发母亲的怀抱,食指绞起一绺金发,绕在第一个指节上,再松开。父亲脱掉上衣,打开工具箱,光着膀子修车,母亲让我把保温壶给他提过去。阳光落在鼻尖和肩膀上,晒得发辣。健硕的、活生生的父亲在汽车打开的后盖前皱着眉,嘴里骂骂咧咧,我一步一步走过去,走过去,走过去,走过去,"爸爸,你喝口水,让我试试。"

阳光真耀眼啊。回头看一眼母亲,她斜坐在树下读畅销小说,嘴唇轻轻动着,读出书里的句子,一只光脚压在臀部下面,另一只脚蜷曲在侧边,脚趾上涂着莓红色趾甲油,树叶里漏下的光斑,在她的手臂和小腿上跳动……

我办理了退学手续,跟约拿单一起做了职业录制者。

直到现在,我还要说我为这个职业自豪。录制者们都认为:我们是这颗星球上最了不起的那群人。我们享受第一手的乐趣,人们花钱买回的其实是二手货,是我们品尝生活剩下的余沥。

就像"门萨俱乐部"的成员,加入俱乐部的唯一好处,就是在心理上感受自己置身于人类金字塔的塔顶①。

每个录制者都有自己拿手的领域。有人擅长"旅行",有人擅长"烹饪",有人擅长"运动",有人擅长"性爱",约拿单擅长"组织",他喜欢接组合订单。我则花了两年时间,成为一名客源稳定的极限运动体验录制者。

购买者需要的是那一刻的快感,如果录制者在过程中心里充满恐惧,那是要被退货的。我提供的感受全是兴奋的、镇定的、欣快的,是第一流的体验。约拿单说得没错,我大概天生该做这行。

我出门,去拳击馆、去赛车场、去搭飞机、去登山、去潜水、去沙漠和丛林中。无论到哪儿,我都把播放器别在耳朵上,那里面有几十个

---

① 门萨是世界顶级智商俱乐部的名称,1946年成立于英国牛津,该俱乐部网罗了全世界智商最高的人。

金发母亲和一个左脸颊有酒窝的父亲,陪我到世上任何一个地方。

我替别人生活,别人替我生活,每个人都获得他想要的,这世界难道不是很圆满吗?

洁迈玛对我的职业选择反应相当大,她知道这事的时候,我已经退学三个月了,她给我打电话,拨通之后还没说话就哭了出来。

我只能举着电话听她哭,听她哽咽着说她多么盼望我能有一份稳定的工作,而不是像她这样……一切本来多美好、多顺理成章,你会拿到商学院的硕士学位,然后当上有身份有地位的人,过体面的生活,天哪,你为什么把我最后一点生活的希望都毁了……

那声音大得从听筒里溅出来,像疯狂的号角在吹奏。约拿单站在房间门口,咧一咧嘴,做了个表示诧异恐怖的表情。

我没有挂断,只把手机仰天放在沙发上,然后轻手轻脚地出门去。

几天后的下午我和约拿单开车回来,看到洁迈玛坐在我们合租的公寓楼下,双手抱着膝盖。我呻吟了一声。约拿单说,不要这样,你得跟她好好谈。

我拖着脚步朝她走过去,她紧紧盯住我,并不理睬跟她打招呼的约拿单,"哈瑞,我问过学校了,如果你现在回去,学校愿意保留学分和第一学期的考试成绩。"

我尽力耐心地跟她解释:"我不会回学校去了,这就是我的选择。我喜欢做录制者,我认为我能做出成就来,就算做不出成就,也足可以养活自己。我已经十九岁了,希望你尊重我的决定。"

约拿单帮腔说,不用担心,我可以保证录制者这活儿没什么危险,挣到的钱一点也不会比上班少,我干了快十年啦。

她转头瞪视约拿单,忽然抬手一巴掌打在他脸上,"我儿子本来好好的……"

事情就这么彻底闹僵了。

每个人在人生中都有拿手的领域,洁迈玛擅长半途而废,擅长心不在焉,擅长昏头昏脑,擅长把一切变得稀里糊涂、令人厌倦。

有时想到自己永远无法靠近深爱的人,真让人又哀伤又愤怒。

我换了手机号码,跟约拿单到德国去参加一个国际录制技术展,之后从因斯布鲁克、苏黎世、伯尔尼、日内瓦一路晃荡下去,有时住旅馆,有时睡在租来的车子里。路费花光了,就上网找几个订单赚点钱,"在圣莫里茨城坐马拉雪橇""在莱蒙湖裸泳"……约拿单还组织录制了一次马球比赛,结果他把脚踝扭伤了,我们不得不在那个小城多待了半个月。

大半年之后,洁迈玛再婚了,跟一位带着十六岁女儿的律师。当时我在墨西哥的索诺兰沙漠,留在家中的约拿单打电话告诉我收到一张请柬,还有一封长信。

他问,要不要给你念那封信?

我正躺在野营帐篷外的火堆边,仰望星空,用手指给仙王座和仙后座连线,信?不必了。

约拿单又絮絮说道,你至少要给她打个电话,这是迟早的事,早点比迟点好。讲点好听的,告诉她你回去之后会去新家看她——就算不去也得这么说。

他的话我总会听,于是我拨了洁迈玛的号码,草草说了几句祝福的话。她的态度冷淡平静,这倒让我有点惊喜。她问要不要跟你继父和妹妹打个招呼,我说不用了,请转达我的祝福,回去之后我会去新家看你。

挂断电话,我打开播放器,春风骀荡,父亲站在我旁边,中年男人的汗味热烘烘地飘过来,母亲在樟树下读小说。树下有属于我的一角蛋糕,和永远热气腾腾的红茶。

夏天,我到阿尔卑斯山录一段滑翔翼体验的时候,在涡流区遇到强烈扰动气流,单边折翼,附伞虽然最后抛了出来,可惜不够及时,落地时摔断了腿。十九个小时之后救援人员找到了我,用直升机把我送到医院。

我被接回和约拿单合租的公寓。虽然我极力反对,他还是退掉了手头所有订单,留在家里陪我。

他问,你不打算告诉洁迈玛?

我说,当然不能,她恨透了这工作,要是看到我摔断腿,岂不要得意死了。

堪可算作补偿的是,我的坠落体验客户居然也收了货,说是成功的体验有意思,失败的体验更有意思。

回来的第五天,我正躺在沙发上看球赛,网上有在球场看球的体验直播,但我还是喜欢看老式的电视转播。

听到门开的声音,我高声叫道,比分已经四比一了,帮我到冰箱拿瓶啤酒过来,谢谢。

进来的是洁迈玛。约拿单站在她身后。我蹭地坐直身体,狠狠瞪了约拿单一眼。

他躲开我的目光,搓搓手说,"我去泡茶。"然后就溜到厨房去。

洁迈玛在单人沙发上慢慢坐下。我已经一年没见过她了。她憔悴得真厉害，脸颊的肉垂下去，在嘴角两边压出两条纹路，头顶的头发竟然开始稀疏了。

她看了看那条石膏腿，问，"还疼吗？"

我把频道从球赛换到电影台，说，"不怎么疼，只是不能动。"

"你的室友也很忙吧？你可以回我那儿去，我来照顾你。"

我说，"你不是跟我继父和妹妹住在一起吗？"

她沉默了几秒钟，说，"我跟他已经分居了，正在办离婚手续，我又租了一处房子自己住。"

我不知道该说什么。电影台在放一个新西兰的纪录片，天空非常蓝，云朵挤来挤去。我指一指电视屏幕，干巴巴地说，"我去过这里，非常美，如果有机会你也该去玩玩，散散心。"

她又答非所问地说，"哈瑞，我参加了戒酒小组……"

这时约拿单从厨房走进来，装作刚刚想起的样子，"嗳，哈瑞，明天是你生日，你不想请洁迈玛来吃饭？"

洁迈玛有点怔怔的，嘴巴慢慢张开，显然她不记得我的生日了。

我看着她的脸，又回头朝约拿单笑一笑，"你要我请的人连记都不记得，那还是不要请了吧。"

为什么人会爱一个人爱到愿意献出生命，却又希望从此不再会面？

她又一次闭着眼睛，往人生之河里扎了个猛子，然后狼狈不堪地呛咳不止，挣扎着要回岸上去。仅仅是想到她所代表的那种浑浊、黯淡的颜色，我的心就退缩了，就像人在泥潭边缩回脚来。

两个月之后，我的腿拆了石膏。作为庆祝，我和约拿单计划了一次没有录制任务的滑雪旅行。

我们住在山下小村庄里的木屋旅馆，那儿聚集着来自世界各地的旅行者和录制者。晚上,约拿单去附近酒馆喝酒了。我躺在床上翻网页、检查邮箱,发现收到一封匿名邮件,里面有一段没名字的体验数据。

我将那数据传进播放器,揿下阅读键。

画面开始有些模糊,物体的边缘线条扭曲着,像是一个人眼睛里有泪时看出去的样子。

哈瑞……

那是洁迈玛的声音。

我被一阵恐惧的眩晕攫住了。我正在我母亲的脑子里。我跟她在一起,融为一体,就像我生命最初十个月时那样。心脏挛缩,胃绞在一起,呼吸艰难,分不清那到底是我自己脏器里的感觉,还是她的痛楚映射到了我身上。

她正在对着盥洗室里的镜子说话。我能够透过她的眼睛看到镜子里那张惨白的脸。她把头发梳理得极整齐,还戴上了蓝绸缎新发夹,嘴唇上涂了红唇膏,但那只衬得那面庞更加死气森森。

"哈瑞,当你看到这段纪录的时候,你已经是个孤儿了。

"对不起,对不起,对不起。这是我做的最后一件糟糕的事。

"我知道我始终是个不称职的母亲。家务总是你在做,我只会把屋子弄乱,我从没在家给你办过生日派对。我没教你骑自行车。我缺席了你的每一次滑板比赛。你从来不敢把你同学请到家里来吃饭。我总是胡乱交往男人——我知道因为这个你一直很看不起我。我还打过你的朋友……

(我第一次真切地领略到,她想到儿子的时候那忐忑不安的、痛苦的柔情。)

"哈瑞，回大学去，把书念完，我喜欢你念商学院，可我知道你更喜欢美术，那么就去读美术学院。

（她眼前出现我小时画的蜡笔画、水彩画，还有在卧室墙上的铅笔涂鸦。我都不知道她竟然记得这些东西。）

（我感受到胸口窒闷，四肢绵软，头疼如裂，舌头上满是苦味。那是洁迈玛的濒死体验。）

"不要再做那见鬼的录制者，算我求你。那太危险，而且不算是份职业，我会到死都替你悬着心。你得找一份正常的工作，找个脾气好的姑娘，结婚，生个男孩，再生个女孩。等你四五十岁的时候，就明白那样做的好处了。

（我看到很多面目不清的少女，像蒙太奇一样一闪而过，那大概就是她理想中的儿媳，然后是想象中的结婚典礼，金发婴儿……有喘息咳嗽的声音，她快撑不住了。）

"我一生的渴望就是你能成为我的升华。我想，如果没有我，你一定会轻松很多。这世界也会轻松很多。

"哈瑞，感谢你一直容忍你糟糕的妈妈，现在我也容忍不了自己了。我不想让自己的谬误事迹单子再加长了，这可笑的一生该早点结束了。"

（那声音越来越不连贯，越来越微弱。）

（绝望，跟死一样的绝望，让身体像浸泡在雪水中。）

最后，她脑中出现一幅老电影似的画面，春风暖煦，她和父亲坐在树下。父亲正手执小刀削苹果，长长的苹果皮落在他腿上，不断抖动。她脚边躺着一个熟睡的、两三岁模样的男孩。树叶缝隙里漏下的光斑，在他们身旁跳跃。

（原来那不是我的幻想。原来我真有过这样的一个下午。）

她倒在地上，伸展开四肢，瓷砖地又冷又硬，像是她一生所遭受过的冷遇和不可解的壁垒。

她怀着一个小女孩在夜路上走着、知道马上就要到家的心情，度过了人生的最后半分钟。

画面黯淡，消失，变成一块黑白斑点闪烁的、坏掉的电视屏幕。

哈瑞，哈瑞，哈瑞，哈瑞，我的宝贝。

直到彻底黑下去，大幕合拢。

这就是死亡。

那之后的几个小时，我的记忆都不太确切了。我只记得我拼命地嘶喊，大叫，疯狂地在山谷里奔跑。我就像进入了一片白茫茫的雾，除了自己的叫喊，什么也听不见。约拿单和另外几个人追上我，把我按倒在地捆起来。

第二天凌晨，我装作已经恢复平静的样子，其实心里只有一个念头。

趁约拿单暂时离开的机会，我冲进盥洗室，反锁门，摔碎一只玻璃杯，用碎片割断脉搏……

洁迈玛很好地发挥了体验共享的优势。她用最后的力量叩着我的心扉，想要敲开某种东西。然而她开启的是死的边界。日日夜夜，我再也没法驱走她的声音。她的痛苦和绝望像种子一样在我脑袋里生了根，盘踞在血肉之中，给我的心打上了永久的封条。

从那天起，我踏上了漫长的寻求自杀的旅程。

岁月岛 | 半月王子夜

不必回头，时代在改变。

一

占星师米娜真的死了，得知这个消息后我不寒而栗，因为就在昨天，她的灵魂来找过我，并说了一些莫名其妙的话。

时为三月十三，四起的狂风将米娜的死讯吹满了整个岁月岛，可却吹不散人们眼中的哀伤，宛若所有人眼眸里不流逝的时间，前来教堂为她追悼的人密密麻麻，开满一地。

对于米娜的死众说纷纭，有人认为她是占卜到了神的启示，追随神而去；也有人以为，她是占卜到了不该看到的东西，被精灵使奥索灭口；甚至有人直指教堂，面对众人高声喧嚷："她的时间流逝了，岁月岛的时间开始流逝了，所有人都会死！"

而不管争论如何，有一点是可以肯定的，米娜不是自然死亡，尽管她已经三百多岁。因为岁月岛里的时间是不会流动的，就像一摊死水，时间永远停留在那一刻，即使人们年过数百，依然青春如昨。

孩童永远是孩童，老人永远是老人，无疾病，无成长，都与岁月无关。

作为死灵咒士的我，被众人推举前往调查米娜的死因，因为我可以和鬼魂交流。而我看到的占星师米娜却不是昨天那个活灵活现的灵魂了，只是一具死尸，毫无生气。

据教堂里的牧师说，最后一次见到米娜是在今天早晨八点，人们做礼拜的时候。而米娜确实昨天就来找我了，并告诉我她会死去的事实，也就是说，在她死之前，已经预测到了即将发生的事情。既然一个人明知自己会死，为什么不防止这种事情发生？

更加奇怪的是，米娜的灵魂并没有让我来救她，而是让我去找一个人。

可这些都不重要，重要的是，在不久之后我居然遇到了活着的米娜。

二

一个人死去之后，我才可以召唤他的灵魂，可在占星师米娜死去的前一天，她的灵魂却不召自来。

是时三月十二，我在一位死者墓碑前勾通灵魂，作为死灵咒士的我，能和鬼魂交流，多年来一直流连于丧葬现场，为阴阳两隔的人们传话。

那时夜色若墨，我祭起的蓝色法阵里是泪流涟涟的鬼魂，她让我转告她的丈夫说，对不起。

我说，好。然后收起法阵，准备驱散鬼魂。可就在这时，法阵的蓝光却不停闪烁，而后一道声音萦绕在我耳畔："木木夕，帮帮我。"

"米娜？"我循声望去，法阵里米娜的鬼魂蓝得耀眼："你怎么，你的灵魂怎么？"见得这一幕后我不可置信地问她："你死了？"

"现在还没有，不过马上就快了。"

"什么意思？你没有死的话，灵魂怎么过来的？"我忽然意识到什么，"你让我帮你什么，是不是让我去救你？"

"过去的事情都成为了定局，无法改变。"米娜抚摸着她的水晶球，"木木夕，明天一早我的死讯就会传出来，到时候整个岁月岛便会一片哗然。你记住，去找奥索。"

"奥索？找他做什么？"

"查出我的死因。"米娜面若悄悄，"我唯一能够指望的人就只有你了，木木夕，去改变水晶球里的未来。"

可就在我想继续追问的时候，米娜的灵魂却消失在了法阵里，独留蓝光闪烁得耀眼。

米娜的灵魂到底怎么到法阵里来的，她占卜的未来又会发生什么？

三

奥索是岁月岛的精灵使，他可以召唤出各路精灵，为其候命。长期以来，米娜和奥索都各持己见，用各自的一套方式领导岁月岛。米娜掌管神谕和占卜，奥索掌管力量和精灵军队。米娜却在临终遗言里要让我去找奥索，那么在这种时候去找奥索，究竟隐藏着什么样的信息？

105

后来我才明白，这一切都不是哪一个人能改变的，即使在当时我知道了一切，也无法按照米娜预想的那样发展。她看到了未来，却还要一意孤行地去改变。

却不知，就算她代表了神的旨意，也无法阻挡新时代的到来。

时为三月十三中午一点，人们簇拥在教堂里为米娜祈祷，人头涌动，像是最后同旧时代告别。而作为岁月岛的精灵使，奥索始终没有出现，甚至有人大胆推测，就是奥索一手策划了米娜的死亡。

正好死灵咒士的招魂法阵只能在夜晚施展，于是我决定亲自去找奥索，不仅是因为米娜的遗言，更是为了消除人们的流言蜚语。

后来我想，是不是正好我的出现才让事情朝向了我们不可预知的方向发展，又或者，我们的拼命挣扎也只是徒劳，谁都无法让即将到来的历史暂缓一步。

于是那天，完全出乎我意料的是，奥索最后死在了我的眼前。

四

我去到精灵教场的时候，奥索正在训练他的精灵军队。他的精灵们可沟通自然，他们让火焰和冰雪同时在我的眼眸里盛开，像是一场华丽的告别式。

几百年过去了，这个我儿时就认识的男孩，依然留着一头棕色的卷发。他对我相视一笑，而后随手指向我。那时两个长着翅膀的飞天精灵便扶着我飞向奥索的地方，他站在寒冰雕成的看台上，却封冻不了他十七岁炽热眼眸里的欣喜。

他问我说："怎么样，昨天跟你说的事情考虑好了吗？"

"昨天?"听得这句话后我不明就里:"昨天我们见过?"

"木木夕,你又跟我装糊涂是吗?"奥索狡黠一笑,"那你现在来找我做什么?"

"米娜死了,但是在她死之前,我却看到过她的灵魂。"我直截了当,"她的灵魂,让我来找你。"

"什么?"听得我的话后奥索脸色大变,而后却又强行言笑,"你又跟我开玩笑是吧?"

"你不知道吗?"我满脸疑惑,"她的死讯已经传遍了岁月岛,现在教堂里挤满了为她祷告的人,却唯独不见你去。"

"不可能,不可能!"奥索失态道,"她是占星师,未来的事情一清二楚,怎么可能会死?"

"我也很奇怪,她确实是知道自己会死。但她却没有阻止这一切发生,而是让我来找你。"我看着奥索凌乱的棕色卷发问道,"她,为什么让我来找你?"

"难道,米娜也知道了?"奥索思绪万千,"对,她是占星师,她一定也知道了!"

五

可是你们又都知道了什么?

三月十三下午三点,当奥索得知米娜的死讯后震惊不已,他在火焰与冰雪开满的精灵法术下面若悄悄,宛若时光倒流,几百年沧桑的皱纹瞬间在他的脸颊上绽放。他无力地对我说:"我知道了,没想到……"

"都这么多年了。"我望着眼前这个曾不可一世的棕发少年,"我以为,你早就不为所动了。"

"那是她,呵呵,伟大的占星师。"奥索眼神迷离,"她不是有神的旨意吗,就是那些狗屁不通的旨意让我们不能在一起,最后又怎样?她按照神的旨意活了这么几百年,也没能说明她就是对的,她还不是死了?"

"当年的事……"我欲言又止。

"索菲被封印,王子夜被流放,米娜死了,现在只剩下我们两个人了。"奥索满眼沧桑地说,"木木夕,你肯不肯帮我?"

"帮你什么?"

"你又装什么糊涂。"奥索无力言笑,"昨天不是说得一清二楚了吗?"

"昨天?"我不明就里,"昨天我跟你说什么了?"

"昨天我去神墓林找你。"奥索满脸疑惑,"把我知道的事情全都告诉你了啊。"

"你说昨天在神墓林?"我莫名其妙道,"昨天我去帮人招魂,一整天都没在神墓林。"

六

王子夜:

在海上漂泊了四十天后,我终于带领着舰队找到了这个在地图上完全没有踪迹的岛屿。如今整个星球经过第五次世界大战后,终归一统,却只剩下眼前这座岛屿还没有落入人们的视线。

"将军，一切准备就绪。"我的副官兰波向我敬了一个标准的军礼，海风将他金黄色的卷发吹得凌乱，"我们什么时候进攻，请指示！"

"进攻？"我看着兰波急切的眼神不觉一笑，"你随时都可以试试。"

我给予了兰波权力，他便迫不及待地发出了进攻指令。而后十门大炮瞄准，对着岁月岛发出了第一次进攻。可当炮弹打到岁月岛时，却全都凭空消失，而岁月岛却毫发无伤，依旧安安静静地躺在所有人的眼眸里。

"它只不过是一片海市蜃楼。"我向兰波解释道，"岁月岛拥有与世隔绝的时间，它的时间不会流逝，这座岛屿虽然在我们眼前，可它却是几百年前的留影。"

"恕我冒昧。"兰波问道，"我不是很明白您的意思。"

"我们所存在的维度有四维，长宽高合成了三维空间，而加上时间便成了四维空间。"我望着岁月岛继续说，"现在我们和岁月岛所处的三维空间是一致的，但我们的时间却不一样。就好比，明天的你在这里对自己说了很多话，但现在的你，却是听不到的。"

而后我下令道："全军就地待命，等我进去走一趟。"

七

时为三月十三下午四点，教场里的精灵们占满眼眸。在我和奥索结束了一段莫名其妙的对话后，天空忽然变成了紫色。

"幻象？"奥索看着紫色的天空疑惑道，"是谁？出来！"

可还没等我们回过神来，奥索的精灵们便通通在紫色幻象里凭空消失，而后一把长剑从天而降，直直插进了他的胸膛。

看到这一幕的我目瞪口呆，我想上前去扶住奥索，却发现自己无法动弹，就像深陷在泥潭里，全身都被莫名的力量束缚。

而那时候奥索转睫凝望我，颤抖着说："木木夕……"就在这句话还没说出口时，长剑却变成了一张巨手，将奥索的脖颈掐死。发现自己无法言语的奥索，却是颤抖着右手在地上用自己的鲜血，轻轻写下一个字"外"。

这个字是什么意思，奥索想对我表达什么？

可就在我还未来得及细心思考时，紫色天空又恢复了正常，气绝身亡的奥索倒在冰雕上，再也无法动弹。

这一幕突如其来，使我一时无法接受。奥索就这么活生生地死在了我的眼前，他可是精灵使，操控的精灵们却在一瞬间消失不见，整个岁月岛有谁拥有这样的能力？

"木木夕，我回来了。"这时一句熟悉的声音在我的耳畔萦绕。

可我极目四野，却又空无一人。

八

奥索：

你得到神的旨意活了这么多年，就能说明，你一定是对的吗？

很久很久以前，我有一个妻子，我爱她不通世俗，爱她天真无邪。那时候的她还不是占星师，也还不会观测水晶球里的未来，她总是跟在我身后问我一些没有答案的问题，在我召唤出火焰精灵的夜晚，暖光照不亮她十七岁求知深瞳里的疑问，她问我，为什么岁月岛的时间不会流逝？

她问我，我们还要保持年少的模样几百年？

她问我，岁月岛的外面，是什么？

可这些问题，我通通都回答不了，因为我也不知道，好像是这个世界一直都是这样，我们活在一个不肯变化的时代里，以为自己的模样十七岁，我们就真的永远十七岁，做着掩耳盗铃的事，固步自封。

后来她就去了教堂，她说占星师索菲可以回答她这些问题，因为索菲能够看到未来。而索菲也真的看到了未来，可在她看到的未来里，却是改变。索菲说，外面的世界日新月异，我们岁月岛已经跟不上潮流，时间必须流逝。

索菲说，如果岁月岛的时间依旧停滞几百年，就会被蜂拥而来的新时代，摧毁在历史长河里。

然后我同意了，那时候作为精灵使的我，和作为占星师的索菲，以为凭借我们对岁月岛的领导权，便可以创造一个新时代。

可是我们错了，大错特错。后来我才明白，就算我们大权在握，也无法改变岁月岛民众内心深埋已久的堕落，即使他们知道不改变就会灭亡，即使索菲把水晶球里的未来展示给了所有人。可他们还是反对我们，因为我们触及到了他们的利益，他们只想沉睡，不想前进。

于是改变与不改变的争论喋喋不休，就在这种关键时刻我的妻子拿起了水晶球，她向民众宣告了神的旨意，神说，你们只需碌碌无为地活下去，永远停滞不前。

一片哗然，只是一道神的旨意，便全然否定了索菲和我的励精图治。尽管我恳求我的妻子，尽管我以死相逼，可她却全然不为所动。

那年里她抚摸着水晶球站在十字架下俯视我，高傲的言语刺痛了我最后的尊严，她说，你不配成为我的丈夫，这是神的旨意。

忽然之间,那个曾经天真无邪,爱我如生命的妻子变得无比陌生,她手持着神的旨意断送了我们的爱。可真的有那么重要吗?就因为神说,我们不能在一起,那么我们几百年的感情就烟消云散了?因为所有人都遵从神的旨意活了下来,就能说明它一定是对的?

后来我的妻子赶走了索菲,离开了我,她成为了岁月岛教堂里新的主宰,人们开始尊称她为,占星师,米娜。

九

三月十三下午六点,我将奥索的尸首带回教堂,打算等到夜晚,将他和米娜的灵魂一同召出。

米娜的死讯已经让岁月岛风云四起,此时守护在教堂的民众黑压压一片,将视野围堵得水泄不通。于是我隐藏了奥索的死讯,米娜和奥索是岁月岛两位领袖,如果他们死去的消息同时公布,定会引起轩然大波。

而且冥冥之中,我有一种不好的预感,奥索的死一旦公布,就会有我意想不到的事情发生。

可当夜幕降临后,我摆出蓝色招魂法阵才发现,我召唤不了米娜的灵魂,因为她的灵魂,不见了!

是的,不见了。当了几百年的死灵咒士,这种情况我第一次遇到。

通常来说,从一个人死后算起,七天之内灵魂都会残留在尸体里,我可以在这段时间里,通过招魂法阵,将他们的魂魄召唤出来。

米娜刚刚死去一天,我居然不能召唤出她的灵魂,这是怎么回事？

可不容我多想，那时夜色若墨的天空忽然变得白昼通明，教堂里守灵的民众全都消失不见，取而代之的是熙熙攘攘做礼拜的信徒。

更加让我震惊的是环绕在我耳边熟悉的声音："我们接受神的教诲，必将得到永生。"然后我抬头，在教堂正前方的大十字架下看到了米娜，她活生生地站在那里正在同信徒们一起做礼拜！

天啊，这是怎么回事。米娜不是已经死了吗？

十

"米娜！"当礼拜结束后我拦住了她，"你怎活过来了？"

"木木夕？"米娜看到我之后说道，"你来得正好，等会奥索也要过来。"

"奥索已经死了。"

"怎么可能？"这时米娜拿出水晶球轻抚，水晶球里忽然云雾缭绕，"怎么可能，怎么可能？"

"真的会死。"而当米娜观看完水晶球后却是面无血色，"现在是上午八点，还有时间，木木夕，你在下午四点前赶到精灵教场就还来得及！"

"上午八点？"听到这话后我满脸疑惑，"你是说，现在是三月十三日上午八点？"

"有什么问题吗？"米娜指向教堂角落的大钟，确实指向的是八点。

这是怎么回事？米娜的死讯传出上午十点，奥索的死是在下午四点,我摆出招魂法阵是在晚上九点,而现在,却是上午八点,时间怎么忽然被打乱了?

而如果现在真的是三月十三日上午八点,那么也就是说,米娜将会在接下来的两个小时内死去。于是我紧执着米娜的衣袂说:"现在先不管奥索了,先保护好你。"

"我?"米娜不明就里,"我怎么了?"

"十点之后,你的死讯,就会传遍整个岁月岛。"我看着米娜,一本正经地说。

十一

当天我把我所经历的事情一五一十地告诉了米娜,从三月十二日召唤出米娜的灵魂,到最后发现米娜的灵魂不翼而飞。

听完我的话后米娜思绪万千,她将奥索最后写的字默念了无数遍:"外、外、外……这个外字,到底是什么意思?"

"我也百思不得其解。"我说道,"奥索似乎知道什么,可是当时杀他的人却又不让他说。"

"那让我看看吧。"说罢,米娜抚摸水晶球,水晶球顿时光芒耀眼。而后她浑身冷汗直冒,不停颤抖,"是他,他回来了。"

"他回来了。"米娜转睫凝望我,恐惧绽放双眼,"木木夕,那个诅咒……"可米娜话还没说完,便从水晶球里飞出一道光芒,笔直穿过她的眉心。而后水晶球滚落在地,米娜气绝身亡。

看到这一幕后我惊魂未定,又是这样,当初奥索就是这样莫名其妙地死在我的眼前,现在又是米娜。两次了,整整两次我连凶手的样子都来不及看见,到底是谁,到底是谁有这么大的能耐?

而且,这次米娜像是看到了什么,她跟奥索临死前一样,想要告诉我。可是,都没有来得及说。那么,他们想说的,一定是凶手不想让我知道的。

而米娜说的这个他是谁?什么叫他回来了?

这些疑问纠缠往复,使我一时无法捋清思绪。可就在这时,白昼耀眼的天空忽然暗淡无光,教堂里为米娜守灵的民众依然密密麻麻。我望向教堂角落的大钟,时间指向九点,看来,现在又回到了晚上九点。

神魂颠倒,那刚才那一幕,又是什么意思?

而这时忽然地动山摇,教堂屋顶悬挂的水晶灯摇摆不定。惊慌的人们四处奔跑,呼喊声不绝于耳,"快跑啊,地震了!"

十二

"我回来的时候,必带千军万马,让岁月岛地动山摇。"

看着眼前落败的场景,我不禁想起了这句话。龟裂的地面被四下流离的人们践踏成了恐慌,那个人在几百年前最后无力的抗争,似乎终于有一天成为了我们眼中的事实。

他真的回来了吗?

看着地动山摇的岁月岛,我仿佛又回到了几百年前。我想如果是他的话,这一切就像有了答案。精灵教场那句无人的呼喊,米娜说的那个诅咒。

可我又只能自嘲,这怎么可能?岁月岛拥有自己独立的时间,外面的人根本不能靠近，它还有神灵庇护，就算千军万马也不能践踏。虽然自闭，但却固若金汤。

几百年前我们几个人妄图改变，可最后却只能惨淡收场，虽然他临走时的那句话无时无刻不在我耳畔萦绕，可在漫长的岁月中我们却只能墨守成规，然后成为了旧时代的守护者，我们年少时曾鄙视的顽固派。

而就在我思绪万千的时候，一个铁弹从天而降，宛若无比高深的法术，瞬间将整个教堂炸成了平地。而后我听见人们惊恐的声音，"神发怒了，快跑啊！"

"死了，死了，全都死了。"

"教堂没了，神把教堂收走了。"

"时间，岁月岛的时间开始流逝了。"

我却从废墟中爬起来，马不停蹄地向神墓林跑去。我想，是他，一定是他，不管他用了什么办法，那一刻我终于确定，他回来了。

而我知道，他的目标，一定是神墓林。

十三

神墓林月光皎洁，一座座墓碑在眼眸里排满了悲凉，岁月岛所有死去的人都被安葬在这里，像是一眼便看完了这座岛屿的历史。

时为三月十三夜晚十点，我从教堂狂奔到这里，神墓林却依旧平静，我要在这里等一个人，我知道他一定会来。

"木木夕。"不出所料，十分钟之后神墓林便浮现出了人影，可当我循声望去，一幅不可思议的场景却出现在了我的视野，站在我眼前的这个人，一头凌乱的棕色卷发，肩膀上盘坐的幼小月光精灵闪闪发光。

我看着他目瞪口呆，"怎么是你，奥索？"

"很不想看到我吗？"奥索眉开眼笑。

"你，你不是已经死了吗？"我颤抖着声音问他，"怎么你跟米娜一样，又活过来了？"

"米娜？又活过来了？"奥索调侃道，"大哥，你是不是该吃药了？"而后却又一本正经道："木木夕，我过来找你是有一件重要的事情。"

"重要的事情？"

"对，事关岁月岛存亡。"奥索问道，"你还记不记得四百年前那个诅咒？"

"四百年前？"

"对，王子夜临走前的那句话。"

十四

"你也知道，我操控的精灵遍布整个岁月岛，他们不止是军队，还是我的眼线。"奥索肩膀上的月光精灵像一只萤火虫，将他的脸颊照亮得通明，"所以岁月岛大大小小的事情，只要我想知道，就逃不过我的眼睛。"

"那又怎么样？"我疑问道，"米娜掌控神谕和未来，你掌控军队和情报，这些我都知道。你就想来跟我说这些？"

"可历来的精灵使都只是将精灵们安插在岁月岛内，他们认为岁月岛有自己独立的时间，与世隔绝，所以就不必理会外面。而正是因为时间独立，我们的时间停留在原地，外面的时间却在流逝，所以我们看不到和我们时间不一致的外面世界,岛屿之外是一片未知。而我接替精灵使之后为确保岁月岛安全,在岛外方圆百里内也布满了精灵。"奥索继续说,"几百年来都相安无事,可就在今天上午我的精灵却在岛外发现了大量船队。"

"可能只是途经这里。"我猜想道,"我们的时间和外面的时间不一样,外面的人看不到我们才对。"

"一开始我也是这么想。"奥索严肃道,"可后来精灵报告说,船队把岁月岛围成了一圈,你觉得他们还像是路过吗?"

"你是说,他们看得见我们?"

"只有这种可能了。"奥索神神秘秘,"而且,这些船并不是木头做的,而全是由铁打造,就在下午的时候,船队朝岁月岛投射出了十几颗铁弹,但却因为时间不一致,而消失了。"

"铁弹?"听到奥索的话后我回想起了变成废墟的教堂,就是那种铁弹将教堂夷为平地的。

"对,很奇怪吧,就是铁弹。"奥索看着满眼的墓碑说道,"而且,我的精灵看到了他,几百年了,他的样子都没有改变。"

"他?"我心中似乎有了答案,"王子夜吗?"

"就是他,他终于回来了。"

十五

"我回来的时候,必带千军万马,让岁月岛地动山摇。"奥索默念着这句话,"四百年了,我以为他早就死在外面了。"

"你也猜到了。"我望着奥索,"那你来神墓林,是想看看那个封印吗？"

"王子夜回来，必定有办法打破岁月岛的时间，加上岛外的铁船舰队，一场战争，只是时间上的问题。"奥索说，"木木夕，当年你把索菲封印在神墓林，这个封印也只有你能解开，王子夜回来必定会找你。而你又是死灵咒士，能召唤出死者的灵魂，如果我的精灵军队战死，还想请你召唤出他们的灵魂。"

"死者死去七天之内，他们的灵魂没有完全消失，我便可以召唤出来。"我不可置信地说，"奥索，你的意思是，在这七天之内……"

"对，如果我的精灵们战死，那么在这七天之内就利用他们的灵魂继续作战，而灵魂是不会死的，所以，这七天之内，我就拥有一支不死军队！"奥索兴奋道，"到时候你拖住王子夜，我的精灵军队攻击岛外的舰队，必可保岁月岛万无一失。"

"可他们的铁弹已经打进来了。"我说道，"你现在才跟我商量这些，太晚了。"

"打进来了？怎么可能！"奥索坚定道。

"是真的，教堂都被夷为平地了。"

"教堂？"奥索听到这个词汇后紧执着我的衣袂，"那米娜呢？"

"米娜？"我似乎想起了什么，精灵教场，教堂的钟，复活的米娜，还有眼前这个奥索。如果我没有猜错的话……

于是我问了一个莫名其妙的问题："奥索，告诉我，现在是几月几日？"

"三月十二日啊。"奥索不假思索地回答。

"不对，你的时间晚了一天。"我抬头望向那个棕发少年，"现在是三月十三日。"

此时我幡然醒悟:"所以,你写的外字,是岁月岛之外的意思。"

而后奥索支离破碎,在我的眼眸里消失不见。

十六

于是有些事情,我似乎知道了答案。

这两天经历的事情,看似错乱不堪,却又终于被我串联了起来。而一切错乱的根本,便是时间。

事情的开始,应该是在三月十二日,当奥索发现岁月岛外的舰队后,便来神墓林找我商议。而后是三月十三日上午,我在教堂看见米娜被杀,然后是三月十三日下午,奥索在精灵教场被杀。

这就可以解释,为什么在精灵教场的时候奥索说昨天在神墓林见过我,他确实见过我,但我却是三月十三日晚上才经历这件事。

而米娜被杀是在三月十三日上午八点左右,我却是三月十三日晚上九点才经历这件事。

所以这样推断起来,这些事情的时间被打乱了,没有规律性地出现在我的世界。

为什么会发生这样的情况?

而按照上面事情的发展来看,在三月十二日晚上我招魂法阵里的米娜又是哪里来的?因为在三月十三日上午的教堂里,米娜同我的对话来看,她是不知道自己会死,而且是在我一番提醒之后她才占卜到奥索的死亡。所以在那之前,她并不知道将要发生的事。而要是她不知道这些事情,就肯定不会出现在我的招魂法阵里来提醒我。所以一直到她死之前,她都没有进过我的招魂法阵。

那么就只有一种可能，她是死之后才被我召唤出来的。

而当天晚上，我在教堂里召唤米娜和奥索的灵魂时却发现他们的魂魄不见了，导致招魂失败。所以到现在为止，米娜都没有可能被我召唤出来。

那也就是说，这件事情。发生在未来！

还有王子夜，杀死奥索和米娜的人是不是就是他？而岁月岛的时间独立，他又是怎么让那些铁弹投进岁月岛的？

天旋地转，我的世界天旋地转。这些事情看明白了一点，却又连生出了这么多疑问。而我依稀感觉到，这些事情有一个源头，只要我抓住这个源头，就能迎刃而解。

可这个源头又是什么？

十七

三月十三日夜晚十一点，奥索消失在我的视野后我依旧留守在神墓林，此时岁月岛炮火声响彻天际，烽烟把月光遮挡成了一缕缕悲愁，山崩地裂。

我无法阻止横飞眼眸的铁弹，我也不能挽留这个即将逝去的时代，那时的我唯有一件事情可以做，那就是等待。等我要等的那个人，等他来揭开所有疑问，等他来带走一个人。

于是我也终于等到了他，是时夜色若墨，一道熟悉的声音萦绕在我的耳畔："木木夕，我回来了。"

"我知道。"我转睫回望，那个人却是容颜苍老，年华已逝，"王子夜，你老了。"

"外面的世界都过去四百多年了,只有岁月岛一直没有变。"月光朦胧,却照亮了王子夜泛白发丝里的劫难,"那个顽固、自闭、夜郎自大的岁月岛就要消失了,你听到了吗,外面世界的炮火声,正把这个腐朽的旧时代凌迟得血肉模糊。"

"做这些又有什么意义呢?你我明知这是不可改变的。"我听着天翻地覆的炮火声,却依旧对旧时代满怀信心,"我们知道这个世界腐朽糜烂,四百年前我们也改变过了,可那又怎样?我们最后失败了,得到的结论是就算我们励精图治,就算我们呕心沥血也无法撼动这些古老的规则,我们活在这些规则里只有墨守成规,随波逐流。所以我们只能妥协,沦为旧时代的守护者。"

"是什么让你这么自信?"王子夜问道,"你看不见漫天的烽烟,你听不到震耳欲聋的呐喊吗?你们的眼睛都瞎了,你们的耳朵都聋了吗?血淋淋的现实摆在眼前,为什么你们还要假装看不见?"

"这些都是幻觉,复活的米娜、复活的奥索、教堂的钟,这些通通都是假象。"我做着最后的无力争辩,"岁月岛的时间独立,外人不可能闯进来,所以这一切都不可能是真的。"

"你说,都是假象?"王子夜不可思议道,"到了这种时候你还要自欺欺人,还要掩耳盗铃?"

"这些都是不可能发生的。"我辩护道,"我不可能先看到米娜的尸体再看到她被杀,我也不可能在奥索死后再遇到前一天的他,整个岛屿拥有自己独立的时间,外面世界的铁弹也不可能飞进岁月岛。这所发生的一切都不合逻辑,都没有存在的理由。"

"对啊,这些都超出了旧时代的认知。所以你们害怕,你们恐慌。你们害怕接受自己被时代浪潮甩得太远的事实,你们恐慌看到即将到来的毁灭。"王子夜面若悄悄,他从怀里拿出了一块铁板,"你知道,什么叫科技吗?"

"科技?"听得这个陌生的词汇我不由自主地问道,"那是什么?"

可还没等我说完,眼眸里的神墓林便幻化成为了教堂,明媚的阳光刺痛了我古老深瞳里的愚昧,我惊恐地问道,"幻象吗?王子夜,没想到你已经成为了幻象师。"

"你错了。"王子夜指着眼前的教堂解释道,"这叫立体投影,靠我手中的立体投影仪投影成像,在旧时代里它被称为异术,可在外面的世界它的名字叫,科技!"

而后王子夜双肩忽然长出一双翅膀,他闪闪发光的身体使我晕眩,那一刻我目瞪口呆:"天使?神?王子夜,你,你成为神了?"

"你又错了。"王子夜飞到我面前,"这叫基因突变,靠改变人类的基因使其具有异于常人的功能。如果我愿意,我也可以让自己的身体具备光合作用,不吃不喝以吸收阳光来维持生命,这就是旧时代里的神,而它在外面的世界被称为,科技。所有人都享有。"

"所以岁月岛独立的时间,靠科技也可以解决。"这时我眼中的世界天旋地转,而后我看到了一个不可思议的场景,那时王子夜的声音在我耳畔迟回:"这叫作时间切割技术。"

十八

我们在岁月岛停留了几百年,掩耳盗铃不肯跟随时代潮流,自以为与世隔绝便可安枕无忧,于是到头来我们还是输给了时间,输给了自己的愚昧,输给了外面世界的变化。

那个自以为是的独立时间，也被轻而易举地打破。

于是那天我看到了一个不可思议的场景，阳光明媚，我在教堂里拦住了米娜，此时角落里的大钟指向八点。而后米娜身旁又出现了奥索，教堂里是萦绕满眼的飞天精灵。

然后米娜说话了："这个外字，到底是什么意思？"

同时奥索也对我说道："索菲被封印，王子夜被流放，米娜死了，现在只剩下我们两个人了。"

奇怪的是，精灵教场和教堂，奥索和米娜像是重叠了一样，明明是两个不同时间不同地点发生的事情，又怎么同时出现在一个场景？更奇怪的是，米娜和奥索似乎听不到对方说的话，而此时场景里的我却又同时对着两个人说话，这是怎么回事？

"这是时空重叠。"王子夜走到我身旁，"我利用时间切割技术，把三月十三日上午八点的教堂和三月十三日下午三点精灵教场独立切割出来，然后把他们重叠在了一起，就变成你现在看到的场景了。"

"你在说什么？"此时的我大脑完全一片空白。

"我要告诉你，你们自以为傲的独立时间，是怎么被科技践踏的。"王子夜继续说，"时间就像是一条不停流淌的河流，而独立时间的岁月岛就是这条河流里的一块顽石，永远停留在那一点不动摇，那么我就用时间切割技术，将这一块顽石切割开来。而被切开来的岁月岛，就会产生裂缝，时间就可以从这些裂缝中流淌进去，那样的话外面世界的事物，就可以进到岁月岛来。于是我第一次切割的时候是三月十三日夜晚九点，那时候的你在教堂，所以你产生了时间错乱的情况，看到了三月十三日上午八点的米娜。同时由于时间错乱，那时候你召米娜的灵魂没有即时出现，并不是因为她的灵魂消失了，而是她出现在了另一个时间，三月十二日夜晚你的招魂法阵里！那一次切割，让外面军舰的炮弹得以轰炸进岁月岛。第二次切割是三月十三日夜晚十点，那时候你到了神墓林，所以你又产生了时间错乱的情况，看到了三月十二日的奥索。那一次切割，让我的军队，得以踏进岁月岛。现在整个岁月岛已经被我的军队占领，只等我第三次切割，岁月岛就将会同外面的时间完全一致，被新时代的浪潮冲毁。"

"不可能，这不可能，你骗我。"听得这些超出我认知的真相后我矢口否认，或是我夺过王子夜手中的立体投影仪砸在地上，那一刻天空忽然变成了紫色。我发了疯似的祭出招魂法阵，霎时间鬼魂飘荡满眼，我对着王子夜吼道："你骗我，这些都是幻觉，全都是假的！我把这些幻觉打碎了给你看！"而后我召唤出来的灵魂变成一把飞剑，从天而降直直插进了奥索的胸膛，或是变成一道闪光，射进了米娜的眉心。

又或是那时的奥索张口想说什么，我召唤的灵魂却变成一张巨手死死掐住他的脖颈，我喊道："我不听，我不听！这些都是幻觉，我什么都看不到，我什么都听不到！"

"你又错了。"王子夜看着倒在地上的米娜和奥索，"你眼前的这些，都是真的。"

"真的？"我目瞪口呆，"那么，米娜和奥索是我杀的？"

"木木夕，我回来了！"这时王子夜对着重叠的空间喊道，"旧时代，我回来了！"

而后王子夜看着瘫倒在地上的我，伸出右手，无比怜悯地说："回来吧，自己。"

十九

王子夜/木木夕：

岁月岛拥有自己独立的时间，所以长期以来它固步自封，不思进取。所有人以为凭借时间的屏障可以苟且偷生，以为自己停滞不前，整个世界也会原地踏步。

而当所有人都沉溺在这种醉生梦死的幻觉里时，只有一个人看到了未来，她就是四百年前的占星师，索菲，我的妻子。

那年她从水晶球里看到了四百年后的未来，同时也说服了我和奥索，还有奥索的妻子米娜。我们曾经以为自己天赋异禀，靠着自己的天才便可以改变整个世界，可最后却被现实凌迟得血肉模糊。

那时索菲在教堂里，当着民众的面宣告了她看到的未来，而且精灵使奥索也站在我们这边，一切都看似万无一失。可当人们听到真相后却是笑得前俯后仰，他们嘲笑索菲异想天开，他们的笑声震耳欲聋："哈哈哈，笑死我了，你不知道我们闭关锁国，夜郎自大吗？"

"就算我们知道自己不思进取，那又怎样，我们就喜欢这样。"

"未来还很久，等到时候再说吧。"

"你说的都不是秘密，我们所有人都知道，可是，我们就是不改变，你能把我们怎么样？"

不止这样，连奥索的精灵们也不听他的命令，精灵们加入了嘲笑的阵营："快来看快来瞧啊，占星师说改变特别节目，未来的收视率黑马。"

"我们实在是受不了了，笑死我们了。"

"你以为自己站在了权力的巅峰就能改变这个腐朽年迈的岛屿吗，几千年来的蛀虫已经爬满了这个岛屿，而历史上你们这些自以为是的蠢材前仆后继，做着这些换汤不换药的表面功夫，如果真的可以改，它为什么还是现在这个样子？"

"哈哈哈哈，对啊对啊，如果真的可以改，为什么到最后，你们这些人都成为了牺牲品？"

"因为民众不想，民众安于现状，就算知道你们的本意是好的，但只要触及到一点自身的利益，便马上调转枪头。民众以为的改变，只是得到利益，没有人懂得牺牲的意思。可是改变哪能没有牺牲？于是几千年来，你们都被这股牺牲的势力打败了。"

而后米娜不顾奥索反对，毅然决然与我们决裂，她拿着水晶球宣告着"神"的旨意："占星师索菲妖言惑众，曲解神谕，剜其双目，由木木夕将其封印在神墓林。"

听得米娜的神谕后奥索坚决反对，他以死相逼想让米娜收回神谕，同时命令自己的精灵军队控制现场。

可没有人听他的，在那一刻，手握权力的领袖，变成了孤家寡人。

而听得神谕后的我却是分裂出了另一个自己，那个自己叫王子夜，他坚决反对我听从米娜的神谕。可作为木木夕的我却是软弱无能，唯命是从。于是人们剜掉了索菲的双眼，我也无动于衷，最后我还亲手将她封印在了神墓林。

王子夜就代表新时代的我，木木夕就代表旧时代的我。

而后分裂出来的王子夜最后被驱逐出岁月岛，他临走时却是对岁月岛喊出了一句诅咒："我回来的时候，必带千军万马，让岁月岛地动山摇。"

二十

王子夜：

走出岁月岛之后我才发现，外面的世界正在发生着天翻地覆的改变。彼时外面的世界正在进行第四次世界大战，一些我闻所未闻的新鲜事物迎面而来，将我旧时代的愚昧冲击得一丝不剩。

我从来不会想到铁盘子可以在天上飞，攻击千里之外的国度可以从天上引导彗星撞击，人死之后可以克隆，人们拥有永生永世的生命。

这便是未来，这便是我们曾经想也不敢想的改变，它使我们的世界焕然一新，它也是反驳岁月岛愚昧无知的最有利证据。

于是我马不停蹄地投身到了新时代的浪潮，我知道，有一天，这些科学技术将会冲破岁月岛时间的屏障，改变的铁蹄将把旧时代践踏成一片废墟。

四百年之后，第五次世界大战将整个世界融合在了一起，可只有岁月岛还不为人知，也只有岁月岛还醉生梦死在自己的时间里。于是我带着舰队，带着科技，带着新时代的浪潮从海上启程了。

索菲，我回来了。

木木夕，我回来了。

旧时代，新时代来了。

二十一

当我解开神墓林的封印时，木木夕已经跟我合为一体，而展现在我眼前的是那个一头金发的女子,她紧闭着双眼,伸出双手探寻:"是谁,我在什么地方?"

而我却是紧执着索菲的双手,有泪如倾:"是我,我回来了。"

"王子夜?"索菲把我推开,"你快走,岁月岛的人不会放过你的,你还回来送死做什么?"

"不用怕,有我在。"这一刻我深藏的泪水再也忍不住,我抱着索菲泪如雨下,"我回来接你了,索菲,你应该高兴才是。"

"可是你一个人怎么可能斗得过整个岁月岛?"索菲骂道,"当初以不杀你、将你驱逐作为交换条件,我才肯乖乖接受封印。你这个傻瓜,还回来做什么,我要你活着,给我好好地活着,活得比岁月岛每一个人都长,就算我们斗不过他们,也要活得比他们长,将他们打败在生命里。你赶紧走,去外面的世界好好活下去,不要再管我!"

"扑哧!"听得索菲的话后我却是笑泪双生,我抚摸着她的金发说,"不用怕,我把外面的世界都带进来了,岁月岛就快消失了。"

"把外面的世界都带进来了?"索菲不明就里,"王子夜,我的眼睛看不到,你告诉我,你带了多少人回来?"

"千军万马!"话语间我将时间切割器拿出,第三次切割了岁月岛的时间,而后漫天的飞碟从天而降,从飞碟里走出来的军队整齐列队,黑压压一片看不到尽头。那时候我的副官兰波向我走来,他跟我敬了一个标准的军礼:"将军,请指示!"

而我却是抱着受宠若惊的索菲:"我们走吧,去迎接新时代。"

二十二

被炮火轰击的岁月岛落败不堪，腐朽的气息在科技的铁蹄下全军覆没，我和我的军队走在这曾经不可一世、固步自封的土地上感慨万千。

而让我奇怪的是，街道上的民众却不再四处逃窜，他们全部保持一种姿势在原地一动不动，即使炮火猛烈，即使地动山摇。或是当一颗飞弹射穿了路人甲的身体，尽管他疼得不住痉挛也不肯挪动半步。我带领着救护人员走到路人甲的面前，我指着身后的担架说："你动一下，只要动一下，我的救护人员就可以救你。"

"我不会动。"路人甲颤抖着说，"你看不到我，你看不到我。"

"可你都要死了！"我吼道，"你就要死了知不知道，你看看这漫天纷飞的炮火，烽烟四起的落败，岁月岛完了，你们还在坚持什么？"

"不可能，岁月岛的时间是独立的，我的时间是独立的。"路人甲无力争辩道，"只要我保持不动，我的时间也就不会流逝，你们就看不到我，所以我就可以一直活在自己的时间里，一直活在旧时代，一直自欺欺人，醉生梦死。"

听得这话后我目瞪口呆，我瞭望满眼一动不动的民众，我不明白是什么力量让他们选择掩耳盗铃。为什么这些人面对不可挽回的事实还要自欺欺人，他们真的以为自己不动，外面的世界也就停滞不前了？

他们真的以为自己不动，我们就看不到他们了，真的以为时间会一直停留在旧时代？

"这是为什么?"那时我不明就里地问兰波,"我活了几百年,都一直弄不明白这个问题。"

"我也不明白。"兰波回答道,"可是没有关系,科技会让岁月岛毁灭,科技也会让他们动起来。"

"对,科技。"我笑道,"科技才是希望。"

永恒之伤 | 大袖遮天

第一天

我在醒来的同时，感觉到一股莫名其妙的哀伤。无法分辨它的来源，仿佛失去了什么很重要的人，我下意识地从枕头边的烟盒里抽了一支烟。这个简单的动作让我全身都疼痛起来，变换了几个姿势，肩膀和大腿上的疼痛丝毫没有减轻，反而变本加厉。我压抑住心头潮水般涌来的悲凉之感，坐了起来。

床头是亮晃晃的窗户，两扇玻璃窗没有销上，像两片翅膀般敞得无影无踪，黄昏前斜照的光照红了窗棂。我对着窗户吐了一口烟，头脑慢慢清醒了。

乔北死了。

记起这件事，胸口猛然胀痛了一下。

看看时间，已经六点五十了，葬礼在八点钟开始，还来得及。

我把脚垂下床沿，左大腿好像猛然被谁用力扯了一下，疼得我几乎叫了起来。低头一看，靠近膝盖的地方有一大团乌黑的伤痕，按上去只是微微的胀痛，但一动就疼得受不了。斜眼看看肩膀——同样如此。身体上其他地方陆续找到更小的伤痕，看起来我仿佛被人胖揍了一顿。

谁揍了我？一边穿衣服，我一边考虑这个问题。

上午还是好好的，我在这房间里看了整整一上午的书，然后吃了盒方便面，接着就睡了，一觉醒来，身体上就留下了伤痕。

我反复想了几遍，确定无疑，上午我就是在看书，哪也没去，那本书现在还在我的枕头底下塞着呢。

如此一来，这伤痕的出现就变得非常古怪了，除非有人趁我睡觉的时候猛揍我，但我有什么理由在这样挨揍的情况下还不醒来呢？

上午，在看书的时候，我还接到乔北的一个电话……

想到乔北，我又用力吸了几口烟——乔北已经死了，上午那个电话，是我和他之间最后的联系。

也许是中午睡得太久，我怎么也想不起乔北的死因，只是反复感叹着人生无常，胸口的疼痛忽大忽小。

我带着对他的回忆进入洗手间，洗脸刷牙，对着镜子看自己浮肿的脸——才睡了多久，胡子又长出来了。

剃须刀是乔北送给我的，他更换剃须刀和更换衣服一样勤快，我抽屉里藏着至少一打被他淘汰的剃须刀，还都是崭新的，今年的新款。

他到底是怎么死的呢？

我越想越疑惑，脑子几乎转断了筋，也想不起他的死因，甚至我也想不起是谁说过乔北死了……有点晕，我上午一直在看书，中间就接了乔北一个电话，聊了些无关紧要的事，然后就吃东西睡觉，再起床，我就发现乔北死了……这中间没有时间的缝隙可以插入"乔北死亡"这样一个信息。我翻出手机看了看通话记录和短信记录，跟我的记忆很吻合，和乔北通话后，没有别人和我联系过。

既然如此，为何我会认为乔北死了呢？难道是我在梦到他死了，醒来分不清现实与梦境？

我品咂了一下从咽喉处涌上来的滋味——这悲伤再真实不过了，就像几年前父亲去世时一样，不管愿不愿意相信，你都能明白分辨出这是现实中发生的事，和梦境是两种感觉。

这就变得很奇怪了。

我心烦意乱地掏出手机，给乔北打了个电话，电话响了两声之后就通了，一个变形得我几乎辨认不出来的声音在喊："江村你怎么还不来啊？快来帮忙啊，我一个人照管不过来这么多花圈……"这是一个带哭腔的声音，我听了半天才认出这是乔北的妹妹乔南，最后"花圈"两个字让我喉头发紧——是真的，乔北真的死了。我想问她乔北是怎么死的，话到嘴边又咽了下去，说了句"我就来"，就挂了。

再追究我是如何得知这消息的已经没有意义了，也没有心思。我喝了两口水便出门了。

葬礼，花圈，眼泪，嚎啕，人散后的凄清和寂寞，疲倦和悲伤把人弄得憔悴支离，到凌晨三点，乐队的人也倒在自己的座位上睡着了，乔南靠在我肩膀上，起初在抽泣，后来就发出了沉睡的呼吸声。我抽了几支烟，在烟雾中，乔北的遗像还是很清晰。

我还是不知道乔北是怎么死的，整个晚上，我一边忙碌一边疯狂地追忆此事，却一点印象也没有。乔北死亡的消息仿佛是某种神秘力量暗地里通知我的，我想不起任何人曾经告诉过我这件事。好几次我想问乔南或者别人，却始终没有问出口。

浑身的伤都在疼，脑子也一抽一抽的，似乎被什么东西撕扯着神经，抽多少烟都不管用，我感觉到自己的意识越来越模糊，终于完全失去知觉，和乔南靠在一起，睡着了。

第二天

这一觉睡得很踏实，醒来时，感觉精神饱满，胸膛里有一种跃跃欲试的冲劲。太阳已经升得很高，耀眼的光芒从窗口穿过，直接盖在我的头上和胸口，热乎乎的，我眯缝着眼睛凝视天花板，脑子里还带着惺忪的睡意，一件事猛然蹦出来，我霍然坐起，大吃一惊。

我怎么……在床上？

我不是在参加乔北的葬礼么？此时我应该在灵堂，照预先的计划，今天我该去医院给乔北办死亡证明书，然后去火葬场联系火化的事，还得联系送葬的车子……事情一大堆，哪里还有这么奢侈的时间睡大觉？看看时间，已经是上午九点钟了，耽误了不少工夫。我拍了拍自己的脸，飞快穿衣下床，直奔卫生间。

洗漱完毕，我才意识到自己身体的灵活，连忙查看了一下——昨天那些突然出现的伤痕，又突然消失了。

真奇怪。

我来不及多想，拉开门就打算出去。

也不知道是用力太小，还是没有打开门锁，一下子居然没把门拉开。

我没在意，把门锁打开，再用力——

还是没打开。

我确定已经打开了门锁,但这扇门仿佛粘在了门框上,无论我怎么使劲,它就是一动不动。对付了差不多有十分钟之后,我放弃了,擦了擦额头上的汗,在屋子里转了几圈后,赶紧打电话找开锁的。

掏出手机一看,居然没信号!

只好跑到窗口,想对着外边呼救。扑到了窗户边上,才记起这是在二十三楼,楼下的人和车像蚂蚁一样忙忙碌碌,我从窗口探出头去,上下左右的窗户都紧闭着,喊了许久,嗓子干得发咸了,也没有一个人回应。

可真是见鬼了!

我坐在床上,呆了许久,不时去试着开门,那门像具尸体,怎么用力都没反应。如是几番之后,我渐渐开始感到了恐惧——假如这门永远打不开怎么办?我岂不是要困死在此?想到这点,我一跃而起,飞奔到厨房,打开冰箱和食品柜,点了点自己的存粮——还够吃一个星期,但一个星期后怎么办?再说我也不能总不出去啊。

我哪里还顾得上为乔北而悲伤啊,现在满心都是考虑自己的死活了。

正愁着,门外传来脚步声,有人上楼。

我立即扑到门上,用力敲打,大声喊叫。

但没有发出一点声音。

拳头敲在门上,没有发出声音;我的喉咙喊破了,没有发出声音。

这令我惊恐万分,后退几步,自言自语:"我哑了?"

这句话倒是真切地从嘴里发了出来。

这么说，我没哑？

我再擂门，再喊，还是一样寂静无声。

看来，我是真的被困在屋子里了。有某种神秘的力量在起作用，门打不开，手机打不出去，连我想发出声音引起门外的人注意，也做不到。从昨天开始我就感觉不对劲，身体上突然出现又消失的伤口，乔北莫名其妙的死亡……可昨天的感觉没有如此强烈，威胁也没有如此的迫在眼前。

是什么力量？要做什么？

我紧盯门口，忽然想起小时候，我和乔北捉到一只小老鼠，把老鼠关在一个木头笼子里，它焦急地寻找出路，发出吱吱的哭泣声……我现在变成了那只老鼠！

正浑身虚汗，手机突然响了起来，吓得我心跳猛然加剧，几乎喘不过气来。

屏幕上显示出乔北的名字，估计是乔南的电话，乔北死后，他的手机就让乔南拿着，好方便联系乔北的朋友。

谢天谢地，我总算有救了！

我雀跃着接通电话，一开口就打算喊乔南，但嗓子哽住了，只听那边传来一个熟悉的声音："江村，你在干什么？"

轰！

我脑子嗡嗡乱响，后面的话完全没听进去——这是乔北的声音。

乔北……不是死了吗？

我竭力回想昨天葬礼上的一切——乔北躺在玻璃棺材里，脸色蜡黄，其他的人哭的哭、严肃的严肃，都不像是装的。

再说，谁有那个闲钱烧手来开这么大的玩笑？

但这确确实实是乔北的声音！

"快出来，我这边有麻烦了。"这是乔北漫不经心的语调。

我想问他很多事，最终，我只说出一句："什么事？"

"有几个小流氓，到我店里收保护费。"乔北说。

"我马上过来。"我不假思索地说。

挂了电话之后，我才意识到，完全是因为习惯，我才答应马上过去。从小到大，乔北帮我打过无数次架，我也帮他赶走过数不清的小流氓，已经习惯了。

乔北的生死问题，我怎么想也想不明白，还是当面问他吧。这小子花样百出，谁知道又在玩哪一出呢？

我打开门，走出去。

我愣住了。

门，居然打开了。

我忽然想起，手机不是一直没信号吗？怎么乔北还可以打电话过来。

仿佛，这门和这手机，是专门为了让乔北联系我才恢复正常了似的……这个想法让我打了个寒噤。

一路上我都在思考这个问题，车子开到乔北店门口，往店里一瞧，热血猛地往头上一涌，什么想法都没了，给司机扔下一百元，迫不及待地跳下车，就往店里冲。

乔北的小超市已经一片狼藉，货架东倒西歪，地面上满是踩得稀烂的货物。乔南被两个小流氓按在地上，衣服差不多被撕光了，乔北在另一边暴跳如雷想去救妹妹，一个彪形大汉把他叉在墙上，动弹不得。

我冲进去，不声不响地跳到那彪形大汉身边，随手抄起地上一把扳手，照他脑袋就来了一下。大汉也真挺得住，身子晃了一下，居然没倒。他放开乔北，眼睛充血，把我按住一顿好打。乔北拿着扳手又砸了几下，他才慢慢倒了下去。我和乔北疯狂地跳到乔南面前，一人一脚把两个小流氓踢飞，四个人扭打在一起。我眼前一片血红，愤怒几乎让我失去了理智——乔南，她可是我和乔北的小妹妹啊，从小到大，有我们在，谁敢动她一根手指头？

忽然，一切都安静下来，我对面那小流氓露出惊恐的神情，乔南发出一声尖叫。

我回过头去，看到另一个小流氓冲刺出门，乔北倒在地上，胸口插着一把匕首。

我脑子又轰地一响，一把扑过去，看看乔北，他眼睛大睁，瞳孔已经放大了。我扶起他，手上沾满了血，他的胸口鲜血直流，太阳穴那里有一个血肉模糊的窟窿。

警察和救护车很快就来了，医生检查了一下，就把位置让给了法医。之后我一直抱着乔南，因为她在不停地发抖。警察一遍又一遍问我事情经过，我一遍又一遍重复。周围的邻居也作了证明，逃跑的小流氓在他朋友家被抓住了，乔南被直接送到了殡仪馆，晚上八点的葬礼。

乔南想让我陪她，抓着我的衣襟不放。但我头疼欲裂，浑身好像被撕开了一样，肩膀上、大腿上，到处都是瘀伤。她说要陪我上医院，我摇了摇头，一个人打车回家了。

回到家里，什么也来不及想，倒头便睡。

这一觉睡得昏天黑地，醒来时，已经是下午六点五十了。我想起还得参加乔北的葬礼,吃力地从床上挪到地面上,发胀的脑子还有些不清醒,心中涌动着难言的悲伤。

乔北死了!

我从小玩到大的兄弟,就这么死了!

我抽了支烟,带着对往事的回忆走进洗手间,从镜子里看到自己满脸胡茬,神情憔悴,掏出剃须刀剃胡须,这还是乔北送给我的剃须刀,是今年的最新款……

我忽然浑身一震!

查看肩膀和大腿,黑色的伤痕和昨天见到的一模一样。

而这所有情节,从我起床到现在经历的一切,都和昨天下午一模一样。

我忽然感觉到恐惧——昨天下午乔北的死,和今天上午发生的事情之间,仿佛有什么联系——昨天下午我感觉到乔北死了,今天上午他就死了——难道,我有了预知的能力?

我浑身发冷,回到卧室想了好一会,掏出手机看了看日期:2008年6月14日。我会记住这个日子的。

也不知道是怎么回事,手指碰到了绿色按钮,上一个电话是打给乔北的,现在它重拨了。可是乔北已经死了,不会有人接电话了。我刚想把电话按掉,电话已经通了,一个变形得我几乎辨认不出来的声音在喊:"江村你怎么还不来啊?快来帮忙啊,我一个人照管不过来这么多花圈……"

这话和昨天一模一样。

我匆忙说了句"我就来",就把电话挂了。

也许,昨天我只是做了场梦,在梦里我预见到了乔北的死亡。

我这么对自己说。

车子很快就开到了殡仪馆,一切都和昨天一样,乔北蜡黄着脸躺在棺材里,穿着一身原本是留给他爷爷的古怪寿衣。我绕着棺材转了三圈,几次开口想把自己的梦告诉乔南,却总是说不出口。

就这样继续往下走,我甚至连那些人会有什么样的台词、什么样的表情,都很清楚,有时候我恶作剧地想改变昨天梦到的一切,故意想破坏梦中已经定好的台词,但,总是会出现这样那样的岔子,一切始终依照预定进行,就像依照预先写好的剧本。

第三天

睁开眼,发现自己在床上,我预感到不妙。

翻身坐起来,查看身体,昨天打架留下的伤痕已经完全消失。

我光着脚跳下床,开门,门打不开。

掏出手机,屏幕上没信号。

和昨天一模一样。

手机上显示的日期是:2008 年 6 月 14 日。

也和昨天一样。

我额头上冒汗了。

当然我思绪万千,可是一切都没有意义,我找不到真相,只是在等着。

到了昨天那个时候,手机响了,是乔北的声音:"江村,你在干什么?"

一个死去的人在给我打电话!

他已经死去两次了！

我现在确定，前天的事不是梦，就像昨天的事也不是梦一样，都是真实发生过的，一切都在重复。

"快出来，我这边有麻烦了。"乔北说。

我忽然怒不可遏——什么力量在重复这一切？我必须重复昨天说过的话么？

"你已经死了！"我对着电话大喊。

然而，我听到自己嘴里发出的声音是："什么事？"

和昨天我说的话完全一样。

"有几个小流氓，到我店里收保护费。"乔北说。

"你已经死了！"我继续大喊。

"我马上过来。"——发出来的声音并不依照我的思路，它严格按照昨天的轨迹，连语调都没有改变，仿佛我身体里藏着另一个人，他在控制我的一切。

我想藏在家里不出去，但那股看不见的力量推动我出门，在我强行想登上一辆公交车的时候，它让我老老实实站在路边，找来一辆出租车。

一切都和过去一样，我知道会看到什么。

在乔北的小店里，两个流氓在撕乔南的衣服，一个大汉把乔北按在墙上。我内心对这一切充满厌倦，可我的表情在愤怒，有一股力量强迫我狂跳过去，和乔北并肩作战。

之后，乔北死，乔南尖叫，警察来了，我回家去睡觉，然后起床，葬礼。

第四天

今天和昨天一样，仍旧是 2008 年 6 月 14 日，我想在墙壁上划下痕迹记录这样重复的次数，但无论我多么用力，墙壁上什么印记都没有留下。

一切都在重复。

第五天

今天和昨天一样，在重复。

我想写日记记下这些事，可是笔在日记本上留不下任何痕迹。

第六天

还在重复。乔北死了六次了，我现在对于死亡无动于衷，只是希望这种循环快点结束。

在葬礼上我想疯狂地大笑，但那种力量控制着我，它让我表现得符合我的角色——一个刚失去好朋友的男人。

第七天

重复。我像是在演戏，照着剧本，什么都不会改变。

我怀疑自己疯了。

第八天

继续演戏,我仿佛电影中的一帧,永远定格在这一帧之上,无法前进,无法后退。只有在独处的时候,我才能有不同的行为,但不能留下任何痕迹,为什么?

第九天

上午看电视,没心情,但比什么都不做要好。

继续重复,伤痕的位置都没改变。

……

第三十天

没有意义,重复没有意义,自杀吧。

我拉开洗手间的抽屉,里头乱七八糟地放着各种各样的剃须刀,都是乔北送的——我现在恨死这个人了,尽管表面上我还和他做兄弟。

有一把剃须刀是怀旧版,我把刀片取下来,毫不犹豫地狠狠割了下去。

我都不知道自己的皮竟然这么厚实,这狠命的一刀,在手腕上连个白印都没留下。

我割,再割,用力割!

没用。

撞墙可以死么?

砰砰砰地用力撞墙,头晕眼花,可就是不死,也没有留下任何疤痕。

对的,我只是个演员,我的生活是电影中的一帧,我要是死了,后续的剧情如何继续啊?

无论如何,我不能做出任何影响"剧情"的事。

那个神秘的力量,莫非就是"命运"?莫非我们一生要经历的一切,都早已经预定?但他妈的为什么要不停地播放 2008 年 6 月 14 日这一集?就算一切都已经注定,就算把剧本告诉我,告诉我未来会发生什么,我也愿意走下去,去 15 日,16 日……去更多的未来。

第三十一天

……

第三十二天

……

第四百九十八天

我已经把同一天的新闻看了四百多遍,连续挨了四百九十七次重揍,乔北死了四百九十八次,我自杀三十次——不算多,我没打算放弃自杀,但当我发现自杀成为另一种循环时,我恶心地终止了这种行为。

这种无休止的循环似乎永无尽头,这样的人生有何含义?人们都渴望知道未来,现在我想,还是不知道的好……不知道下一秒将发生什么,不知道人生将走向何方,这是多美妙的感觉!

我的时间凝固在 2008 年 6 月 14 日这一天。

世界上我最恨的人是谁?

乔北,乔南,那几个小混混,参加葬礼的所有人,出租车司机——我在 2008 年 6 月 14 日这天见到的所有人,我都切齿痛恨——他们怎么能这样?如此长久地重复同一个动作、同一个表情、同一句话……我从他们身上看不到丝毫厌恶的神色。

话说回来,他们在我身上,不也一样看不到丝毫厌恶之色么?

也许,他们和我一样,都被那股力量控制了?

也许,我们都知道一切,只是无能为力,连交流也做不到,连眼神也被控制。

想到这些,我觉得他们和我一样悲惨,可这无法抵消我对他们的痛恨。

……

第六百天

今天和以往没什么区别,仍旧是 2008 年 6 月 14 日,所有在这一天该发生的事情都已经发生了。

乔北死了,乔南扯着我的衣襟让我陪她,她的眼神是我熟烂了的惊恐和悲伤,和往常一样,我摇了摇头,打了辆车回家。

一路上暑气蒸人,我在极度疲倦中睡着了。下车时,司机把我摇醒,按惯例说出那句已经说了无数次的话:"醒醒,到了!"我费力地睁开眼睛,按惯例,在身上摸索了好一会子才找到一张钞票——其实我知道它在哪,这么多天以来,它一直都在左边裤口袋的一块破布后边,一次也没改变——可我还是装模作样地找了半天——不管怎样,戏得演下去,那种力量一刻也没放松对我的控制,它并不管我怎么想,只管我怎么做。

每走一步都好像快要散架了似的,强撑着上楼。在电梯口我将遇见巡楼的保安,他会用掩饰不住的诧异眼神不住地偷偷瞟我,然后装出笑脸和我打招呼,我们将在尴尬的没话找话状态中上升到二十三楼,然后他继续上升,我回到家中。

什么都没有改变,连我开门的时候遇到的那只蜘蛛,也一样没有逃过我皮鞋的践踏,尽管我对它惺惺相惜,很想饶它一命,可我的脚不同意。

按惯例,当门关上以后,我会迅速把自己扔到床上,然后人事不知。

然而,就在我朝着卧室的方向迈步时,脑子里忽然闪过一个念头:如果我不睡呢?

很难说明这个念头是如何冒出来的,每天,到了此时,我的头脑便陷入混沌状态,身体上的疲倦和剧痛让我再没有心思考虑其他问题,偶尔闪过一丝疑惑,也很快被重重睡意压灭了。此时,这个念头冒出来之后,相继涌出的是沼泽稀泥般的困倦之感,但我得承认,这个问题咬疼了我,所以我又问了自己一遍:如果我不睡呢?

百分之九十九的大脑已经被黑暗覆盖，只有这个问题星星之火般闪耀着，让我头疼加剧。趁着自己还残余一丝清醒，我跟跄着冲进洗手间，打开花洒，冷水从头浇到脚，我用力甩着头，越来越清醒。

湿漉漉地跑到厨房，抽出一瓶矿泉水想喝，瓶盖却怎么也拧不开，我苦笑一下，对了，不能影响接下来的剧情，我不能改变任何东西。

把矿泉水放回去，将头伸进冷冻柜，迅速降低的温度让我头脑倏然点亮，我从冰箱壁上抠了一小块白霜放进嘴里，嚼了嚼咽下去。

睡意消失了，我仍旧不敢坐下，怕这种舒适的姿态会让我瞬间淹没在睡眠中。

一边拿毛巾擦拭身体，一边考虑刚才想到的那个问题。

既然当我独处的时候，我可以自由地有一些行为，不必受每日重复的限制——当然前提是不改变任何东西——但这种自由现在看来也是可贵的——既然如此，我又为何要将整整一个下午的时间浪费在睡眠上呢？既然事情不可改变，即使我不睡觉，明天早晨，我依旧会恢复元气，所有的伤痕都会消失，我倒不如利用这段时间来研究研究我遇到的怪现象。

或许，此时门会打开呢？

这想法令我兴奋，我飞快地把自己往一套干净的衣服里塞，但怎么也塞不进去，半响我才反应过来——我不能改变这套衣服的状态。无法，只好老老实实把它们叠好，塞进衣柜里，把那套湿漉漉的衣服晾到阳台上，光着身子在屋子里走来走去。

这种情况下是不可能去开门的，即使门打开了，我也不能光着身子出门——但为什么不可以？已经如此荒唐，我还怕更荒唐吗？如果能够走出困境,光着身子又何妨?

也不知哪来的勇气,我咬紧牙关,用力一拉门。

实际上我对此不抱希望,否则我至少会往身上披点东西,而不至于如此一丝不挂。

门开了。

我被突然敞开的门吓了一跳,愣了几秒钟后,立刻冲了出去,不到半秒,我又跳了回来,冲到阳台上,飞速把那套刚换下来的湿衣服穿上,一边穿一边蹦跳着跑到门口,生怕那门忽然又关上。

一路冲到楼下,太阳很毒,地面上沸腾着热气,四周不见一个人。我不知道自己该做些什么,但毕竟有了变化,这是个好现象。

我沿着楼前的路走出小区,快走到马路上的时候,听到汽车鸣笛。穿过两栋夹在一起的楼房,就是马路,当我走到那两栋楼房中央时,忽然感觉到一股巨大的阻力横在前方,就好像有一堵透明的围墙,阻断了去路。我试了又试,没有任何缝隙可以让我通过。

呸!

我朝地上吐了口唾沫,恼怒地转身,朝另一边的生活区深处走去。

一路上没有遇到任何人,有些路可以走通,有些路却怎样也无法通过。

没有遇到一个人,能够听到有人在房子里说话,遥远的马路上和大街上能听到人声喧哗,可我从来没有碰到过一个人。

我就这样游荡了许久,来回晃荡,始终不愿意回到自己的房子里去。

太阳越来越斜,估摸着是下午六点五十分——也就是往常我午睡醒来的时候，我忽然感觉到四周的一切都扭曲变形，没等我反应过来，眼前一黑。

再睁开眼，我又回到了自己家中，在床上，手里拿着手机，不由自主地拨打乔北的电话。

和以前一样。

……

第二十五万四千一百二十六天

一天又一天重复，我不想再叙述我的心情。所有的人都和我没有关系，这是我的感觉，他们一遍又一遍地重复着相同的表情、动作、语言、剧情，我感觉不到他们丰富的内心。每天见到相同的人，感觉上，世界上好像只剩下我一个人。

尤其在下午，我可以自由活动的时间里，走街串巷，走了这么多天，始终没有遇到一个人。我猜世界上发生了极其可怕的事情，而我是唯一的幸存者。我感到极度的孤独。

每天，我会朝着那些阻碍我去路的、看不见的围墙用力踹上好几脚，也许是为了泄愤，也许是为了期待奇迹——我不知道，几十万天过去了，我没有老，也没有死，生活就这样继续，而且将永远继续，会有奇迹出现吗？

而奇迹就在我没有察觉的时候出现了。

早晨，起床后，看看时间，离乔北打电话来还有两个多小时，这表示我有两个小时的自由时间。我在屋子里转悠着，不知道该干什么。

纯粹是无意识的，我打开日记本，想看看自己写的日记。

在这些漫长的岁月里，我曾经无数次打开日记本，上面的每一行字、每一个污点，都已经烂熟于胸。当我翻到日记的最后一页时，我的心狂跳起来。

这不是我熟悉的那最后一页。

往常，日记的最后一页，是2008年6月5日写的一篇日记，记录的是我和乔北、乔南打网球时发生的一些事，很短，只有几行。

但这篇日记明显是新出现的，日期是2008年6月13日，有好几页纸。

日记的笔迹，分明就是我自己的，可我印象中从来不记得6月13日曾经写过日记，在过去的几十万个日子里，我从来没有见到过这篇日记。

实际上，连6月13日曾经发生过什么，我也记不太清了。

我深深吸了口气，开始阅读这篇新的日记。

2008年6月13日，日记内容

现在是2008年6月13日的第二十五万四千一百二十六天——这是个奇怪的说法，但我想你一定能够明白。

江村，这日记是写给你看的。

在几百万天以前，我并不知道生活的真面目。

有一天，和往常一样，我从床上醒来，在自己家里随便看了点书，接到乔北的电话，让我帮他赶走几个到店里闹事的混混——这件事不用我再多说了，这以后发生的事情想必你也很清楚——和你一样，2008年6月14日这一天发生的一切，我反复经历，一共重复了五百多万天。你可以想象这是个多么可怕的巨大数字。

像你一样，我每天都会对着那些阻碍我前进的墙壁踹上一脚，已经过去了这么久，我相信你已经走出了房间，发现了那些看不见的墙壁。

在这五百多万天里，每当我利用自由的时间溜出去，都遇不到一个人。

但时间足够充分，我已经慢慢明白了自己的处境，如果你有足够的时间，你也会明白的，当然现在还远远不到时候，因为你才经历了二十五万四千一百二十六次重复，对于真相来说，这是个小得几乎可以忽略不计的数字。我也是经过了四百多万天才明白其中的奥妙的。

现在我该告诉你我是谁了，我是江村，也就是你，但我又不是你。我是2008年6月14日的江村，而你是2008年6月13日的江村。

为什么我们的生活会一再重复呢？

你是否想象过生活到底是怎么回事？时间流逝，往者不可追，我们面向未来，今天过了还有明天，这是一直以来我们的观念。

但在2008年6月14日这天，在经历过四百多万个6月14日之后，我逐渐明白了我们生活的真相。

时间流逝，但它并不像水一样流过去就没有痕迹，不是像我们想象的那样，昨天过去了，就永远消失了。我们所经历的每一天，实际上都保存了下来，就像电影的胶带——电影胶带由一帧一帧的固定图片组成，当它们连续转动，就形成了流动的电影。生活也是如此，一天一天固定下来，所有的日子连接起来，就是我们的人生。人生是向前的，但每一天已经固定，谁也无法改变——改变某一天，就意味着改变今后所发生的一切，而今后所要发生的一切，早在2008年6月14日这天首次出现的之后的几千个日子里，就早已经固定，再也不会改变。当我给你写下这些文字的时候，实际上我们的人生早已经完成，我们只是被固定在时间中的某一天——人生有多少天，就有多少个我们，每天的我们都是不同的，你是6月13日的你，我是6月14日的你，我们本来永远不会相遇，也永远不会知道真相——像其他人一样，我们本来会以为我们所经历的这一天只是漫长人生中的一个瞬间，我们以为还有明天，并且为之奋斗。而实际上，对于6月14日的我来说，整个人生就是这一天，6月15日的江村，并不是6月14日的我——每一天的我都守护着那个日子，没有一天会空白，这是必然的，如同电影胶片中永远不会缺少一帧。

所以，如你所知，我们永远不能改变任何事情，只有在别人看不见我们的时候，我们才可以做一些自由的行为，而这自由也是有限的，前提是不会对未来造成任何改变，当我们试图改变时，时间的巨大威力体现出来，它顽固地维持时间序列中发生的一切，不允许任何可能的改变——我猜想，一点微小的改变，如果允许存在的话，也许会导致后来的重大变化，从而引起时间序列中既定人生的崩溃——你可以想象一下，假如电影中的每一帧都是变化的，那么这部电影会多么杂乱无章。

如此单调的重复，假如永远不被人所知，也不算什么痛苦，痛苦的是我们知道了，但却无力改变。每天有限的自由时光又如何呢？只不过是在确保不会遇到任何人的时段、在确保不会遇到任何人的地方溜达罢了，那些阻碍我们前行的透明墙壁，其实是阻止我们与其他人接触——可以想象，假如有人在那时候看到我们，他们的记忆必将因此而变化，于是今后的日子，记忆就被改写了，而这种变化是不允许的。

为何我们的记忆能够保留呢？我也是回到了 2008 年 6 月 13 日，才明白这个原因。

你当然不会记得 2008 年 6 月 13 日经历过什么，当你仍旧是 6 月 13 日的那个你的时候，你和其他所有的人一样，不知道真相，幸福而充满希望地活着。

是什么让你到了 6 月 14 日呢？

说来有意思，我刚刚告诉你，这一切都不可改变，现在又要反过来说：这一切其实是可以改变的。

为何如此说呢？

什么叫做改变？被你看到的变化，是改变；不被你看到的变化，也是改变。就像食物变质，你盯着它看，看不出它发生了什么变化——变化的过程太缓慢，你看不到，但你能看到结果。

我们之间发生的变化也是如此。

因为你就是我，我就是你，尽管我们处于不同的时间，却又是同一个人，所以我可以确信，就像 6 月 14 日的我一样，6 月 14 日的你，也一定每天都会对着那看不见的墙壁踹上一脚。表面上看，这一脚不会造成任何改变，而事实上，经过 500 万天漫长的等待，这一脚的威力在慢慢积累，终于在某天，我一脚踹过去的时候，时空瞬间扭曲了，我眼前一片漆黑。

这只是很短的一个瞬间，其实就和我们每天在外面溜达时被强行送回家中时的感觉一样，当我睁开眼睛时，我发现自己已经在家里了。

那时候还没有到下午六点五十，还不到往常被强行送回家的时候。我莫名其妙，不知道发生了什么，站起身来冲向门口，想把门拉开，却发现门又打不开了——这是不可能的，在过去的五百多万次重复中，我曾经做过许多尝试，结论是：在下午的任何一个时刻，房门都可以打开。

为何现在会出现这样的变化呢？

我百思不得其解。

到了下午六点五十分，也就是往常我拨打乔北手机的时间，意外的，我竟然没有被强制拨打手机。

起初我没有留意，直到太阳渐渐西斜，窗外的光线和往常我所熟悉的不太一样时，我才发觉这个奇怪的误差。拿起手机一看，居然已经是晚上七点十了。

什么都没有发生。

我兴奋得尖叫起来：莫非一切都改变了？我的人生开始朝前？在那一刹那，我把自己思考所得出来的真相完全抛弃了，几乎是在一秒钟内就跳到了门口，用力拉门。

但，门还是打不开。

真相仍旧是真相，只是有些地方发生了改变。无论如何，这是件好事，我好奇地等待着，整整一个晚上，什么也没有发生，后来我回过神来，看了看日期：2008年6月13日——这个下午，我成为6月13日的人，而你变成了6月14日的我。这种变化其实很容易解释：我们所接受的一切强制力量，都来自时间，而我们本身，也是构成序列的一分子，尽管在那几百万天里，我的举动没有对既定事实造成任何改变，但在自由的时间里，我的一举一动，都并非重复。我猜，之所以我能有这么小段的自由,其原因是和我之所以能够知道真相是一样的,具体原因,我后面再告诉你。我想说的是,我所有不重复的举动——每天自由活动的时光,每天往时间制造的暗墙上踹的一脚,我自己乱七八糟的思想——所有这一切,虽然微弱,但都对时间造成了轻微的冲击——说冲击或许太严重了,也许只是轻轻的触摸,而五百万天微弱的触摸,积累起来,终于令时空发生了扭转——所以我们能够改变一些事情。

我回到了 2006 年 6 月 13 日,这一整天我都在看书,但在晚上十二点之前,东方的天空泛起了红光,网络上报道说,流星雨冲击地球,造成地球磁场短时间的震荡,群鸟惊飞——这就是一切的根源。在这次磁场震荡中,6 月 13 日的江村受到波及,在某些方面发生了微小的改变,于是能够在思想上甚至包括某些行为上,逃离时间的掌控,从而洞悉真相。在这种变化发生的前一刹那,还是 6 月 13 日的夜晚,后一刹那,就到了 6 月 14 日的凌晨,于是这种变化的直接后果,就体现在 6 月 14 日的江村身上,而 6 月 14 日的江村的行为,又导致了时空的再次变化,从而使得 6 月 13 日的江村来到 6 月 14 日,并且同样在某些方面摆脱了时间的控制。照理说你该记得这一切,但我们的交换是发生在下午,在你思想逃逸之后,你还没有来得及经历这一切,而过往的那些无数次重复,在这以前,对你的记忆来说是不存在的,所以你并不知道这个下午以及晚上发生了什么。

你想知道 6 月 13 日是怎样的一天吗?

刚来到这一天,我很高兴,虽然我记得这一天发生过些什么,也知道它将会一再重复,但至少比重复了五百万次的 6 月 14 日要新鲜多了。

然而,很快我就厌倦了。

你要知道，6月13日，我整整一天都被关在家里，没有电话，也不能打电话，不能出门——你能想象在这种生活中重复一次又一次吗？

而更可怕的是，我甚至找不到任何时间的漏洞可以让我像在6月14日那样出门。

这是足以令人疯狂的，漫长的孤独和寂寞之中，尝试过各种发泄的方式。

后来，我终于心如死灰，于是我决心集中力量做一件事：写日记。

笔在日记本上不会留下任何痕迹，但我坚持写着，每天夜里把它塞到枕头下。我没日没夜地写——我知道，我的每一笔虽然微弱，但在漫长的累积中，终究会导致一些改变。

我希望你能看到这篇日记。假如你看到了它，那就说明我们还有希望，尽管希望来得如此缓慢，需要可怕的巨量时间去改变，但有希望总比没有好，我们从来不缺时间——我自己感觉到了绝望，但我还是希望你能够保持希望，做点什么吧。

最后，我想问：也许，这就是传说中的永恒？如果是，那么永恒是多么可怕的东西。

2008年6月14日，第N天

不记得是第几次重复了，我坚持重复着同一个动作：用刀片切割脖子上的大动脉。时间是下午五点，再过一小时五十分，我将给乔北打个电话，然后去参加他的葬礼。

假如漫长的积累能够形成有效的后果，我只想做一件事。

我持续地切割，希望在某次重复之后，我能够在脖子上发现一道缝隙——我从来不缺时间，在永恒的 6 月 14 日，我一下又一下重复着同样的动作，不知疲倦。或许这就是我的希望所在，我不敢肯定，假如我的未来能因此而改变，这个动作会不会在未来的某天里成为重复的内容，我只想，改变，让我来改变，让我亲手来改变。

你要知道漫长的单调岁月是会让人发疯的，而即使是蚂蚁的力量，累积起来，也能创造奇迹。

是弱小的蚂蚁先疯狂，还是坚硬的脖子先破裂？

漫长的漂流 | 叶　端

公元182世纪79年,冬。漂流者。

茫然的宇宙像一片黑海,不可捉摸的深寂中,浮起一只微小的摇篮。它是那么漂亮,仿佛母亲精心为婴儿准备。鹅黄色的宽阔底座犹如竹藤编织,一点一点地牵引成舒适的弧度,提梁贯穿两端,弓起彩虹般的天穹,茶白顶盖如同温软的被褥,包裹着摇篮腹部。摇篮在宇宙中漂荡,在一个个力的漩涡中,笨拙而执拗地驶向远方。

意澜从睡梦中醒来。她望着休眠舱盖缓慢开启,肩膀酸痛,一动都动不了。一股绵长的推力辅助她坐起来,紧接着,座椅调成轻度按摩,使她的肌肉放松下来。这是她人生第一次休眠,显示器提醒她,七千年过去了,飞船以四分之三光速航行,离地球五千二百六十六光年。

这次微小的停顿不被计入时间,拉开窗帘,星空就在她眼前。远处的光点像蜉蝣的幻影,生灵被黑暗吞噬,明星转瞬间衰老。她才二十二岁,介于生长与成熟之间,一个尴尬的年纪。打开信息窗口,系统自动推荐五个工作任务,在她考虑的两个月里,另四个任务被领走,她只能选择剩下一个:如何解决蔬菜种植带来的微生物感染扩散问题。

这是她与人类的唯一联系。自从她在第一次开启系统时误点了"生物学""应用科学"两个选项，相关资料源源不断地输送到她面前，并且时不时地，会扔给她几道习题。她怀疑自己是否真正解决过什么，或者这些题目只是测验，直到她能够担负起被生存赋予的责任。她并非天生被抛掷在宇宙之中，这座造价昂贵的生态循环飞船证明了这一点。他们把它称为"太空摇篮"，也有人把它叫做"星际孢子"，这是一种求诸天命又自强不息的态度，人类第一次完全孤独地以个体方式存活于虚空之中。她很难想象事情已经糟糕到怎样的地步，以至于他们采取如此低效率的做派。她是他们的孩子，她不能说"不"。

"在宇宙中相遇。"这听起来像个笑话。然而经过七千年漫长漂流后，飞船第一次检测出同类的足迹。一串风铃声和旋转的绿灯是为此特殊设计的讯号，意澜凝视屏幕上两个金色的小点，她知道对方一定也检测出她的存在。她就像在瓶子里被关太久的妖精，对那个向她飞来的小点竟产生些许怨意。它向她发出试探，她没有回应，只是每天盯着屏幕，看它飞到了哪里。两个多月后，那个小点忽然改变方向，和她保持相对静止，并排前行。她拿出望远镜，将信号源放在视野中央，调到最高倍率。她费了很大劲才认出它来，它几乎不发光，不动声色地隐藏在黑幕下。她转动航向向它挪了几步，它也向她挪了几步。短暂的停滞后，她又试探着向它挪了几步，它也同样挪了几步。她测算它一贯的轨迹，猜想那个人的性格。她倒不害怕它伤害她。在宇宙的尺度下，以施舍和掠夺为标志的善恶都显得不再重要，因为每一座飞船里都只保有相同的基本装备，不匮乏，也不盈余，这是最原始的共产主义。

你来我往试探过后,他们不得不面目清晰地出现在对方眼前。有时它的窗帘开着,意澜用望远镜看它。她可以看见银白色的桌子上放着两片叶子,一本藏蓝色的笔记本在视野下方,它的主人隐藏在窗户边缘。她知道它有时候也在看她,她不躲不闪,挑衅似的让它看。奇怪的是,她竟能感受到对方的情绪。譬如当她长时间坐在屏幕下工作,信息窗口里似乎浮现出一双眼睛,不满地希望她做出回应;又或者当她追踪它的行迹,上上下下移动望远镜时,帘幕后头似乎有人在大笑,一只手掌在她的视野深处轻轻击打,指引她找到一片深色的轮廓。

真奇怪,在她眼里,它起先作为一片阴影存在,仿佛她是唯一的光,而它从黑暗里走来。她从身高上判断它是一个男人,然而这并不准确,除非她能透视到他的盆骨。其次她看见过它的手,修长而粗糙的手,她想不出它从哪里弄出这么多硬茧,除非它一天十个小时待在种植园。它的皮肤介于黄白之间,头发是黑的。

可是这样的游戏也必须终止了,因为它已经靠上了她。两只摇篮几乎肩并着肩,像两个牵着手的小朋友。紧接着,它的提梁底部伸出榫舌,小心翼翼地摩挲过后,和对面的榫眼成功对接。他张开帘幕,让她第一次完完整整看见他。的确,他比她高许多,身体很壮实,却一点也不咄咄逼人,事实上他显得十分文雅。她明白那些并非自己的幻觉,因为他的眼中散发出柔和的笑意,如同迎接一位熟识的朋友。他指了指摇篮顶盖,然后消失在她的视野外。她过了会儿才意识到他在示意自己打开舱门,连忙从飞船前部的楼梯往上爬,拉开顶部的门锁。门开了,他已经站在上头等她,她仿佛从井里仰视地面的人,突然放大的面部使她感到有些疑惑。没等她反应过来,他已经走下楼梯,关上舱门,顺便脱掉碍手碍脚的太空服。

"和你见一面真不容易呀。"他笑着对她说,"我叫藤原光川,地球人。"

她猜想他的祖先或许是日本人,但是看他的脸部轮廓,更像是亚欧混血。他们仿照古早的礼节握了握手。摇篮前部是紧急驾驶舱,一般不会使用,后部是休眠舱,中间是起居室。起居室同样分为三块,左侧是卧室,右侧是工作室,后侧是种植园,三个矩形当中是三瓣圆形沙发,无形之中将区域分割。藤原在沙发上坐下,颇为自得地反问道:"你还没告诉我你的名字呢。"

意澜发出两个声音,沙哑而含混,像生锈的器械摩擦的金属声。她自己也吓了一跳,大声重复了遍,但仍显得十分怪异。她不好意思地按住喉咙。

"你太久没说话了,声带肯定会不适。"藤原理解她的尴尬,善意地说,"可以写下来吗?"

藤原从怀里掏出那个藏蓝色笔记本,原始的装帧,摸起来质料很舒服,比她做题目时用的稿纸精致多了。

"一个朋友送我的。"藤原翻到最后一页,连同一只蓝黑色钢笔,递给她。

谢意澜。意澜一笔一画,郑重写道。

"我可以叫你意澜吗?"

可以。

"你也可以叫我光川,或者阿光。"藤原按住自己的嘴唇,示意意澜念念看。意澜含糊地发出几个音,藤原请她多说几遍,许久,终于能听清几个字节。藤原哑然失笑，意澜说的是："藤原先生，您好。"

没用多久，藤原便可以肯定自己是意澜遇见的第一个人。但另一方面，意澜似乎很懂得与人交往的礼仪和规则。有一回见面时，藤原开玩笑地向她鞠了个躬，意澜竟下意识地行了个屈膝礼，姿势十分标准，像是受过训练似的。

"你从哪里学来的。"藤原讶然，"莫非你除了生物学还勾选了古典社交礼仪？"

意澜眨眨眼，似乎这在宇宙中也是门必修课。

"你会跳舞吗？"藤原提议道，"或许我们可以找一首慢三舞曲。"

这样的提议往往有另一种含义，然而对他们来说，世界上只有他们两个人，这似乎是迟早发生的事情。意澜又体会到那样一种受到吸引又排斥的感觉，仿佛两颗过于靠近的分子，对于是否顺应催化剂的作用犹疑不定。

藤原笑了笑："别紧张啊。你有很长时间，可以慢慢决定。但现在我只想请你跳舞。"

意澜按住喉咙，混沌的呼吸如短促的电波，发着热跃动。她第一次走出温暖的摇篮，将整个身子曝露在黑暗洞穴下。他的飞船顶盖颜色要深些，似乎是更早期的制品。因她不习惯在失重时控制身体，藤原把她的太空服用衣带系在自己手腕上，摇篮边缘有一圈扶手，他拉着她慢慢地飘浮过去。到了银灰色的封闭处，藤原打开舱门，意澜深吸口气，跳了下去。

摇篮内部是一样的格局，然而藤原的布置中有更多生活的气息。沙发旁边，有一张用衣物剪裁成的地毯。

"《西班牙圆舞曲》，如何？"

"如果你愿意教我的话。"意澜有所保留地说，"我还穿着太空服呢。"

意澜的声音尽管仍有些稚拙，经过这些天的相处，藤原已经能完全领会她的意思。欢快的乐音拉开序幕，他帮她解开拉扣，她像条鱼一样从太空服里钻出来，长发披在背后，鱼脊一般闪着光。两人都穿着袜子踩在地毯上，他告诉她如何记住脚步，她恍惚觉得这些动作似曾相识，只是身体跟不上记忆的碎片。藤原见她放缓脚步，也跟着停下来，关切道："累了吗？你跳得很好。"

"真奇怪。"意澜的手还搭在他身上，彼此呼吸相闻，仿佛一抬头便能挨到他的下颚，"你是我遇见的第一个人，我却有种对此很熟悉的感觉。好像我曾经生活在一个很大的舞场里。"

"你是我遇见的第九个人。不过我还是第一次有这样熟悉的感觉哩。"藤原揶揄道。

意澜惊讶地说："你多少岁了。竟然遇见过九个人，在宇宙里？"

"你问的是相对年龄还是绝对年龄？"藤原神秘地说，"我可是很老了。不过就醒着的时间而言，今年二十八岁。"

这个数字比意澜想象中小，不过意澜对大的那个更感兴趣。"你是第一代漂流者吗？在地球上生活过？日本人？"

"不。我是在摇篮里出生的。"藤原见她有些失望，解释道，"我的血统比较复杂。我祖父是新加坡人，他是第一代漂流者。他给我取了个中文名字，父亲给我取了个英文名字，母亲又给我取了个西班牙名，继父却是个挪威人。我有时很反感，这些看似亲昵的名称把我禁锢在一个个期望之中，往往带来一些身份和文化上的困扰。后来在查阅语言学资料时，干脆自己取了这个名字。"

"你有这么多家人啊,他们怎么没和你一起?"话一出口,意澜便觉得过于唐突,毕竟在漂流计划里,家庭正是被解构的对象,或许他有什么不欲人知的隐痛。

藤原似乎料到她会好奇,牵着她在一瓣沙发上坐下。此时舞曲已经结束,后面是一段抒情的钢琴曲。藤原从桌下的固定暗格里取出杯子,倒了两杯维生素补充水。意澜不安地抿了一口,解释道:"我没有要窥探你的意思。"

这么一说,倒令人想起她拿望远镜偷看他的事了。两人原本就紧挨着,藤原再一次握住她的手,他期待这样的机会,为进一步契合找到突破口。"不。我希望你对我好奇,希望你更了解我、我更了解你。永远都是。你看,在这么广阔的寂静当中,尤其容易让人对自己的选择产生疑惑。如果在一段错误的感情中浪费时间,就像浪费掉一整个宇宙一样——"说到这里,他微微松开手,保持一段松弛的距离,似乎等待接下来的判决。柔和的乐音弥漫空间,像温柔的浪花扑打,她也按捺下急促的心情,静静等待他接下来的话。

"如果你愿意,我会把我的故事原原本本告诉你。"藤原说,"或许到那时你就知道,飘泊中仰仗偶然聚散,需要多大决心。"

公元 182 世纪 80 年,春。藤原的故事。

藤原光川出生的时候祖父已经一百四十岁了。他的摇篮里温度总是很低,仿佛寒冷也能使死亡放慢脚步,就算不休眠,他也习惯躺在休眠舱里,用金属硬壳将自己包裹。他为了看到自己的第三代付出了漫长的等待,终于他的全身器官开始衰竭。藤原五岁那年,祖父被抬上顶盖,在那里他停止呼吸,投入深不见底的黑夜。

祖父目睹了地球的崩溃,事实上,只是人类的崩溃。寒冷和瘟疫带走大部分生命,地磁极性颠倒,大陆撕裂,一半被海潮淹没,一半向南北两极聚集。北极熊憨厚的身形透露出残忍的面目,海鱼钻破冰窟啖食人肉,人类能够活动的范围越来越小。就在这时,各国航天局共同启动了一项空前绝后的运动:宇宙漂流计划。

"地球只是一棵珊瑚礁而已。"他们宣布说,"躲在一颗珊瑚礁里的鱼群,终究会灭亡。我们要游遍整个湖泊、整个海洋。我们要在宇宙中重新建立我们的族群。"

从那以后,地球就成为一座巨大的生产车间。除了一批建造飞船的工程师,所有的人都被放入一个个摇篮送往远方。他们拒绝让家人或朋友一起出发,认为那样会构成保守自私的群落。只有绝对的孤立能让人一往无前,到那时人们在浩瀚星野里重逢,才真正具有改变人类命运的意义。

幸而由于宇宙空间的复杂,飞船不会强行设定路线,而采取前进与巡游的叠加,人们凭借自己在宇宙中的坐标,确定并探索自己在这一计划的位置。祖父收到强制漂流命令时,匆忙和祖母约定在仙女座大星系靠近太阳系的X行星附近会合。那时父亲才刚刚一岁,按照规定得先在育幼院抚养到八岁再单独出发。没想到祖母不愿意离开新生儿,偷偷带着孩子上了飞船。她忘了每只摇篮里面只有一个休眠舱(因为对整个系统来说,飞船里有一个人和十个人是一样的,冗余的负载会成为拖累。只有一个休眠舱,便可以胁迫漂流者独立生存,开拓新的空间),于是等祖父终于接收到祖母飞船的讯号,隔了三百多年的光阴,只看到封闭在紧急驾驶舱内祖母干枯腐败的尸体。而在另一边休眠舱里,保持二十岁形貌的父亲浑然无知地昏睡着,一点也不知道他母亲死去的惨状。

他们当然相认了。对父亲来说,祖父是个徒有血缘之名的陌生人;对祖父来说,父亲身上永远背负一条"让生母替他去死"的道德疮疤。祖父想办法把祖母火化,好让遗骸显得不那么狼狈,在一个永远是黑暗的清晨,独自将骨灰抛洒向空中,好长时间顶盖上都蒙着一层黏稠的灰。他们做了短暂的少年夫妻,这回忆萦绕了他们毫不相称的漫长生涯。无论如何,这个死去的女人使父子俩彼此维持微妙的平衡,他们在各自的摇篮里休眠了许多年,直到一个年轻的西班牙女子发现了他们。

其时由于休眠的关系,两人名为父子,看上去相差不到十岁。女子虽然与藤原的父亲结合,却与藤原的祖父保持更为良好的关系,况且她选修了地质学,对原生地球的了解比她丈夫多得多。他们陷入怀疑与猜忌的循环,后来不知道发生了什么,藤原的父亲将自己关在休眠舱里,等到他醒来,已是一百年过去。对于太空航行来说,这不过是短短的一瞬。但是当他想起来去隔壁飞船看看,他惊讶地发现他父亲已变成一个白发苍苍的老人。仿佛从漫长的壮年一下子衰老,这个老翁身上,已经看不出任何力量感和性魅力了。

祖父没有休眠,一个人静默地守候他一生的流逝。就像那些隐秘的龃龉所暗示的,他看起来不再像儿子的同代人,而变成了他的父亲、祖父、曾祖父。他用模糊的双眼凝视那个熟悉而陌生的青年男人,平淡地招招手说:"我已经老了。等你有了孩子,再叫醒我吧。"

父亲到另一只摇篮里,唤醒跟随他休眠的女子,他们度过一段相对平静的时间,有了孩子。孩子的出生使父亲对祖父的感情发生变化,他知道祖父并未休眠,他从不去探望,却常常把孩子放进祖父的摇篮里玩。后来祖父病重，按照老人的愿望，用自然安乐死的方式天葬。

这种决然的告别使女子深感悲伤，她埋怨丈夫的狠心，她甚至咒骂他是"吸父母的血活下来的"，她的怒气是直接而暴戾的，而他把所有的感受隐藏起来，像什么都没发生一样每日种菜做题。一天晚上，趁着女子睡着，他屏蔽所有讯号，毫无征兆地，开着他的飞船离开了。

"那个女子，是你的母亲吗？"意澜问。

"是的。我的母亲。"藤原的眸光显现出一种异样的阴沉，"我不知道她为什么要那样忍受他们两个。"

祖父死后，藤原得到了祖父的摇篮。母亲想替他订做一个新摇篮，他坚决推拒。休眠舱里掉落着祖父的毛发和指甲，它替代了某种和土地的联系。后来，母亲遇见另一个男人，他们一起走了。

"他们走后我反倒松了口气。那一年我七岁，在漫长的旅程中，醒来，又睡去，睡去，又醒来。一度我把飞船往回开，想回到地球，途中遇见了许多人。"藤原顿了顿，说，"到现在你还没讨厌我是吗？"

"我听不出你有什么可指摘的。"意澜道，"我从来都是一个人，甚至完全想不起小时候发生的事，无法想象亲人离开后，我会感到痛苦还是解脱。也许，在你看来很重要的生死聚散，在我看来都只是一段段故事。"

"那么，你的选择是不关心啰？"藤原道。

"不。"意澜凝视着他说，"我只是奇怪，你给我的感觉和你内在的经历是截然不同的两个人。"

"你更相信哪个？"

意澜屏住呼吸，一股炽烫的电流划过她的胸膛。或许她应该无条件相信他是她所等待所追逐的那个人，但对她有什么好处？除非注定如此。

一片静默之后，藤原站起来，脱掉外衣。"你干什么？"意澜吓了一跳。这时藤原已经掀起背心，露出一大片结实的腰腹。意澜说不出话来，藤原转过身，背对着她。意澜呆住了，努力不让自己露出惊讶或嫌恶的表情，因为他从背部直至臀部，都是一层层猩红的鱼鳞状的癣，像是没刮干净的鱼皮。

"过敏，还是……"

"性病。"藤原替她说出猜测。

"真的吗？"

"不是。"藤原穿回衣服。意澜垂下眼眸，望着地面。藤原在另一瓣沙发上坐下，苦笑道："或许是种家族诅咒吧。"

后来，当他们生活在一起。对于他的身体，她有时候心疼，有时候恶心，心疼时吻他，一点一点小心翼翼帮他把死皮刮掉，恶心时捂着衬衣下摆看一眼都不愿意。直到这恶心刺痛了她，她才发现这腐烂的源头是什么。宇宙是没有根的，留恋过去的人会被过去伤害，某种程度上，她对他的爱情，也是种对过去的迷惘。她将成为他故事里的一员，她想象自己对他施加的影响，一种类似伊甸园的美好存在。在种植园里，他们一起种土豆，拔蔬菜的叶子，嚼蛋白粉，做爱。他感到她的盆骨特别饱满，和摇篮一样，中间是温暖的腹部。他问她："孩子在子宫里，是否就像我们在摇篮里一样？"她说是的，但它一定不像我们这样感到孤独。因此他又问："你是真的爱我吗？还是，你会爱上任何一个男人？"她对他的痛苦感到困惑，她找不出答案。

169

藤原选择的是"语言学",这帮助他和很多人打交道。母亲离开后,他遇见了第一个家人以外的人类,她叫苏珊娜,一个三十岁的女人。他们一起生活了五年,建立起很深的感情,她教会他生活,直到她不愿意再做他的"母亲"。苏珊娜决定休眠二十五年,这样他们年纪相当。她很温暖,也很睿智,他想和她永远生活在一起。但是到第十四年时,他感到无限的孤独,他宁愿接受年龄的悬殊,也不要忍受这令人窒息的寂寞。他进入休眠,等他醒来时,已是时过境迁。她醒了,没叫醒他,走了。

接着,他遇见一位自称约翰的老人。约翰曾经是位行为艺术家,尽管七十二岁了,还是精神奕奕的。他们一起吃蒸成稀泥的土豆,讨论上一辈和上上辈的事情。"我是漂流计划的拥护者。"约翰激动地敲动汤匙,动情地说,"孩子,你没到过地球,你不知道和几十亿人生活在一起,每天要处理各种琐碎的交际,是多么痛苦。我同情你祖父的遭遇,但那只是少量的不幸。相信我,人类进化了那么久,才建造起这些自给自足不必迁就任何人的堡垒。和在人群中流浪相比,在宇宙中流浪简直是最大的嘉奖。"

约翰和他吃完饭,像偶然碰见老朋友一样,哂然离去。他望着外面无穷无尽的黑暗,几粒星子像飞蛾一样可怜,心想:怎么可能。肠胃在身体内部蠕动,拽走全部的养分,他渐渐感到疲倦,闭上眼,睡着了。在他梦中,一只只摇篮隔了数万光年连接起来,突然,宇宙开始收缩,所有摇篮越来越近,挤压在一起,发出吱吱嘎嘎的声响,突然,宇宙又开始膨胀,于是那些摇篮又远离起来,变成一个个微弱的光点,最后被黑暗吞噬。他睁开眼,迷迷糊糊地想:是否在另一种背景下,人类是星子?人们从诞生起发着光,一些人被更多的人吸引、环绕,一些人无知无觉地黯淡、陨灭。每个人看着这个世界时,就好像望着广袤无垠的星空,每一次交会的尝试,都必须独自走过湛深的疏离。于是,那种被轻视的感觉减轻了,黑暗被挤出视野,他看见一个巨大的自己,躺在一只巨大的摇篮里,像婴儿一样。

"我爱她。"他没头没脑地冒出这三个字,当他躲过窗帘的缝隙,从望远镜偷看对面那个顽皮的孩子。是的,他一开始对她鬼鬼祟祟的行径有些生气,但这也是乐趣所在。也许更多的好感来自她的身体本身,她的额头和锁骨,眼睛,肌肤的色泽。他看着她一步步走近,像走出黑暗的洞穴,他始终要把那层幕布揭开。哦,我爱她,不知道几年后他还说不说得出这句话。

"在你之前,我遇到过几个女人。"他对她说,仿佛要教一个孩子情爱的道理,"首先是一个二十六岁的推销员,她喜欢培养各式各样的植物和器皿,和别人交换。是她发现了我的背部有些泛红,拿两面镜子照给我看。对,就在我第一次和她真正发生关系的时候。在她之后我又遇见了几个女人,我对她们感到失望,或者她们对我感到失望,但我们并不把真正的原因说出来。你看,宇宙里的爱情其实和盲婚哑嫁差不多,只要年龄适合。"音乐停了,他说:"你怎么想?"

"你真啰嗦。"她说。

公元 182 世纪 82 年,秋。悔恨圆舞曲。

春城不是一座城,而是一颗罕见的类地行星,在苍凉的宇宙中,它就像沙漠里的绿洲,因此得名。藤原正是检测到有漂流者记录这颗行星,才中途改变方向,并遇见意澜的。

当然,意澜并不知道这一点,自从他们结合,藤原就控制了他俩的摇篮。在旅途中他们度过最美好的蜜月期,意澜以为这没什么,去哪里都一样,直到摇篮降落在春城,他热切地呼吸着舱外的空气,宣布道:"看,这是我的大地,我要寻找的大地。"

闻风来到春城的并不止他们两个,但大多数时候,人们还是得依赖摇篮生活。种植园里的植物十分脆弱,只适合在无菌条件下生长,而以人们粗陋的木工,木屋实在不比摇篮里舒服。

"为什么我们不能也在摇篮里过夜呢?"意澜艰难地削着钉子,手被刺得生疼,她现在一点都不惊讶藤原手上的茧是怎么弄出来的了。

藤原一反温和的形象,坚持道:"如果依赖摇篮,我们到这里就没有任何意义。你见过永远躺在摇篮里的成人吗?"

"住地文明"和她检索的旧时代影像不同,和那些浪漫或残忍的传说不同。它甚少关乎感情,更像是一种重建规则的工匠做派。尽管她坚信藤原不会伤害她,但她完全猜不透他了。一进入春城,藤原就指使她做这做那,仿佛她天生是他的雇工,一门心思扑在新构想上。越来越多的不安定使她不得不依赖藤原,她感到自己被牢牢束缚,就像新嫁娘被带到一片不属于她的家乡。一方面她早已听命于他,一方面她为他的狂热担忧。至少不是在他和她之间,扎下根来,生儿育女,一同老去……不过她也遇到位有趣的朋友——法国老头约翰,他曾经出现在藤原的故事中,当时他还是漂流计划的支持者。意澜用探究的眼神询问他为何在此落地,约翰呵呵笑道:"忘了我当时说的话吧,人越老,越知道土地的重要了。"他向意澜眨眨眼,"我可不想烂死在太空里。何况有可爱的小美人鱼。"

在约翰的帮助下,他们建成自己的小木屋,制作了桌子、椅子、床等生活必需品,藤原又做了很多的木栏。"要这么多栅栏做什么?"

意澜疑惑地问。藤原笑而不语。当他建造好一层层围栏，带着约翰和意澜来到紧急驾驶舱，见多识广的约翰也惊呆了："天哪，你在飞船里装了个动物园！"

这是藤原的祖父、祖母带入飞船的，他们一开始就意识到：如果没有完整的生物链，人类无法单独维系一个星球。

"你不怕感染吗？"意澜很惊讶地摸了一下躲在门背后的兔子，毛茸茸的耳朵带着些许湿意，原来舱内有几个木桶削成的人工水池。

藤原坦然地说："真正的无菌室是不存在的，除非灭绝一切生命。就连我们的身体里都有数不尽的微生物存在，何不享受享受农场主的乐趣？"

意澜仍然有些惧怕地擦了擦手，和兔子保持距离。约翰喜悦地上前抱起兔子，它成为第一个在春城落户的动物，引来许多居民围观。不久，藤原把母兔子也抱下来，约翰已经津津乐道地讨论如何烤兔子肉了。

天知道藤原在飞船里是怎么对付兔子旺盛的繁殖能力，意澜不去想血腥的一面，令她更焦虑的是，他们似乎放弃节制有序的文明生活，而去过一种粗犷浪费的原始生活了。为了庆祝春城的第一次烤兔肉，人们举办了次篝火晚会，当意澜以为自己会肠胃不适时，藤原悄悄告诉她："我已经在土豆里加了很多次肉汁了。"

随着兔子的普及，牛、羊、猪也一一被牵下飞船。意澜注意到每种动物都只留有两对四只，显然是人为控制。藤原像科学家一样严格记录它们的食量和生育，现在，他们像经营一座农场。

春城没有四季，它离它的"太阳"很远，因此人们只能居住在赤道上，形成几条狭长的街道。很快，藤原对于养殖的垄断引发了人们的质疑，他们开始民主投票，共同决定提高养殖的速度。就像藤原担心的那样，人们总希望拥有更多，因此动物吃掉了过多的草，眼看生产就要失衡。藤原一心想建立一种公社化的集体组织，但约翰不建议他这么做。"你既然把权力交出去，就不要提出改变私有制，不然他们会认为你有私心。"约翰说，"等到一切失控，他们自会来求你的。"

藤原一连几周都闷闷不乐，和他的心情相应，他的鱼鳞病也越来越严重了。有一天干完活，他在木屋里脱衣服，意澜下意识地抽了抽鼻。

"让你嫌恶了不是吗？"藤原说。

"是你自己以为。"意澜不置可否，她正在学习打毛衣。

旧的疤痕结了新的疤，一层层死皮堆积在背上，就像没蜕皮完全的蛇。难怪她总是睡在床的另一头，也不再搂他吻他，对他完全失去兴趣。藤原意识到，引诱一个无知的孩子，和培养一个称职的主妇，完全是两样事。于是他愈发执迷于养殖，仿佛考验她的耐心。突然有一天，他发现兔子身上开始出现红色的斑点，接着是羊，接着是牛，稻子没到收割就枯萎了，如同生了稻瘟，紧接着，患病的动物都一个个死去，恶疾迅速毁灭了这两年的劳作。

"你还不明白吗？这是对殖民者的诅咒。"意澜不忍看他每日空手而归。

藤原仍不死心："不过是离开摇篮安全环境后，微生物发生了变异。只要找到源头，一切都会好起来的。"

藤原吸了口烟，他想种大麻，以缓解骨骼深处的阵痛，但显然不在祖父带入飞船的植株之列。他忽然想起了寂静1号。

寂静1号是座太空站，那时还是公元35世纪，人类仅在太空占有百来个据点。不知道发生了什么,整座太空站的人忽然集体发狂,等到救援来临,太空站里已经一个活人也没有了。接下来的两个世纪,同样的事情又发生了数次,但都被归为偶然失序。直到名为反叛者的重大事件发生——一群亡命之徒聚集在某个星球,制造了大量武器,反过来试图占领地球基站。

谁也说不清,究竟是战争毁了地球,还是自然灾害毁了地球。毫无疑问,它带来了科技的巨大跃迁,在最后的危急关头保全了剩下的人类。但是,不会再有下一个地球了。人与人朝夕相对肉身相搏,试图战胜彼此。要么同归于尽,要么去向远方。

藤原熄灭烟,冲出门,和篱笆背后的偷盗者干了一架。远处轰隆一声,一座飞船停在棚屋顶上,绵羊被压了个粉碎。

事实上,一切变得更糟了。人们身上也开始出现红色的斑点,一开始就像被蚊子叮了一下,然而渐渐地变成一片红色的点状网,瘙痒难耐。当人们用指甲去抠,便形成一块红色的痂,变得越来越硬,拔掉又再长。藤原这才意识到:自己就是这场疫病的传染源。

春城里的人越来越少了。人们因害怕而逃离,留下的人,也会在摇篮附近隔出一片生人勿近的区域。当他们烧掉最后一片田地,藤原望着这片衰颓的土地,缓慢而平静地说:"我们是不是在一起太久了?"

意澜望着他,等他解释。

"你不能凭一个人决定自己的一生。对我们来说,一生太宝贵了。"藤原说。

这毫无疑问是种推诿,他倦怠这一切,连同着也倦怠了她。意澜知道这次失败对他的打击有多大,但她不相信藤原会抛下她。如果按照鱼鳞病在动植物身上的反应,他的病会越来越严重,他应当更依赖她才是。然而第二天,当她醒来时,她发现自己躺在摇篮里。她到地上找他,小木屋已被烧掉,到处都不见他的踪影。当她失望地走回摇篮时,她发现和她对接的他的摇篮不见了。他走了。

不告而别真是种恶性的家族遗传。她恨恨地想,对这个基因不良的人根本不值得花心思。

太累了。她昏昏沉沉睡了一天一夜,醒来时饥肠辘辘,吃了两口土豆饼。她感到自己又恢复精力。

"我要去找他。"她对自己说,"我要去找他。"

当晚她向约翰告别。约翰用木头和钢丝做了一把吉他,正在调音,一看见她,就兴冲冲地向她介绍他的杰作。

"真好。"意澜觉得他真是个永远充满激情的人,而她自己,除了藤原,对她来说已没有什么重要的事,她不由感叹道,"真希望能像你这样快乐。"

约翰这才发觉她心情的低落,他倾听她的哭诉,然而他并不赞成意澜太执着于此:"你还年轻,孩子。即便你找到他,他或许已经老了,已经死了。"

"我不管。"意澜赌气似的说,"你难道不走吗?春城已经不洁净了,或许你也会染上鱼鳞病。"

约翰笑笑: "一个人占有一座星球,这么好的事,怎么能放弃呢。"

意澜想约翰其实从未融入人群,他现在是个孤独的国王了。"唱首歌吧,约翰。"她最后说,"唱首歌吧。"

一首悲伤的歌。

约翰沙哑的男低音,伴随并不准确的乐声,琴弦不稳定地震荡。那是一首 20 世纪的法语老歌,他翻译成中文,又唱了一遍。这一次,她听懂了。

  夜之风琴　在月光下叹息

  微风吹拂起　他的弓弦

  吟唱着悔恨的华尔兹

  我可爱的孩子　睡美人

  离开你不安的梦寐

  醒来吧　就一会儿

  我等待你来到我身边

  王子吝于付出情感

  只有我　可怜的路人

  咏唱那情感的热潮　徒劳祈祷

  ……

  夜之风琴　在月光下叹息

  总是叹息　我沉重的心

  只等待你的爱降临

公元 187 世纪元年,夏。永恒寂静。

宇宙像一张混沌的棋盘,一颗颗棋子罗布其上,占有,并非充满,而是到达的合法性。人类以个体为单位的扩张,在宇宙的尺度上,形成巨大的信息网络,每个人都是中转站,向每一处缝隙延伸。个体在群居中的特殊性、功能性已被弱化,人类没有中心,没有头脑,不需要中央处理器规定信息传输和处理,就像围棋没有将相车

177

马,每颗棋子都是平等的,因此就算有部分的死亡,也能如海星般自我复制。从小处说,一个人就是一个种族;从大处说,人们第一次在宇宙展现出它的群像。

那是个怎样的群像?一张渴望救赎的脸?一张浪漫的星座图?一张无限变化的棋谱?抑或是,就像生物学家用显微镜检测培养皿一样,那些用试剂显示的小点,渐渐布满整个培养皿,然后一滴硫酸把它们全毁掉?

约翰把他培育的玫瑰送给了意澜,她说她照料不了这样娇贵的花儿,他却执意如此。花朵在四个月后枯萎了,土豆摇晃着肥大的叶片,嘲笑她的愚蠢。到第二年小玫瑰苗发芽,长了叶子,却不再开花。"我受不了。我受不了。"她一遍遍喃喃。十年过去了。飞船外只有宇宙,只有宇宙在望着她。绝望背后是绝望。绝望背后是绝望。绝望。绝望。绝望。

她终于体会到藤原在等待苏珊娜时的心情,而她甚至连刑期的结束时间都不知道。她不再和自己斗争下去。她选择休眠,设定五十万年。这是休眠舱可以设定的最大限度,因为休眠时间过长可能导致不可逆的脑损伤。她倒是宁愿在休眠中死去,无知无觉,无欲无求。

生存是一场大梦,在这梦中,有的人醒着,有的人睡了,有的人企盼活,有的人企盼死。她不需要太多复杂的东西,一个藤原,就把她毁了。一粒微子撞击另一个微子,一个世界撞击另一个世界,一个人等于一个人。

然而没到五百年,她便醒了,有人从外部强制结束休眠,她的肌肉还没恢复,眼睛里只有一团朦胧的光亮。一段沉默过后,有人抱起了她，她感到温暖的棉被包裹住她，那是她的床，有人在煮粥。

她用了很长时间，才敢相信她再一次见到他。藤原笑道："怎么，不认识我了吗？"看见她快哭了，他俯下身安慰她："真奇怪。你的眼泪是甜的。"

过了会儿，她才平息下来。"你现在多少岁？"意澜凝视他的脸庞，诧异他显得那么年轻，仿佛时光在他身上倒流。

"三十六岁。"藤原道。他离开时是三十四岁，舒适的环境改善了他的气色。

"我比你大一岁了。真不公平。我用了那么长时间再遇见你，对你来说才过了两年。"意澜说，"恐怕再迟一些，你只能看到一个老奶奶了。"

"也可能是一个老爷爷。"藤原笑道，"如果我老成约翰那样，你也不会认出我了。"

他们躺在床上，望着那旋转的宇宙、无限深远的星空。肉体的触碰变得理所当然，她的骨骼还有些僵硬，肌肤却变得愈发柔软，像刚从水里捞出的风信子。他们用身体询问彼此，然后都得到满意的答案。藤原说："你知道吗，很久以前，地球人把一起看星星当作是件浪漫的事呢。"

他用了半年时间，明白再无可能建造另一个地球，无论他是否愿意，人类已经用另一种方式生存了。然后他调转方向回到春城，约翰告诉他她去找他了，于是他不得不追寻她行过的痕迹，期望尽可能快地赶上她。

"一开始我被另一只摇篮误导了，结果是个印度女人。"

意澜冷哼一声："说吧，你又遇见了几个女人。"

"啊，我又遇见了九个女人。"紧接着藤原笑道，"嗳，宇宙那么大，能找到你一个人就很不容易了。"

当他摆脱印度女人确定意澜的摇篮方位时，她却一直不回应他的讯号。他猜想她已经休眠了，便让摇篮自动航行，赶上她时再叫醒他。事实证明，她只是因为醉酒，错过了他的讯号。如果说意澜在这十年最大的收获是什么，大概是她学会培养葡萄，并用它酿酒。

无论如何，他们还是相见了，这是种多么奢侈的幸运。况且藤原的病情没有恶化，反而渐渐地复原了，意澜却不放心，非要采样检查。

"你看出什么了吗？"藤原凝视着她说。

"没有。"意澜回答。她没有告诉他，病菌的变异性更高了。

她徘徊在种植园，提炼各种草药。他发现她身上的确发生了某种变化，她不再小心翼翼地抗拒，不再通过答题试验自己的意念。她迫不及待地接纳一切，仿佛她天然享有。

重逢令他们过度兴奋，没过多久，意澜发觉自己怀孕了，她闻到土豆的味道就发晕。在藤原休眠的这段时间，春城一役仅剩的两只鸡变成了一大窝，他很高兴处理完大把大把的鸡粪以后，还能有几颗鸡蛋派上用场。

她怀孕五个月时，摇篮检测到附近有人工机械的讯号。他们往那里行去，发现那是一座摇篮制造厂，一个摇篮下面吊着另一个摇篮，下面再吊着一个，像一串摇篮的葡萄藤。最顶上是一个巨大的圆盘，里面有许多大型机械，上部是一个鸟喙状的驱动装置。

女管理员告诉他们，只有等孩子生下来，才能领取摇篮，不过他们可以提前预定。

摇篮已经发展出许多样式。最早期是藤原那样的深褐色，然后是银白的金属色，接着派生出天蓝和鹅黄的浅色系，然后有彩虹色、拼接色、星座暗纹等。他们选择了一个草莓蛋糕的图案，底座是奶油白，点缀一圈草莓雕饰，因为他们还没办法在摇篮培育草莓。"如果生下来是个男孩怎么办？"管理员负责地询问道。他们相视大笑，在登记簿上写道：藤原爱子。一个女孩的名字。

他们没有真正见到摇篮成型，甚至意澜自己的摇篮，也因撞击报废了。离开摇篮制造中心后不久，他们遭遇了强烈的星际粒子流。他们被卷进风暴，和外界失去联系。很快，土豆死了，接下来是蔬菜，再是动物。即便补充充足的营养片，胃也逐渐萎缩。射线加速了细胞病变，藤原本快要愈合的背部流出脓水，开始溃烂。

"我们应该保持距离，不然你会被我传染的。"藤原把自己锁在休眠舱里，不让她随意进来。

"没事的。"意澜浑不在意地说，"上一次我不是也没生病吗？"

藤原也感到有些奇怪，意澜的身体出乎意料地好，旁人间接接触都被他感染，她却一点事情也没有。

"你没有什么事瞒着我？"藤原问。

"没有。"意澜道。

孩子是在六月出生的，那天午后她感到疼痛。胃里空空的，整个内脏都像被抽空一样，只有肚子饱胀地膨胀着，里面一动一动，下体被一点点撕开。她没有童年，因此也无法想见，孩子小时候是怎样的。他一直安慰她说，她的骨盆很宽，一定不会有事。但是她全身都在冒汗，红色的液体缓慢而顽固地流出，像一条小蛇。藤原翻看之前查阅的资料，蹲下身查看孩子是不是卡住了，突然，她大叫了一声，孩子从她的肚子里钻出来，整个肚皮如皮鼓被棒槌击破般，可怖地敞开。

孩子发出第一声哭叫，他受惊吓地退后几步，不知过了多久，再缓过神时，意澜已没有呼吸。她的肚子里留下一副干瘪的骨架，他浑身颤抖，用床单去捂上面的血，发现她的骨头是黑色的。黑色的骨头，里面缠绕着连接线。

藤原是在几周后替爱子检查身上的红斑时，她闹着往床下抓，发现了藏在床底的笔记本。那是他的笔记本，藏蓝色的封皮，他讶异怎么会落在这么隐蔽的地方。在他的日记背面，他发现了她的笔迹。她坦白了她的来历，希望他原谅她没有早点告诉他。他除了哭泣没有任何办法。

前五十代殖民者出发之后，尽管在太空生病的几率比在人群中小得多，但他们还是低估了生育给女性带来的损害。尤其早期的"相遇唤醒技术"（即当两个飞船进入一定范围内，自动靠近并唤醒处于休眠中的双方），不足以完全匹配正值生育期的男女，而女性也常常拒绝生育。为提高繁殖效率，他们制造了一批女性，称之为"子宫"。她们的大脑克隆自一个名叫意澜的女人，骨架由机械制造，从她们有意识起，就待在一个个试管里，直到皮肤培育完全。她们通过业已探知的虫洞，迅速被送往远方，送到那些心有不安的男人面前。她们被设定将为所爱之人生育，但是在孩子出生后，她们就会因为创口无法复原死去。

藤原没有想到，在一个伪造的摇篮里，住着一个伪造的女人，有那么一瞬间，他怀疑整个漂流计划都是一场阴谋，他也是假的，宇宙也是假的。

不过,无所谓了,他也快死了。鱼鳞爬上他的脖子、他的脚,从外形看,他已经不能算一个人了。

她紧接着坦白了另一场阴谋:春城的那场疫病实则由她而起。她从他背上的痂获得病菌取样,提高纯度,注射到植物根部。她本意只是希望他放弃养殖,对漂流计划的忠诚是她大脑里最深的印记,也是计划执行者采用"意澜"大脑的初衷。她没有想到,鱼鳞病会感染到其他人,使他那样自责,导致他们分开十年。

她为他留下了一页空白,似乎料到他会用上。等他终于消化了这一切,藤原在笔记本最后写下一段话,他希望孩子健康无邪,却不希望无知的快乐蒙蔽了她。藤原写道:爱子。当你长大,会不会疑惑你是为何诞生。或许岁月已治好你的病痛,但你是否懂得,为了你,我们付出了怎样的代价。我们的故事写在这里,如果你能看到,请勇敢地漂流下去。我们在世界的尽头等你。

他把婴儿送进休眠舱,设定五十万年,他最后一次握住她的小手,祈祷有人会提前唤醒她。在这之后,他抱着意澜冰冻的尸体走出舱门,他很快飘浮起来,还好他用绳子牢牢绑住彼此,就像他第一次带她在摇篮外行走一样。窒息的瞬间,他忽然想到,死亡就像婴儿滑出骨盆,痛苦只是另一种新生。

倘若呼吸再延长一秒,他还能想到:如果在宇宙之上,另有一个观察者。他不仅能看到现在的我们,还能看到一光年外别人看到的一年前的我们,还能同时看到十光年外别人看到的十年前的我们。那么把所有的时间叠加起来,那时我们不再以一个光点存在,而是一个个年轮,中心破碎了,年轮就像波纹一样向宇宙深处延伸,每一次死亡都引起久远的回响。

茫然的宇宙像一片黑海,黑海上漂流着一只微小的摇篮。它是那么漂亮,又那么孤独,谁能够遇上它,就会遇见关于它的一切,遇见爱子,遇见藤原,遇见意澜,遇见那个遥远的星球。

守时者的等待 | 重　木

一、噩梦

漫天的灰尘和烟雾瞬间便湮没了一切，冷风嗖嗖，在混乱的基地里所有人都在尖叫和奔跑。有人在冲着无线电大喊，但是所有的通讯设备都已经被炸毁了。他自己一人在混乱的人群中寻找走散的战友，但此时滚烫的空气在他身后的指挥所爆发，他跌跌撞撞跑到一架坠毁的飞机后面。这里一切都被毁了，在冷雨降临的时候嘈杂的人群突然静了下来，他们都看见一个熟悉的物体从天际划过向北方飞去，几乎只是眨眼之间便消失不见。但是几秒之后的轰鸣和北方上空的蘑菇云让这里的一切都在瞬间停止，一切静谧无声，就连爆炸的声音此刻也不足一提……

他们的首都就这样被毁掉了。这是他们在死亡已降临的时候意识到的。一切都完了。

当他万念俱灰之时一股巨大的力气把他从人群中拉出向基地后的大山跑去。那些炸弹混在这个冬日最大的一场雨里，把整个基地湮没，一片火海。

他能听到自己沉重的呼吸和撞击胸膛的心跳，在冬日的傍晚里头也不回地向前跑，身后的爆炸紧随而至……

教授再次被那些爆炸和火焰惊醒，过了十几秒他才意识到自己是安全的，那一场毁灭之战早已经是历史了，不会再来伤害自己。每一次从噩梦里惊醒他都不得不这样告诉自己，但是总要有一段时间来学会适应。他感到冷汗浸湿了被单，噩梦里的爆炸声依旧在耳边回响。他看着天花板，把思绪从噩梦中拉回自己现在所处的现实。

时间刚过凌晨三点，他再也睡不着了。卧室的感应灯自动打开，他熟练地从床上坐起来，轮椅滑在窗户边，他用遥控器拉回轮椅坐了进去。打开窗帘，屋子外一片熟悉的黑暗，那些自动的路灯忽闪忽闪，不厌其烦地反复着。而那些日益不停的蜂鸟发出一般人很难听见的"嗡嗡"声在这片天空盘旋着。他曾经研究过这些蜂鸟的飞行路线，并且掌握了那些在这个区域里所有蜂鸟的飞行路线，他能轻而易举地躲过那些"红眼鸟"的监视去附近的超市或者是其他地方，但是他现在都已经忘记自己上一次走出这栋房子是在什么时候了。

每一次当他看到这些蜂鸟的时候他依旧还是像曾经那样吃惊，因为这简直是难以想象的。这些蜂鸟为这个国家（或者说是这个帝国联盟）效劳，它们的职责是监视这个国家每一个人的一举一动，这在他曾经所生活的那个年代是不可原谅且犯法的，但是现在人们都早已经适应了这些。这些蜂鸟并不是真正意义上的"鸟"，在一次次的大战之后（尤其是七月流火之战）后，许多的动植物都已经灭绝，飞禽也难逃其命，剩下的一些也已经成了国家的重点保护物种，关养在专门设立的国家动植物园里。所以，如今的人们根本不知道那些真正的鸟长什么样子，有着怎样华丽的羽毛和动听的歌喉，他们从生下来看见的便是那些机器蜂鸟。它们如今主宰着天空，监视着每一个人。

教授的轮椅发出"滴滴"的响声，机器人SJ-5号问候："教授，您还好吗？您脸色看上去很苍白。"

"我很好……"

"是那些噩梦吗？是否需要5号为您配制一副助眠的药？"

"不用了，那些药也没有多大作用！你进来吧！"

教授按下轮椅上的按钮，打开门。直到如今他依旧保持着睡觉锁门的习惯，因为曾经的那些惨烈战争，对于安全的渴求已经使他筋疲力尽。SJ-5号走进来，他是一个人造机器人，经过五次的改进，现在的他已经拥有了人的外观。就从人的外观来看，他是一位男性，梳着一丝不苟的头发，因为他喜欢20世纪的好莱坞电影，所以他的发型和格里高利·派克的差不多；他总是身着黑色西装，表情严肃且简单。虽然他已经拥有人类的样貌，但是对于他仅有的几种感情的外在表达依旧是困难的，有时他担心教授的身体健康，但是脸上的担心表情却十分奇怪，甚至很多时候都是引人捧腹的。SJ-5号是位严肃、专业且智慧的机器人。

"教授，您现在想继续您的口述回忆录吗？"他问道。

"你知道，我更希望这只是我们之间的对话，我讲给你听的故事。"

"是的，教授，您强调过！但是教授，恕5号冒昧，为什么您不希望现在的人知道您的事情呢？您经历过历史，了解事情的真相，为什么您不愿意说出真相呢？"

教授看着5号，像看着自己还未长大的孩子一般，他说："什么是真相？两个世纪前的那些战争之后就已经没有真相了。人们相信还有真相，但他们已经不愿意再为此而战斗了，人类经历过了那么多，能活下来就已经是最大的希望了！"

"教授，对于您的这个观点5号并不能赞成！"他说。

"当然，你有自己的想法，但是再次发动战争是人类承担不了的。我们曾经以为那些战争能使我们生活得更好，但是到头来却发现一切都没有改变，而我们破坏了地球，把人类送上了自绝之路。你看过那些史料，能想象出那些战争……"

"是的！"

"第三次世界大战，第四次世界大战，美亚之战……还有最后的毁灭日，七日流火之战。在这短短的两个世纪里人类经历了真正的毁灭，失去家园和国家。国家陷落被毁，或是沉入海底，我曾经看着我的国家被战火吞噬，逃出来的一代人忍受着核辐射寻找新的能容身的地方，但是战争却依旧进行，死亡无处不在……"

对于外人来说，没有人真正地了解这位自称教授的男人。从他的面容来看，他年纪不会超过三十五岁，但是在他的眼睛里却有着分外的沧桑。没人知道这个男人来自哪里，在这里住了多久，有怎样的人生经历或者是还有什么亲人朋友，没人知道。人们也许能通过他自称为"教授"猜想他是在帝国学院里教书，或者是国家的研究员，但是具体做什么却没人知道。他像一个未知般存在于这片荒芜之地。

这里是欧亚联盟，是当今世界上存在的三大帝国联盟其一，这里曾经是古亚洲和欧洲，但是在七月流火之战后一部分的古欧洲沉没，一部分的亚洲沉没，从而形成了如今的新版图。

教授所在的地方是欧亚联盟中的北部州县，因为靠近辐射隔离区和常年寒冷而很少有人在此居住。这里可以说是荒芜之地，就连蜂鸟的数量也比其他地方要少很多。无人会注意到在这片寒冷的州县里生活着这样一个奇怪的教授。而这也正合教授的心意，因为他最不想碰到的事情就是引起当局和其他人的注意。

"教授，在您的藏书中对于战争的记载并不完整，纸质记录和阅读在一个世纪前就已经终结，在其后的电子记载全部被联盟销毁，我们如今能了解到的只是九牛一毛。"

"对于人们不再使用纸张作为阅读和书写工具，到如今我适应不了。我记录工作和写一些东西依旧是在纸上，而手写这一个重要的书写方法也随着数字科技发展渐渐被人遗忘。如今只有那些研究手写历史和政府特殊部门的人才会手写，这对于我这样一个活在曾经的人来说是无限的遗憾！在我们那个时期这是文化的重要组成部分……"

"教授，相比较而言纸质的消失对于生态环境是有利的，并且由于纸质自身的缺点使得其中的信息得不到完善的保管，电脑则能更好地保证这一点。"

"但是你忘记了互联网上的记录能轻而易举地被删除和销毁，就像你刚才说的联盟销毁那些电子记载一样。其中的利弊如何还是要看所致力的东西。你说呢？"

"是的！" 5号说。

教授经历世事，看着传统在发展中渐渐地被改变或是永久地从生活中消失，就像是纸质传媒和手写，还有像各种文化的融合使得曾经的民族文化概念消失，文字的融合使得曾经各个国家之间文字和文字的区别缩小，或有很多文字就直接混合使用，成为一体。像曾经的欧洲，英语和其他的语言，像德语、法语、西班牙语都融合在一起，形成了新式英语，或被称作是欧洲语。而在东方的亚洲大陆语言也融合，同时还掺杂进西方的语言，像汉语和英语融合，印度、日本语言与朝鲜语融合。

在被打乱的历史发展里，世界彻底地变了样。"全球化""世界化"这些概念是战前世界发展的方向，但是当人们经历了几次世界大战和最后的毁灭之战后这些概念自然地消失，人们看到了世界一体之后所带来的灾难，人们更情愿待在自己的土地上和房子里。于是出现了接近一个世纪的"国家封锁"，也就是战前所说的"闭关锁国"。地球上仅存的那些国家之间互不信任、相互隔绝、不再来往，通过海洋和一道道的封锁线彼此对立和防备，开始漫长且十分缓慢的战后复苏。

教授经历过这些，对于他来说这些都并不是历史，而是他所亲身经历的事情。他带着自己的秘密隐姓埋名在伤痕累累的国家生活，像所有普通人一样。但和普通人不同的一点是，他依旧要躲避那些人，那些追了自己近两个世纪的敌人。

当SJ-5号问第四次世界大战的时候，教授感到自己的心脏再次慢了下来，如往常一样，好似没了汽油的车子一般熄火。他能感受到这一点，因为这已经是两个世纪的事情了。他常常也会想自己所做的这些是不是真的值得，他原本应该像那些战友一样在战场上死去的，或者是像普通人生病去世或老死，但是他却没有。因为他利用发展的科技停住了自己的生命时钟。

"教授，您是否不舒服？"

"心脏的问题！"他说。

他解开自己的睡衣，在他胸膛的左上方心脏的位置安装着一个圆形的电子装置，这是他利用先进的科技为自己制造出来的维持生命的东西。而不仅仅如此,他还通过九次手术把自己体内那些会衰老腐坏的器官都换成了机器。他早已经不知道现在的自己是否还能称之为"人类"了,因为他体内的一般器官和运作的都是冷冰冰的机器。他曾经担心自己会因此而失去人类所拥有的那些情感,那些他一直希望保存的某些记忆。他利用科技把自己变成"半机器人",减缓甚至是停止生命的衰竭,让自己永远留在历史的某一刻。他并不是为了长生不老而把自己变得人不像人,鬼不像鬼。每一次当他对自己生命的漫长感到厌烦和对于孤独难以忍受的时候,他便想一想自己最初的目的,是为了等待,曾经因为自己一时差错而造成了不可弥补的后果,他希望能等待那唯一可以改正错误的机会的到来,来弥补曾经的那个可怕错误。

二、盟国计划

教授从实验室里结束工作后来到客厅,看到SJ-5号正在改装一只被捕的蜂鸟。教授并不支持他这样做,但是只有几只被改装,联盟的蜂鸟行动总部不会发现,再者5号的技术水平相比于前四代而言已经高出许多了。

"蜂鸟的内部监视系统并不是一般的科技,它是联盟科技中心最新研制的监视技术,能够及时且精确地向总部反馈所获取的消息,并且要抓到它们也不是什么简单的事情!"教授说。

SJ-5号对教授说:"5号利用电磁干扰和释放出能吸引它们红眼的低频率电波,就好像几个世纪前人类所发明的网。"

"定向电波?"

"是的，释放的电波是有指向性的，只有一只蜂鸟会发现，而现在5号已经把它改造完成，它将为我们所用。"

"外边有多少只蜂鸟是被改造过的？"

"十三只，教授！我们可以利用它们来保护自己，一旦有陌生人在州县出现5号立即就会收到，这能更好地保护教授的安全。"

教授淡淡地笑了笑。窗外阴雨连绵，这个地方寒冷而多雨，由于受到战争的破坏，即使已经两个世纪过去了也依旧没有恢复。自然本身所拥有的恢复能力被核武器和辐射所破坏，环境一天天地恶劣，这也就是为什么三大联盟如今都在秘密地发展太空事业，加快探索宇宙的原因。他们都知道地球已经没救了，只有移居其他星球才能避免人类走向彻底的毁灭。

如今地球上存在着无数大小不一的辐射隔离区，那些地方荒无人烟，周围几十里都被禁止进入。帝国联盟也努力地寻找方法防止那些辐射扩散，但是最终的成效却是微乎其微，于是人们不断地迁徙和移居，到其他地方占据别人的土地，因此一场场小规模的地域战争便会爆发。对此人类已经习以为常。

科学技术在战后的半个世纪里逐步衰败，人类几乎退化到了原始社会，但是不知在什么时候渐渐形成的帝国联盟的科技突然再次发展且爆炸似的蓬勃，他们手里掌握着战前众多国家隐藏起来的科技。不出一个世纪，人类再次生活在高科技中。

"教授现在还相信收割者组织依旧存在？"SJ-5号问。

"他们一直都存在。从战时盟国的'守时者'计划被泄露的那一天起，我们就意识到在阴影里有一个自称为'收割者'的组织在追捕我们。他们的成员形形色色，无论是盟国还是敌对国家都有，而且当计划被泄露，我们就意识到在我们七人的研究小组里就有收割者的成员，正是他出卖了我们。但是直到如今，我也不知道是谁背叛了我们。"

"教授，5号并不明白为什么当时正处在战争中的盟国会愿意投入如此巨大的资金来发展'守时者'计划呢？这是一项对于当时的科技来说难以实现的研究，即使如今帝国联盟手中的科技也不一定能实现守时者的计划，5号对于这其中的原因十分好奇。"

"以当时21世纪的科技确实是难以完成守时者计划所设定的目标，我们也都明白这一点。虽然在20世纪爱因斯坦就创立了相对论，并且改变了人们对于时间和空间的认识，但由于所知科技的限制而难以在现实中实现理论所达到的高度，这是守时者计划里重要的理论基础。同时，守时者研究的另一个重要方面是爱因斯坦提出的另外一个理论——'虫洞'。'虫洞'是连接宇宙遥远区域间的时空细管，维持它出口敞开的是暗物质，'虫洞'能把平行宇宙和婴儿宇宙连接起来，并提供穿越时间的可能性。这两种理论是我们研究时间和空间的最重要的理论基础。

"我们'守时者'的七人小组为盟国研究的就是时间和空间。我们希望掌握时间和空间，成为其守护者。"

"这其中是否就包含了人类一直以来所希望能实现的时空旅行呢？"

"哦，当然，这是守时者计划中重要的一点。"

"教授相信人类能掌握这一种技术？"SJ-5号好奇地追问。

"当时的盟国向我们展示了一个地球上不可能存在的机器，他们说那是美国得来的外星科技。一开始谁也不相信，但是当开始研究那些机器我们就发现其中的科技是当时水平所实现不了的。那是我们第一次见识到外星文明的高科技，我们都不希望就此错过，于是我和其他六人就成为了'守时者'计划的主要研究成员。我们花费了五年的时间研究那一台神奇的机器，学习它其中的技术和建造方法，而当最后修好它的时候我们看到了希望。那是一台外太空的粒子加速器，我们能通过它制造出虫洞。"

SJ-5号把改造好的蜂鸟从窗户放出去，一会儿便消失在灰暗的雨雾中。此时的时间刚过中午，但是屋子外的天空早已经昏暗无光了。现在的人们已经适应了几个月见不到太阳的生活，他们并不觉得这有什么新奇或是不舒服的，因为他们并没有在23世纪之前生活过。

"时间和空间一样都只是人类用来描述现实物质世界所引进的抽象概念，对于掌握抽象的时间即使是如今看来也是不可能实现的，教授，守时者的计划是否成功了？"

"在某些意义上我们或许能说成功。在研究进入紧要关头之时我们被迫终止，盟国和对立国暂时达成停战协议，为了表示诚意而停止了守时者计划。对立国想要获得研究的所有资料，我们七人为此出现分歧和激烈的争吵，我和其他三位成员都不同意把资料交给敌对国，那个时候我已经意识到我们所做的研究是危险的。它就好像是一把锋利的宝剑，落到不同人的手里会有着不同的利用，一旦落入心术不正或者是企图称霸的国家手里，它为人类带来的灾难是我们无法承受的。

"因为意见久久不能统一而导致矛盾激化，另外的三人企图把资料交给敌对国，我们破坏了他们的行动而把所有的资料带出了实验室。在实验室里面我们双方发生激烈的冲突，在军队马上就要包围这里的时候其中一人打开了还在试验中的时空机器……悲剧在一瞬间发生,机器产生的巨大能量炸毁了整个实验室和靠近的军队。我躲进了地下掩体,逃过了灾难,但是其他人都死在那场爆炸中……"

说起那一场灾难,即使已经过去了那么久,教授依旧能清晰地记得。他曾经的朋友,他们曾因为要创造历史而在实验室里激动不已,有人唱歌,有人欢呼,实验室外的连天烽火和他们一点关系都没有。但是当战争最终找上他们的时候,带来的就只有毁灭。

"对您的遭遇,5号很遗憾,教授!"

"但实验室的爆炸并不是这一切的终结,我发现有一群人注意到我并没有葬身那场爆炸。守时者计划的七位主要成员身份都是保密的,没有任何人知道,但是当他们找上我的时候,我就立即知道来者是什么人。他们就是'收割者',我被关进一幢破败的房子里,他们问我有关守时者的研究,我告诉他们一切都已经毁掉了,什么都不剩。他们并不相信我,而我也一直在等待着机会逃跑。他们说的是对的,并不是一切都毁在爆炸里,守时者60%的重要研究资料都已经存储在我的脑袋里。我从上小学的时候就发现自己有着过目不忘的记忆,我记下了那些资料,成为最后一个守时者。

"当战争结束我建立起自己的实验室,利用我所拥有的资料我知道了一件重要的事情。曾经的其他六位守时者并没有在那场爆炸中死去,他们被困在时间中,成为宇宙空间里的一个定点,不生不死,重复着前一秒的生活,成为时间的囚徒。"

SJ-5号感到惊讶,但是他的脸上却无法表现出惊讶的表情,于是他依旧是面无表情地问:"'被困在时间中'?理论上能解释这一点吗?"

"我不知道，在时间这一种神秘的东西里我们依旧一无所知。但是通过我一个世纪的研究和反复的检验，我知道他们会在某个时间点上从时间中显现出来，能合理解释这一点的就是因为平行的宇宙在那一个点上相交，从而使得我们能利用高精度的机器捕捉到。"

"那会是什么时候？"SJ－5号问。

教授看着他说："就在这个月！"

三、陌生人

打开窗子在如今对于教授来说也已经是一种奢侈，每一次当潮湿的冷风夹杂着莫名刺鼻的气味一同刮进屋子的时候便提醒教授，21世纪早已经远去。这些年他越来越注重对于自己内心的感受，时刻让它活着，依旧有能力去敏锐地捕捉到周围的变化。在世纪中走过，教授看着人们渐渐地冷漠和麻木，而这危害极大的两者也成为了人们继续日常生活的保证。教授尝试着去理解，因为他也经历过那些毁灭的战争。

为了防止自己日渐地失去情感而变成一块僵硬的石头，教授尝试着用无边无际的回忆来让情感活着。记忆在日后对于他来说起到的最大作用也便是如此。无论是好的、坏的、悲伤的还是喜悦的，在如今都显得弥足珍贵。因为当他意识到自己还能大笑和流泪的时候，他感到欣慰。而保持"活着"的另外一种方法就是读那些他收集和保存下来的书。三大帝国联盟的建立对于文化来说不啻为一场毁灭，当他们把地球上每一个人手里的纸质书都没收和焚烧的时候，教授想到20世纪的纳粹，想到那些丧心病狂的独裁者和暴君。但是让他意外的是，人们都愿意交出那些书，更多的是烧掉，因为他们相信帝国联盟所说的那一套。如今，私自保存纸质藏书已经是犯罪，九个月前联盟军事法庭投票做出了这一决定，无一人反对。

对于这一点，教授是无论如何也不能理解和释怀的。他出生在20世纪，那是一个崇尚读书和文化的时代，人们从伟大的作家、哲学家那里获得真理，为了真理和崇高的理想奋斗。而如今，战争之后文明有了另外的面孔，形成的军事帝国联盟烧掉那些书，剔除那些对于统治不利的作家和哲学家，他们轻而易举地修改历史和重新编写历史，甚至现在有历史学家提倡应放弃21世纪和之前的所有历史，人类真正的历史要从三大帝国联盟建立之后开始书写。SJ-5号非常反对这些，他有时候表现出的愤怒让教授都感到惊讶。

教授已经不再是曾经那个想要制造出时光机器，在科学史上留名的年轻人了，经历了大大小小的战争，失去家人、爱人和朋友，看着国家被核弹炸毁，他已经十分疲惫，一种发自内心深处的无力感在整个世纪里蔓延。他远离政治和任何的斗争，躲避着收割者的追捕而默默无闻地四处流浪，但最后他依然要回到这里，等待一切归来。

在风雨中的蜂鸟睁着大大的红眼睛望着他，教授关上窗户，打开干扰电磁波，它能让蜂鸟感到不舒服而远离这里。SJ-5号和往常一样在这个时间里待在地下图书室，那里是教授这两个世纪来小心翼翼收集的纸质图书。他们曾经读过的伟大经典都被销毁了，许多曾经的三流小说和文章在如今也变成了一流。SJ-5号已经是第十三次看这些书了，因为只有六百六十五本，加上他内在安装的过目不忘的程序使得他对于这些书了如指掌，但是尽管如此他还是经常去重新看一遍。教授很多时候觉得他已经比自己懂得更多了，无论是科学技术上的，还是人文艺术方面的，这就是智能机器人的优点，但教授有时候也会为此担心。

如今人类利用机器人已经是习以为常了，他们在人类的生活中起着重要的作用：当孩子的保姆，做家务和保安，一些机器人成为大公司的职员，而帝国联盟有45％的军队是由机器人组成的。军事议会在成立之初就订立法律，任何私人和个体公司不得制造智能机器人，不得让机器人学习和赋予其感情，机器人完全是人类的工具，不得超越这个范围。如今的世界上，已知的七大智能机器人都是三大帝国联盟制造出来的，他们拥有有限的智慧为联盟服务。他们有别于那些无知识、无思想、只是工具的"冷机器人"，因为在他们内在设定的程序里有一部分是由他们自己控制的。

这时，一只蜂鸟在窗子外盘旋，叽叽喳喳，似乎完全不受电磁波的干扰。教授立即警惕，但当SJ-5号从图书馆里走出来后，他知道这一只应该是被改造的蜂鸟之一。

他问："有什么事情吗？"

"是的，教授，根据这只蜂鸟反馈回来的消息，有一个陌生人刚刚进入这片区域。"SJ-5号能直接从自己的眼睛里看到蜂鸟传回的信息。

"能查出他的身份吗？"

"很遗憾教授，联盟资料库里没有这个人的信息。帝国联盟收录整个联盟里每一个人的信息，如果没有那就意味着他是……"

"脱离者和秘密卡契，或者是收割者……"

教授让5号把蜂鸟传回来的影像放出来，昏暗的客厅里他们看见一个衣着单薄的男人在雨里向前走，因为光线昏暗而看不清他的面目。

"教授,十五分钟之后他将看到我们的房子,是否启动隐藏?"SJ-5号问。

教授看着屏幕里艰难前行的男人,片刻之后他对5号说:"不必了,他应该只是个脱离者!"

"教授如何能肯定?"

"如果你和我一样活了两个世纪,那你就能从第一眼中看出一个人是做什么的,有什么样的性格。"教授说。

漫长的独处已经使得教授对于孤独更加地了解和亲密,甚至会比和人待在一起更加自在和应付自如。但是无论如何在很多时候他依旧渴望能有人来到自己这里。SJ-5号再聪明,外表再像人类,依旧是缺少那一种气息的互动。那些来追捕他的收割者老去死去,然后又有新的收割者顶上,有时候他甚至希望能和那些收割者说说话。他会想起雨果曾经写的那本《悲惨世界》里,那个督查沙威和偷了面包的冉阿让。他自己就是偷了面包的冉阿让,而一代代的收割者就好像是紧追不舍的沙威。这个组织和他们同时出生,而如今守时者就剩下他一人,而收割者却依旧拥有众多的成员。坦白来说,教授一直都害怕这个组织,就好像他们一直在提醒自己是个小偷一般。但到如今,还有什么重要的呢?

一只蜂鸟停在窗台上,教授知道那就是SJ-5号改造过的,因为那些帝国联盟的蜂鸟是不会停下来或者是休息的。他们的程序里没有设计这些。蜂鸟的红色眼睛像21世纪恐怖电影里的怨灵,在黑暗中飘荡。(如今,电影院里并不再播放故事片了,而是统一的宣传片和帝国联盟拍摄的影片。)

"教授，他已经来了！"SJ-5号说。

"开门让他进来吧，可怜的人肯定冻坏了！"

来者看着自己刚想敲的门自动打开，不觉提高警惕，右手伸进口袋，但当他看到站在屋里玄关处的SJ-5号时立即说："不好意思，打扰了，我已经走了两天的路实在是走不动了，不知道能否在这里借住一晚？"

"首先请进，你可以亲自问一问教授！"SJ-5号说，他的声调抑扬顿挫，让来者立即意识到他是机器人，且是一个智能机器人。"请交出您身上的激光枪和电子炸弹。"

来者下意识地警惕，这时教授从客厅过来，他说："请原谅5号的严谨，他只是不希望我受到伤害。你在这里会非常安全，我向你保证！"

来者交出武器，脱下破旧的外套。从那件外套上就能看出来他曾参加过枪战，因为激光枪会在衣服上留下痕迹。来者面容坚定，一对剑眉刚气十足，两只精明的眼睛里闪耀着锐利的光芒，他一定是身经百战、走南闯北的人，不仅是因为他脸颊和手臂上的那些伤，而且因为他整个人所散发出的气场让人惊讶。

"你好，我是教授，这位是SJ-5号！"教授说。

"艾伦·马丁，感谢你让我进门！"

"为他人方便。你走了那么长的路一定饿了，5号会为你准备充饥的食物。"

"谢谢你。没想到这里的环境比伊萨还要恶劣，常年都这样吗？"马丁问。

"是的，这一次的雨已经下了六个月了。"

"我听说这里有一个叫长汀的城市，我的导航在路上坏掉了，不知道还有多远的距离？"

"长汀在此处的正北方，再向北走一百一十公里就到了。如果你要步行的话肯定要有几日。"

SJ-5号端来食物，马丁狼吞虎咽地吃了起来。

"马丁先生，如果您不介意的话，5号想问您是从哪里来的？为什么要到这里？"5号问。

"哦，5号你不该问别人这些问题！"

"对不起，教授。对不起，马丁先生！"

"没什么，我是从三番州来的，和别人约好在长汀见面。"

SJ-5号准备把马丁的外套清洗干净，一本小书从衣服里掉下来刚好落在教授的轮椅边。教授捡起书，竟然是20世纪著名的政治哲学家汉娜·阿伦特的书，只不过书并不完整，后面的几十页都被烧毁了，依旧能看到被火烧的痕迹。马丁望着教授，瞳孔收紧。

教授什么也没说把书还给他，说："5号会带你去客房，里面一应俱全，我想你会愿意洗个热水澡再睡觉！晚安！"

"晚安！再次谢谢您，教授！"

"不客气！"

马丁看着教授的轮椅消失在拐角，心里升起疑惑，他把书卷好揣进衣服内口袋里，喝完剩下的热咖啡。

比你想象的更科幻 | 左　力

"你什么时候知道的?"加德纳·多佐伊斯问道。

"今年夏天,参加南希·克雷斯的科幻写作班的时候,她告诉我的。"年轻人回答道。

加德纳嘘了口气,挠了挠腮帮子:"她告诉你了多少?"

"没有多少,只是告诉我那些真正伟大的科幻作家,在某些方面,有些……有些异于常人,剩下的,她说你会告诉我。"

"她总是把这类麻烦事留给我。"加德纳苦笑了一下。

"我们都知道,科幻的黄金时代始于伟大的约翰·坎贝尔执掌的《惊奇故事》。"《阿西莫夫科幻小说》前总编辑玩弄着手指说道,"在那之前,科幻小说不过是地摊上的三流读物罢了。"

"您是想说?"

"想想看,年轻人,阿西莫夫、海因莱因、阿瑟·克拉克、阿尔弗雷德·贝斯特……那么多伟大的科幻作家在那个时间同时涌现了出来,他们每篇小说只有几十美元的报酬,但是写出的东西至今仍然值得我们顶礼膜拜——这一切都发生在约翰·坎贝尔出现在科幻界之后的短短一段时间内,你知道这是为什么吗?"

"呃?!"年轻人显然已经彻底搞不清状况了。

"你知道那个故事吧？1517年，巴托洛梅·德·拉斯卡萨斯神父十分怜悯那些在安的列斯群岛金矿里过着非人生活、劳累至死的印第安人，他向西班牙国王卡洛斯五世建议，运黑人去顶替，让黑人在安的列斯群岛金矿里过非人生活，劳累至死。他的慈悲心肠导致了这一奇怪的变更，后来引起无数事情：汉迪创作的黑人民乐布鲁斯，东岸画家文森·罗齐博士在巴黎成名，亚伯拉罕·林肯神话般的伟大业绩，南北战争中死了五十万将士，三十三亿美元的退伍军人养老金，传说中的法鲁乔的塑像，西班牙皇家学院字典第十三版收进了"私刑处死"一词，场面惊人的电影《哈利路亚》在塞里托率领他部下的肤色深浅不一的混血儿白刃冲锋，某小姐的雍容华贵，暗杀马丁·菲耶罗的黑人，伤感的伦巴舞曲《花生小贩》，图森特·劳弗丢尔像拿破仑似的被捕监禁，海地的基督教十字架和黑人信奉的蛇神，黑人巫师的宰羊血祭，探戈舞的前身坎东口舞，等等……"

"您究竟想说什么?!"

"噢，对不起，这是博尔赫斯的小说片段。但是实际上我们的情形也差不多——就像拉斯卡萨斯神父建议用黑人代替印第安人一样，坎贝尔也想到了用带有人工智能的机器人，来代替人类来写科幻小说。"

"但是这怎么可能呢？当时……"

"我知道你想说什么，年轻人——计算机的高速发展是在二十世纪八十年代之后才开始的，至于人工智能，现在也还只是科幻小说里才有的东西。关于当时坎贝尔的具体做法我不能告诉你，那套方法现在是世界科幻协会的最高机密，由一个德高望重的小团体负责保管。

但是他成功了,并且造出了两个迄今为止最成功的人工智能——阿西莫夫和海因莱因。"

年轻人不由得站起身来。"你是说他们是……机器人?"

"实际上……是的。"斯特恩尴尬地挠了挠耳朵,"这也就是为什么阿西莫夫如此热衷于机器人这个题材的原因。海因莱因那么喜欢宣扬政治理念,也是因为他的设计者有着狂热的政治热情。"

"是这样啊……"

"在获得了最初的成功之后,英国和日本也在我们的协助之下造出了各自的第一个人工智能的科幻作家。那就是阿瑟·克拉克和星新一,他们各自都拥有独特的设计理念。这使得克拉克的小说在技术细节的描写方面做到了极致,而星新一则拥有无穷无尽的想象力来完成上千篇微型科幻小说的创作。

"与此同时,我们进行了更进一步的尝试——阿尔弗雷德·贝斯特和杰克·威廉森。

"在贝斯特身上我们强化了对艺术性的追求,希望这样能创造出更加完美的人工智能,这从他的名字'Best'上就可以看出来。但是他在艺术上的追求太过强烈,就像他写的《群星,我的归宿》中的格列佛·佛雷一样,不停地念叨着'死掉或者伟大地活着'。在感到自己无法在科幻小说方面取得进一步的突破之后,他加入了 DC 漫画公司,创造了'超人'和'蝙蝠侠'。后来这个型号的模板在九十年代初被日本的《Jump》杂志社加以改造,进而生产了一个专门进行漫画创作的人工智能。但是他们的程序中存在致命漏洞,所以这个人工智能运行一段时间就要停机进行大规模整修。总而言之这个被叫做富坚义博的人工智能让《Jump》的决策层感到很是头疼,也就没有了进一步的发展。

"至于杰克·威廉森,他是我们所进行的另一项开创性的尝试——将人工智能植入人类的大脑之中。这项尝试让杰克·威廉森获得了长达七十多年的创作时期。人们都知道阿瑟·克拉克曾经说他贿赂过死神,却都想当然地以为克拉克是在称赞杰克长寿、写作寿命长,没有人知道'死神'正是那些人工智能给他们的创造者取的绰号。"

"是这样……"年轻人很明显由于过度震惊已经不会说别的了。

"但是在杰克·威廉森身上进行的这次尝试并非百分百的成功——加入的人工智能在和他本人的融合方面一直没办法做到完美。这使得杰克感到非常苦恼。因此他才写了《比你想象的更黑暗》来隐喻这件事,从而让自己得到解脱。

"再后来人工智能的科幻作家越来越多,逐渐引起了一些敏感的人的怀疑。我们花了很多努力来打消他们的怀疑。结果谁都没想到,一个在制造的时候,加入了太多特立独行因素的人工智能不顾我们的多次警告,和他们走到了一起。这使得他们联合了起来,用当时人工智能还无法掌握的心理学、社会学和语言学为题材,创作了在当时看来是全新类型的科幻小说,以此来证明自己作为人类科幻作家的存在价值。这就是所谓的'新浪潮运动'的真相。"

"那个特立独行的人工智能,是罗杰·泽拉兹尼还是厄休拉·勒古恩?"年轻人现在已经可以跟上前总编辑的讲述了。在最初的震惊过后,再难以接受的事情现在看来也变得理所应当了。

"是罗杰。这段经历后来被他写成了《光明王》。至于厄休拉,她倒是一个百分之百的纯粹人类。她之所以能取得那样的成就,只能说是因为她的家庭环境和个人天赋实在是太特殊了。

"但是就像你所知道的一样，即使有这么优秀的人物，这项运动最后还是走到了死胡同。以弗诺·文奇和威廉·吉布森为首的新一代人工智能，当时真的是感觉到松了一口气。这也使得他们开始放松起来。结果就是，他们写的故事中越来越多地透露出他们本来的生活状态——电脑、网络空间、虚拟现实，以及他们最熟悉的：人工智能。结果就有了像弗诺·文奇的《真名实姓》和威廉·吉布森的《神经浪游者》这样的作品的大量涌现。这次被现在的科幻评论家称为'赛博朋克'的大规模放纵，使之后的设计者们认识到，在人工智能的塑造上他们所做的还远远称不上完美。于是他们开展了更为广泛的尝试，加入各种不同的风格与元素，制造出了诸如特德·姜、乔治·马丁、奥森·斯科特·卡德、丹·西蒙斯等等各具特色的人工智能。不得不说他们做得很成功，看看这些人的代表作：特德的《你一生的故事》、马丁的《冰与火之歌》、奥森的《安德的游戏》、西蒙斯的《海伯利安》……的确个个都称得上是经典。

"与此同时，我们的英国同行们也在发展着他们的人工智能。他们将喜欢讲冷笑话这个英伦风格赋予了他们的人工智能，设计出了道格拉斯·亚当斯、特里·普拉切特和尼尔·盖曼。结果你知道的，《银河系漫游指南》《碟形世界》和尼尔·盖曼早期的那些作品，里边满是让人冷得发抖的英国式笑话。但是后来，尼尔不知怎么地总想要去写一些严肃的作品。这超出了最初为他设计的能力范围，并最终导致他的系统开始出现一系列的故障。这也就是为什么尼尔·盖曼近期的作品看起来没有原来的那些好看的原因。直到最近，他们重拾原来阿瑟·克拉克的程序模板，制造了名为苏珊娜·克拉克的二代型克拉克。这才算是完成了他们一直想要的，能够写出严肃作品的人工智能。

"在这个二代型克拉克的研发过程中，我们的英国同行实际上一直在提心吊胆，毕竟很久以来他们都没有研发过创作严肃作品的型号了。直到他们看到了这个克拉克的处女作《大魔法师》时，他们才敢相信自己这次真的成功了。事实上这次他们有点太过于成功了，以至于这个二代型克拉克的作品，甚至带上了维多利亚时代英国文学的那种气质。

"而我们的邻居加拿大，在一开始制造了杰出的威廉·吉布森之后就一直没有取得实质性的进展。这些年他们唯一称得上成果的就是不那么有灵气的罗伯特·索耶。直到最近他们才算是找对了方向，因此就有了彼得·沃茨这个全新的型号。这个型号的作品带着一点让人无法明说的感觉，我不知道他们是怎么做到的，但是你如果看过彼得写的《盲视》就能体会得到那种特殊的感觉。

"至于在日本，他们开始尝试将更多种类的创作才能赋予人工智能，并成功地造出了诸如小野不由美、小林泰三、京极夏彦以及东野圭吾之类的型号。据说俄罗斯、中国、欧洲和南美也在制造自己的人工智能，不过具体情况目前我们还不清楚。"

"这就是全部的真相？"

"是的，年轻人，我知道这很难接受，但是最好的科幻小说就是由这样的一个群体完成的。"加德纳说。

年轻人仰起了头。窗外的纽约夜景灯光点点，如星河烂漫。那是当年坎贝尔所不敢想象的恢弘奇景，像是他曾经看过的科幻片中的场景——的确，所谓时间和历史，就是一步又一步逼近经典科幻小说的过程。

随后，他深吸了一口气，开口说道："我好多了。但是，他们毕竟不是真正的人类。是被人制造出来的，不是自然的产物。"

"那又怎么样呢？"加德纳平心静气地说，"难道我们不是被另一个我们不了解的存在制造出来的吗？你觉得一棵树自然吗？那是黏土、种子、水、风、阳光等一切因素交织出来的。我们是人，是自然的产物，人制作的一切同样是自然的产物。永远别把人看得太了不起。确切地说，他们是人类智慧和这世上一切完美材料的结晶。"

"但是……"

"想想看，年轻人，如果可以选择的话，你是愿意做一个纯粹意义上的普通人，还是想名垂青史写出不朽之作？不要着急回答，仔细地想一想。"

河 鱼 | 亦 南

你知道吗,再过七天,我就要变成一个机器了。

我听见我左手手臂的第二个关节有了螺丝的转动,从轻微如虫咬的骚动,开始有了破毁与重生。无形中像有一个微型的电钻,不知道抓在谁的手里,飞旋的钻头蠢蠢欲动,要在我的身体上开出一个又一个小口。我眼前是空荡荡的鱼缸,鱼缸玻璃透明得像我的骨骼,我以为我的骨骼会像鱼缸一样,在电钻到来的一刻龟裂,向四面蔓延开丑陋的裂痕,像巨型而粗壮的蛛丝,中心裸露着乌黑的口,脓血汩汩往外流。我以为我会疼痛,但我没有。这颗螺丝分毫不差地取代了我的关节,无需电钻也没有裂痕,完美得没有一丝破绽。

我难道在期待裂痕吗?

"咔嚓。"这次龟裂的是四周的空气。而这龟裂的源头不来自我的手臂,来自你和你的钥匙。你回来了。

"你回来了。"我转过去看你。

"嗯,回来了。"你今天回家,迟到了三分钟五十七秒。也许是昨夜的雨让你在路上要绕过一个泥潭,我看了看你的皮鞋,也许等会儿要护理一下。可是那上面没有污点,只有疲惫。这疲惫皱起在你皮鞋前端三分之一,一如你扭紧的眉头。

你犹豫了一下,穿上了我给你摆好的拖鞋,上面的布纹是我比对了很多间家居店以后才选定的。你以前是不喜欢穿拖鞋的,我心里滑上一丝死里逃生的快感。

"那我们吃饭吧?我今天煲了五谷糯米粥,你上次吃了说觉得暖胃的。"

"好。"

你在桌子前坐下来,餐桌玻璃我已经擦过了两遍,不会油腻的。糯米粥的热气随着打开的锅盖溢出,而我却发现我的左手已经丧失了对烫热的知觉。我放下碗,右手试探着触碰我的左手手臂,我意识到这种封冻是从第二个关节的螺丝开始的,向两边蔓延,我左手的脉搏越来越微弱。啊,我回过神,不能让你等太久。我拿起碗,两勺半,好像太满了一点,我总是把握不好,怎样才恰到好处。往回倒一点吧,可粘在碗壁上的蛋黄色的残渣让人难受得很,像人皮肤上因恐惧而突起的鸡皮。换一个碗吧,我跟自己说着,不过没事的,很快,七天后,就不会再有这种情况了。

"不如,我们等下去散步吧。我们很久没有散过步了。"

"嗯?嗯,我等下,还有个文件要做。"

"前几天那个,还没做好吗?"我努力让声带的震动不要过分剧烈。我知道那个文件的,虽然你尝试遮掩,可我还是会看到的,你知道的。

"嗯,还差一点点。"

"我们也许，可以去河边走走……"

你不应声了，只是埋头大口大口喝那碗糯米粥。

"好，没事，你忙就好。我们改天再去。粥烫，慢点喝。"

我们之间还有多少个改天呢？

你吃完饭就到房间里去了，没有声响，房子里好像又只剩了我一个人，空空落落，听得见自己脚步的回声。我把围裙脱了下来，洗干净带着厨房油烟的手。我没有进房间，也没有打开电视，我坐到了鱼缸面前。

河鱼不在里面了，连水波都不再漾动了。

我努力回想起上一次和你一同去河边的场景，摇摇欲坠的记忆让我有点难受。

那应该是我们同住的第四百五十七天，那个夜晚你迟了三个小时二十一分钟才回到家，而我也就盯着手机屏幕上你发来的短信看了三个小时二十一分钟。那晚你说你要和同事们一起吃饭，而这是你一周内第三次缺席我们的晚餐。我做了豆豉焖排骨，还有一盘小碎肉炒西兰花。我一个人坐在饭桌前，夹了一颗又一颗豆豉，反复嚼烂，却只觉得索然无味。

你开门进来的时候，我没有回头，我不知道是我耳朵的缘故还是我真的带上了哭腔，"我做的饭，很难吃，对不对？"

没有即刻的回应，只听见你的呼气声一浪大过一浪，"你一定要这样吗？"

你听见我的抽泣了，像呜咽的哀求，你终于还是走过来一遍遍安抚着我的肩头，轻柔而沉重。我抬头看你，你的脸孔模糊不清，我

211

说:"我们去河边散步好不好?"

你找到工作以后,好像就鲜少有闲下来的时候。你的生活一天天拥挤膨胀起来,我的生活却一天天空洞匮乏下去。我们太久没有一同来过河边了。小河依然柔和得很,此刻包裹了两岸所有细碎的灯光,在水面凝成一颗又一颗小而亮的星辰。正好有风,黏着的眼泪变成一个又一个细小的盐粒。我们翻过并不高的栏杆,跳到小河转弯处自然垒起的石堆上,久违的轻车熟路让我有了回到过去的错觉。我们在石堆上蹲下来,就着岸上的灯光和河里的星火,开始等待,等待我们的河鱼。

我知道它会来的,你笑着说也许大晚上的,它大概已经睡了。可你知道,鱼是没有眼睑的,也许它睡着了,还是能看得见我们。当水波密集地涌动起来的时候,我知道它来了。它像往常一样靠近我们,乌黑乌黑的身体打着圈,贪玩一如追逐自己影子的孩子,没有一丝陌生。

我们没有说话,只是定定地看着它。这样沉默的时刻在我们的生活里越来越多了。我可以精准测量出每一个你应该出现的时刻,却测量不出我和你之间沉默的尺寸。

"我想把它带回去。"

你睁大了眼睛看我,"为什么?"

我知道你会这样问的,可是我没有办法告诉你为什么。事实上我也不知道我为什么会有这样的想法。但这种欲望的确是占了上风了,它啃噬着我的心脏,我太喜欢这条河鱼,就像我太喜欢你。

你只好幽幽叹了口气,"它在这里好好的,带回去做什么,你养不活它的。"

"我可以的,我可以照顾好它的。"

你把头别过去了。

"我太需要陪伴了。"

"你其实没有必要为我做这些的。"

"什么?"

"你没有必要为我变成这样的。你都已经把你的实验忘了吧?你忘了你说过你要改变……"

我想要反驳,说我从没有放弃过那个实验,却又硬生生堵在了喉咙里——你是对的,是有那么一些东西悄然变化了。

那天我们还是把河鱼带回了家,那天也是我们最后一次去河边。

我抬头再望了望空荡荡的鱼缸,没有那个乌黑的身影,没有。

我站起来,走进房间,从背后抱住了你,你停下了手里的动作,后背宽实而温厚。

还有七天,我会用尽我所能想到的最好的一切,尽管是拖延,也要竭尽我所能,熬过这七天——剩下的七天。

你知道吗,再过七个小时,我就要变成一个机器了。

我轻轻倚在房间的门框上,看你悄无声息的动作和脚步。此刻我身体的四分之三已被层层镶嵌的零件替换,它们规整而严密,能将所有的事情做到臻于完美,只需要一个陌生而又熟悉的指令。

你在收拾行李。你把我为你晒干、熨烫、妥帖折好的衣物,一件一件地从衣橱里拿出来,按季节放在了床上,然后托住了你的下巴。

你在犹豫什么呢，犹豫着是要全部带走，还是把我为你买的那些都留下呢？你终于是把它们都装进了你的格纹箱子里。

接下来就是要整理书了吧，你走到书柜前面，拉开了柜门。你的手指是那样颀长，要比我的足足长出两个关节——你以前总爱把我的手窝在你手里。我的喉咙里忽然涌上一股酸涩，书桌上的灯光映亮了你的身影，你是发着光的，一如最开始的那个清晨。

那还是在大学的实验室里，孕育新生命一般的欣喜和兴奋让我在放下手里的仪器时，才惊觉已经是第二天的凌晨。整夜的疲倦这时才涨潮一般向脖颈和胃腹涌来，我想要转一转僵硬的脖子，却听见了清脆的三声敲门。

"同学，这间实验室是已经被你借了吗？"

"啊，不……"我匆忙站起身来，差点撞到了身后的椅子，"不好意思，忘了时间，占着你们的实验室了。"

不等我说完你已经走到我身旁，端详起桌面上那细小的物体。

"你做的？"

"嗯，我做的。"

"已经做好了？"

"还没，但会做好的。"

你的脸上有浅浅的酒窝，"是要报科研吗？"

"并不。"

"那为了什么？"

"为了改变世界。"那时候的我啊，轻狂又傲气。我还记得我说这句话的时候微微昂起了我的下巴，好让自己在你面前不要显得太矮小了。

你转过来看着我,我在你眼里看见了那天早晨的太阳,和头发蓬松的我自己。

我的喉咙在那个瞬间脱离我的控制,"河鱼,这个小东西,它叫河鱼。"

可你现在却要从我的生命里剥离出去了。这些天你假装不动声色地收拾着属于你的物品,同时一点一点划分着我和你的界限,我都知道的,你的手在一点点推开我,你的脚在一步步逃离我,一如你背对着我的僵硬的睡姿。

而我在你的鼾声最均匀的时候起来,陆陆续续藏起了你最喜欢的书,藏起了我们的红本子,直到今晚,藏起你的身份证。我说过的,我要竭尽我所能,来拖延你离去的时刻。等到七个小时以后,一切就都会不一样了。

你知道吗,再过七分钟,我就要完全变成一个机器了。

我在餐桌前坐好,这个位置正对着河鱼住过的鱼缸。我穿着我们第一次去河边时的那条白裙子,我盯着鱼缸,耳边突然响起了河流淙淙的水声。

我在确定自己已经爱上你了的时候,带你去了我的河边。那天的太阳明亮又热烈,我们翻过不高的栏杆,脱了鞋,赤脚走在小河转弯处的石堆上,石头白净而平坦。河水跟那天的太阳一样,明晃晃的,透明而又空白,像根本就感觉不到存在似的。

"嘘——"我冲你比了个手势,拉着你坐下来,微微荡漾的河水漫上我们的脚背,"它要来了。"

河鱼来了,像一道黑色的小闪电,狡黠地穿过交织的水草,曳着尾巴半憩在大石头上朝我们吐着泡泡。

"这像你一样小的小东西,要怎么改变世界呢?"你捏了捏我的鼻尖。

"有什么不可以的。你看它多自在啊,不需要依附任何的东西,不会被任何一条水草绊住,可整条河流都因为它变得明亮起来了……只需要,只需要再强大一点,而我就是要让我们都更强大呢!"

你的笑容像那天的阳光一样明亮。

河鱼是在七天前死去的。蜷缩成一团的乌黑坠落到鱼缸底层,摊平成一株膨胀的水草。我跌坐在地板上,终于承认它被我囚禁在这个鱼缸里,没有一刻是愉悦和安宁。尽管我为它模拟了一个和小河无异的鱼缸,尽管我竭尽所能给它最好的照料,却依然阻止不了它一次次焦躁地用鳍撞击鱼缸玻璃。我贴着玻璃拥抱它,告诉它我需要它,我只是想更好地拥有它,却最终看着它痛苦地离我而去。也就是在那一天,我来到实验室,看着我一直在做的那个"河鱼"芯片。我曾想要用这枚芯片,赋予人完美无瑕的能力,改变世界的能力,也包括爱的能力。可现在我把那个连接情感中枢的触头灼烧殆尽,然后划开我的左手手腕,将芯片植入了我的身体。

为了留住你,我甘愿放弃爱你的权利。

你知道吗,再过七秒钟,我就要完全变成一个机器了。

你拿着刚刚打印好的文件从房间里走出来,我不知道你是犹豫还是斟酌,心软还是迟疑,才终于拖到了这一天这一刻。我知道你终于要把这个文件摆到我面前了,我不喜欢你皱眉头的样子。

"嗒……嗒……嗒……"倒计时一般,我的头颅也已被零件替代,只剩下那一条最后的知觉神经,零件每蔓延一寸,就是一秒。我即将拥有完美的躯体,可以给你最完美的照料,也再不会给你带来任何的束缚和痛苦。

这最后的七秒,短到不可思议。我能对你说什么呢,我还能对你说什么呢?

你把文件放在桌子上,调转了方向,一点点推到我面前。

那,就一秒钟一个字吧。

"不需要了,我爱你。"

我的时间到此为止,我的时间重新开始。

"你好,我是你的机器人河鱼,只要你对我输入指令,我就开始爱你。"

围　猎 | 予　执

这一觉睡得浓了些。

微凉的空气吸入肺里，知觉丝丝缕缕清晰起来。舌干喉燥，是初秋吧？

一道尖细的刮划声蛰痛了耳朵，我睁开眼。面前站着一个人，手拿尖刀。

"05号李由悦，你现在意识是否清醒？"

浪，从地面拍打着爬上来，一层又一层，每一次前进几米，带着胜者的骄傲，一直到我脚下。

人类啊，果真受不得虚空。都说风无色无形，不知哪家技术公司将感光分子材料注入空气，有足够力量后风就变成了白浪。人们现在活在云蒸气腾中，个个似神仙。开车怎么办？没有公路，没有铁路，没有航路，连水路都没了。王医生说，现在的移动技术已经可以支持瞬移，把你的身体构造图和元素比重输入电脑，选择目的地，入转换舱，按下启动键，这具身体即时被销毁，在目的地的转换舱会生成另一个你，记忆是连得上的。

"当然，要是恰好停电，就完了。只希望留有备份文件，不然比你还难搞。"王医生把我右耳翻过来检查血管,"你死的时候好歹留了个全尸,修复一些坏掉的数据,整体上状况不错。"

"我记不清……当时发生了什么?"我伸出手指,指纹全销,证明这个"人"不是正版货。

王医生拿过一叠档案。"心脏骤停,倒地上了。那天风太大,路上的人看不见你。"

"不对呀,我记忆中没有白色的风,我死的时候那技术还未面世吧。"

王医生睇我一眼。"已经面世。这么说吧,你二十二岁死的,再生的是二十一岁的你。"

满腹狐疑。"为什么不是死之前一天?""问你父母。他们给钱,我们照办。"王医生在电脑输入"躯体正常",转过头,"对了,你跟04号对接的时候问一下你父母的近况,做些对策,别搞砸了。"

各项身体指标还在复核,王医生说大概需要两天,让我自行熟悉一下现在的生活。

眼睛一阖一睁,便死生了一回,真儿戏。本来是约定同学毕业狂欢的,如今,也能庆祝,庆祝自己再生。那位"正版"李由悦,不知玩得怎样呢。

生死的事,我是不太在意的,便是现在也敢这么说。所以王医生说我生命只有一年时,是有点愕然,也非不可接受。

"你父母跟我们签的合同列明,每年更换一次躯体。"他咂咂嘴,"有钱人就是不一样。"

落地窗外,黑幕大张,勾着点点金光。它们离得太近,近得都能看见它们的真身——一只只大睁眼睛的摄像头。我忽然心酸,一整天下来各个出其不意的消息都没伤到我,此刻这些摄像头明明白白告诉我,一个按模子生产的肉团,没有人的尊严与权利。

康复机构一楼大厅阳光很好,我找位置坐下,展开一卷纸。用手指点一下右下角的蓝色圆点,纸上显出颜色和图案,还有声音。短短数年,科技已将记忆中的很多东西改头换面。

"李……由悦?"左边传来声音,我一看来人,立即笑开,"均保!"他也很高兴,拉过椅子坐下,瞧我神情,说:"我一开始还不敢认。"均保是我高中时的同学,交情很好。我笑:"有什么不敢,错了就当搭个讪。"均保说:"我最后……不,上一次见你,感觉你眼神挺狠的,聊不了几句话便匆匆走掉。"我想了想,"你见的是另一个再生人吧。""不,是毕业半年后的聚会上,几个月后就听说你没了。"

我坐直身子,老实交代:"这个我就记得毕业以前的事情,往后的真不知道。"均保一扬眉:"也好,一出来工作,个个都脱胎换骨,停留在学生时代多好。"我端详他的脸:"你嘛,样子老了点。"均保哼一声:"毕竟比你晚死几年,你知道,我心脏旁边长了个瘤子,拖到两年前才有治疗方法。但在一块新板子上画画,总比在旧板子上涂涂改改要省事。一年前原装的身体死掉,等了一年,前几天才续上。""等等,为什么要一年后?"

均保吸吸鼻子:"你死的那年,这技术才刚面世,用的人不多,何况还要许多钱。到我的时候,身边十个里有两三个是再生人。只生不死不行啊,人都没处站。社区三年前出了规定,以家庭为单位,配额生存,死掉的人要再生,得另外再死一个,这后死的还得自愿放弃再生权。我爷爷活了九十六,说活够本了;我爸我妈决定不生孩子。这才有我的名额。"

我听了,如鲠在喉。想到自己也是这样才有了再生的资格,不由愧疚。

白纸上忽然出现七色风车,随即一个人弹出来讲话。我吓一跳,问:"怎么回事?"均保说:"咱们现在的区长,就是这一位,关辉实。每周一次谈话,网络瞬时插播,不管你愿不愿意。"顿了顿,补一句,"也不是个干净的家伙。"

我失笑。"我把眼睛闭了,耳朵捂上,任他唱上天去。"均保摇摇头:"你呀,老样子,你死的时候我就说,命好遭天妒。老师们都把你挂嘴上夸,模样又好,性情一等一。若是兼园还在,就该你这样的人去。"

"你说什么?"我脱口而出,"兼园……不在了?"

窗外的风嘭嘭拍打着玻璃,要进来。

进不去了,兼园。二十年前一群人买下数万平方米土地,将仅存的野外植物移入园中,与社区依法论法争到自治权,不设监控,不启用气候调节系统。兼园创立的时候定下规矩,通过遴选之人方能居住。所谓遴选,不过是在一块菱形晶体前回答"是否心地澄明",然而许多人过不了这关,伪装再高明的人也赢不了这块用多种情绪识别系统构成的鉴别器。

我自信可以通过的呀,为之努力了那么久。读史明智,读诗清性,各方面做到最好便不会去妒忌他人,我什么都有,自然心不受役。原打算工作一稳定就去申请……只叹,时不我待。

外面的灯光照到床上，留下几何图形拼凑的影子，倏尔不见。我闭上眼，回想记忆深处模糊的潺潺流水，风过林梢，沙沙作响。我以为，兼园里必是这样，如童年所见所感，一派生机盎然。

王医生翻弄我的眼睑："你眼睛怎么了？若出了状况，我们要受投诉的。"他捏着我的眼皮朝外拉，好似我是一个不会痛的橡皮人。我制住他的手："不合格的话，回炉改造还是另做一个？"王医生说："来不及，顶多退货。"我气极反笑："我确信我，不，正版李由悦，是签字公证过自己决不使用再生权的。你们擅自把我复活，是犯罪！"面前人嘲讽道："二十二岁死的李由悦才是真正的人，我们可没复活她。至于你，不过是她的一部分，跟一根脱掉的头发、一颗拔掉的牙齿没有什么差别。要告就告你父母去，一件用不到一年的商品，撒泼什么！"

见我住声，王医生说："你不满意什么？有些人生前杀了人，被害者家人掏钱把他复活过来翻着花样折磨；有些人爱虐待，假人不过瘾，弄些再生人玩，死了残了不犯法。你想当他们中的一个？"

我听了，毛骨悚然。数年光景，世界荒谬成这样，亦悲凉亦苍夷。王医生探手过来要检查我眉毛，抬眼瞬间，那近在咫尺的手指，光滑无纹。

傍晚。云霞红透，似隔着一层薄皮下的血管，鼓鼓胀胀。经精确计算的人造美景，毫无瑕疵，比我小时候见过的半紫不红的落日之景强多了。真真"强"，蛮横、咄咄逼人、不容忽视，简直是照脸打来的一记耳光，避无可避。

摄像头白天伪装成气球、小鸟，悬在半空，铆足劲装无害。以前，动物们用刺、用爪子、用牙齿，坦荡荡告诉你，它们能伤害你。现在，越凶狠的东西越装得柔弱，好卸人戒备。

桌上那瓶水也是，纯净透明，谁会想到一瓶就能噬掉一具身躯。旁边的图钉淬了毒，一触致命。与王医生下午说的话真配。

"04号当然由你解决。现在法律在再生人这块还是空白，谁知道以后会不会惹事端？提前打过招呼了，到时你把钉子给她，前几个都是这样做的。要是她不肯，你自己动手。"

04号也是这样对03号动手的吧。生生不息不是？

太阳溺死在四面八方围堵过来的"浪"里，咳出一抹血红。我走到床边，拿被单裹住自己，仍是丝丝寒意入心入肺。生不由己，身不由己；便是死，也被人弄回来继续活，不顾自己意愿地活，只听他人安排地活。有何意义？

见面的地方在康复大楼最高层。难得的好日子，和煦无风，平稳的光线在物体表面凝住，处处显得静默。

推门进去，04号已等在那里。她那张与我一模一样的脸浮着温和的神色，弯唇一笑："我盼你很久了。"

我尽力让自己欣喜："希望我没来得太晚。"却想，一个将死之人对凶手强作欢颜，只因这凶手是她自己，不想对方太难过。坐下细细端详04号，她留了长发，面目、身材与我无异，只是眉梢眼角有极浅的细纹。一年工夫就成这样，她大概过得不好。短短3天我不也形神俱伤么？

04号在一团明亮的阳光里抱胸闲坐，凑前看我。"很好，眉是那个眉，眼是那个眼，还是少年不识愁滋味的好。"从桌上袋子里拿出一个透明保温瓶，说："'圣人的忏悔'，我做出来了。尝尝。"

我喉咙一哽，几乎惹出泪来。这个酒成名已久，发明它的调酒师将原料和制作方法销毁，秘不外传。李由悦一直心心念念，想做出它。此时酒中五彩交融，流动如云，时有白光闪烁。

我眨去眼泪，打开盖子，几口入喉，灼灼生热。我袋子里也有一瓶水，那是毁人灭迹的"神水"。对方投我以佳酿，我投之以鸩酒，多不堪。

竭力回以一个毫无保留的笑容："你果然做到了。"她抿唇，有些懈怠："不然做什么呢？你我都知道，这对父母对李由悦只有要求，没有感情。一个美丽聪明的女儿，很能锦上添花啊。没了？没了再造一个，永远青春的比过几年会老的当然更好。"

我仍是对这个并不意外的答案感到心酸，轻声说："不谈他们了。"她默然片刻，起声："那谈兼园吧。它没了。"我点点头："我知道。具体怎么回事？"她漫不经心往外望了一眼，说："都怪那块试探人的晶体。"

我正听着，眼前突然出现许多白色的丝线，俨然有序地交织成一张网浮在周围。我讶道："哪来的网！"04号顺着我的目光看了看，说："没有东西呀。是酒引来幻觉吧。"

白线从各方朝04号靠移，一点一点缠缩。阳光也眷着她。她靠着椅背，腿朝前懒懒伸着，通身浸在光亮中，脸上的绒毛清晰可见，一双眼清湛湛，便是不笑，亦让人觉得面容和善。她并不为我的话惊怕，一句话把事情化得云淡风轻，似见惯风雨而点滴未沾。我竟有点卑怯了。

她等我安定下来，继续说："现在的区长关辉实，他还是个小人物的时候，曾申请去兼园。他没能通过遴选。六年前他竞选区长，有人挖出这事质疑他，他便捏造一些事，说兼园是个虚伪骗钱的地方，强行拆掉。"

我忽略那些白线，吁出一口气，问："网上查不到这些消息，你怎么知道的？"她揉揉手腕，淡淡道："李由悦毕业之后去了社区的信息部。"我疑惑不减，她好似看穿我的想法，说："世上没有不透风的墙。白色的风，你看过吧？不是好东西。空气里还掺了有传输画面功能的微粒子，风一旦变成白色，这些粒子获得能量，就可以工作了。"她指着外面伪装成各种东西的摄像头："那些是做给人们看的。真正的监视早已登堂入户。"

我不禁打哆嗦，恐惧陡升。她安慰道："今天无风，窗也关严了，我们是安全的。"我仍紧张地把前后左右扫视一圈。这时兀自妄动的白线似乎滞了一下，然后水波般上下涌动。也许幻觉受到情绪影响了。

晕眩感上来。我用手肘支着桌子，一只手托着头稳定。04号对我的异样不以为然，略略低头，抱臂轻叹："得知兼园要毁，李由悦穷尽心思找法子。她偷偷从数据库提取了证据，联系了一些人，打算公之于众。不料遭了毒手。李由悦多谨慎的一个人，换做你我，也肯定会留一手。她把资料藏在一个地方。当然，避开所有的风。这地方，估计你也猜得出，因为我找到了。然而，他们并不知道这枚隐棋，一时大意，竟让李由悦复活过来。"

这便是真相。那时李由悦该多么苦闷、焦虑，我现在想想，也痛惜难抑。一阵阵热流从腹腔涌起，好似亡灵在悲号。我哑声说道：

"沾着血做的区长,他不知还灭掉多少人。"

04号却粲然一笑,向我探身,眼角滑下长泪:"你错了,杀李由悦的,是'你的'好父母啊。他们在社区做着顶层精英,自己女儿偏要拆台。不等关辉实出手,他们就出手了。"

我的心揪扯着,猛地咳嗽起来,一下又一下,难以抑止。最终杀害我的,是我怎么都料想不到、怎么都不会防备的人。李由悦终归棋差一着。

白线遽然扭动,像灵蛇出洞,纷纷扎向04号。我大惊,胡乱抓了一下,没有抓到东西。04号不解地看我,很快现出释然的表情。白线仿佛被线轴卷收着,悉数拢在04号周围。这时的04号,在不祥的光团中,好似一只受工蚁供奉的蚁后、一只支配千丝万缕的蜘蛛、一只裹紧蚕丝的茧……但更像在神像前祷告的无垢修女。我为我要杀的是这样一个人而难过。

04号附在我耳边,用哄孩子的语气柔柔说着:"这些年,我全查清楚了。李由悦死的时候不明不白;但你们呵,我是可以给个真相的。"我愕然注视她:"04号?"她向后拉开距离,摇摇头:"我是01号。"轰然雷动,力气悉数被抽掉,我倒伏在桌上,对着只剩半瓶的"圣人的忏悔"喘气。04号等了一会,过来替我拨开额前的头发,好让呼吸顺些。"我终归是爱你们的,你们的眼神还亮。这些年我受的折辱,若应在你们身上,是活不下去的。"

我睁大眼睛,想从她脸上辨认真伪。我看不清。她离得这样近,我只要伸手一抓,在她脸上留点痕迹,她的诡计就失败了。但很快我平定下来。我不恨她,我若是01号,也会做出今天的事,本是一体呵。她替我们这些后来者沾了血,负了罪,余生在算计和杀戮中惶恐，并没有得到多少好处。真正的李由悦，大概是最幸运的，她没死在这场围猎里。而我，终于不用杀另一个我。

意识越来越缥缈，面前的东西一个一个由远及近失去轮廓。白光不再强势，松开框住04号的触手，它们现在跟那些白风一样了。我苟延残喘，尽力回忆一些美好的东西。糙厚的芭蕉叶、歪头瞅人的四喜鸟、指向远处的小路、一个一个仰着脸的孩子……我经历过的，我感受过的，我为之动情过的，是啊，它们真真切切。我恍然有一个念头——我就是李由悦。

远远有轻叹的声音："这张脸开始老了，早晚他们会发觉，还是趁早动手好……"

睡去吧，不要唤醒我。

8.12 大爆炸 ｜ 李雪洁

8.22　李仪

当我醒来的时候,我来到了一个与原来的生活完全脱轨的世界,人们面对我充满疑惑,他们可能不知道我的疑惑更深,我只是没有像他们一样表露出来。

如果我没有算错,事发到现在刚刚过去十天,我没想到自己能够活着回来,我意识中的时间线还在,8月12号晚大港发生重大安全事故,爆炸顺着天然气管道如依次点燃的炮仗一直延续到龙梓湖,最后扩散至全市,整个城市在短短二十分钟之内,变成烈火焚烧后的空壳。

到了医院,我直接搭上紧急直梯,周围的人都给我让出了一条道,我知道自己一定看起来很难救活了,等我再醒来就是在一个高级病房里,眼前一片漆黑,一开始我以为病房里没有开灯,或者我在这次事故中失明了,但这种暗真要和没开灯比较起来不是一回事,像是脸浸到墨水里了,连黑本身都看不见。

我的身体被禁锢在一个有限的空间里，类似于密码箱，但是要比密码箱复杂很多，我觉得我呼吸稍微急促，额头就有可能碰到上壁面的零件，难受极了，并且滋生出一种想要呕吐的恐惧。

直到来了个医生，在外面我看不到的地方按了一下按钮，或者以别的什么我猜测不到的方式，打开了装着我的封闭舱，舱门像是慢慢收起的扇子，一点点折叠到一边。问题又来了，我看到医生的嘴巴在动，但我听不到他说话，我用小拇指塞进耳朵里，然后使劲拔出来，但还是什么都听不到，我想我可能是聋了。

随后病房里一下涌进来很多人，他们团坐在一张离我的病床大约有三米距离的会议桌上。整个房间的气氛有些沉重，现场看起来像是受惊过度的人类解密一个天外来物，他们在围观一个疑点重重的新生命，着急搞清楚来龙去脉，然后对我下一个结论。

我张嘴说出了一串号码，我说我要见我妈，但我的声音像是被吃掉了一样，消失在我的声带里。我生气极了，不是为自己哑巴了，而是为自己不能说出话，没办法向这帮人传达我醒来后的第一个请求。失声就失声吧，现在不是为这种事而过不去的时候。

我想坐起来向他们传达肢体信息，加上各种表情动作，靠着人与人之间的理解力，我想他们应该知道我想要表达什么，但没想到我又碰壁了，首先是我的上半身动弹不得，与下半身呈120度的角度维持着一个僵硬的姿势，我好像被卡在透明的玻璃片里，眼前什么障碍物也看不见，但就是把我困得紧紧的。

接下来就是漫长的盘问时间，他们问了一些非常古怪的问题，但是我听不到他们说话，而且他们在我面前走动、晃动身体，捧起咖啡杯的动作都非常不真实，我仿佛是透过大屏幕在看他们的一举一动。

首先他们问我在地下待了多久，我根本听不到他们说话，只能看到他们的嘴唇在动。他在我的斜上方安装了显示器，他们一张嘴，一串字就出现在屏幕正中央。他们的分工有主次，问话权掌握在正对着我的老头手上。旁边的几位在给他出谋划策，整理好一串递进性很强的问题交给他，好让我的答案呈现出他们想要的逻辑性。边上的几位看得出来是媒体人，他们手忙脚乱，盯着现场，把控整个录制场面，好让整个过程在后续播出的时候达到完美的效果。

我先任他们摆布，老老实实回答了他们的问题。由于我没办法发声，所以有个类似振动感应的芯片贴在我的喉咙上，我说的话它会翻译成文字传输到我病床旁的另一台显示器上，就这样，我和这群人，中间隔着两台显示器，一瘸一拐地交流着，像是汉堡的两个面包片中间隔生菜和牛排。我的每一个回答犹如瞄准目标的利箭，击中他们心中的疑问空洞。

真是见了鬼了，好端端的事故幸存者现在成了不明来历的人，我心里的疑惑比他们对我的疑惑还多，我一定是来错了地方，我如实地交代了这十天我所有的经历，爆炸的经过，死里逃生到避难所，以及如何如何在绝境中等待希望降临，他们听完我的描述，调出近些年来所有大大小小的事故记录，找到了对当年发生在大港的8.12重大爆炸事件的记载，资料里所述的时间地点和我的描述完全相符，他们顿时目瞪口呆，不解地问我，事发时间距离现在已经四十年了，就算你在事故中幸存，你又是靠什么在地下一百米的地方存活到现在的呢？

现在我反而成了一个更大的谜题，他们给我下了定论：一个天外来物。了解我的经历后，他们登记了我的个人基本信息：李仪，1995年6月17日生于昌宏省安泽县，父亲名叫李在明，母亲名为邵芳，弟弟小我7岁名为李擎,户口均为本地,父母无固定工作,为零售商人,曾批发过面粉,后又干起水产生意……

他们操作起手边的隐形计算机,向公安局调出这一百年的人口信息,最后终于找到了一个和我所说完全符合的人,家住安泽县现已改名为安泽市的邵芳,一个八十四岁的老人,身体硬朗,老伴也还健在,一个儿子现就职于国防空军司令部,儿孙满堂,一家人和和美美。

我一时有点眩晕,倒不是接受不了眼前的一切,就是觉得有点乱。为了照顾我的情绪,他们联系了"我的母亲"邵芳,我看了一眼电话号码,和我记忆中我妈的电话一模一样,我的脑袋更乱了,想要就势躺下来,但是有东西卡住我,我没办法躺下来。

电话接通后,一个气息间断的老太太应答,她说你们一定搞错了,我一辈子只有一个儿子,现在我儿子都有儿子了,怎么还能平白无故冒出一个女儿,我在一旁干着急,听不到老太太的声音。我想就算她现在人老了,声音也变老了,但是那个声音还是她的声音,我一定能够听出来,很可惜我只能通过工作人员的翻译,通过显示器的屏幕来看她说了什么。

我请求能不能和她见面,工作人员传达了我的请求,算是帮我完成心愿。电话那头却再三推脱,后来换成了老太太的儿子听电话,几番交涉,他勉强同意他的母亲过来探望我一次。

一时间我激动地流出眼泪,但很快眼泪就停了。但现场所有的人都看到了,这个天外来物因为能和自己的"母亲"见上一面释放出积压了很久的情绪,也许等我妈来了一切就真相大白了。

大约等了有两天,一点关于母亲的消息都没有。在我的再三请求下，他们最终把我连同整套设备送回了安泽县老家——一个已经脱胎换骨的地方。

2056年的安泽县，人们的生活环境完全改变，高楼不再是拔地而起，而是架在一个基座上，可以随时移动位置。马路两边的绿化带像是孔雀的尾巴，可以随时展开随时合上，必要时就缩成一团为路上的车辆腾出道路。一路上看不到任何加油站，交通信号灯，路牌指示，所有的规则，都和之前的世界完完全全不一样了。

这个时候，我确信，我来到了2056年。

护送我的队伍除了医疗人员，还有武装队。汽车一路往"家"的方向去，但是目之所及却像是观看3D动画，虽然很真实很立体，但总觉得和自己隔着一个屏幕的距离。我感觉自己始终悬浮在这个世界里，或者是他们悬浮在我的世界里。

见面过程非常荒诞，像是我一个人的独角戏。我对着老太太喊："妈，不管眼前的这一切怎么解释，这个世界怎么突然就向前走了四十年，你转眼之间就八十了，但你肯定是我妈，你不信把左胳膊的袖子往上撸，你之前告诉我，家里姊妹五个，姥爷最不疼你，烧开的暖水瓶放在灶台上，你口渴了没人管你，你去倒水喝结果把水瓶打了，滚烫滚烫的水全浇到你胳膊上了，你说你那时候去相亲都不敢穿短袖，而刚好和我爸认识是在秋天，最流行穿牛仔外套的时候，妈你还记得吗？"

我语气诚恳，但她听不到，如果她能够听我说话而不是看那该死的屏幕上的字，她一定会马上听出来我是她的女儿，她怎么会没有女儿呢，我就是她女儿啊。场面一下子热了起来，随行的记者把摄像头对准老太太的胳膊，她撸起袖子，左胳膊从手腕上方一直到胳膊肘一大片深浅不一的酱油色，很明显，那不是老年斑。

人证物证都在眼前，但老太太包括老头子，以及那个在航空司令部上班的儿子都一一对着镜头摇头，否认有我这个亲人，为了让我死心，他们还请来了一起住了五十年的老街坊，曾经住在楼下的张阿姨，她和我妈一起进过货，小时候她打过我，但我妈为了能够继续和她搭伙做生意就不了了之了，她也说，可笑，老李家什么时候有个闺女。

我就在无数镜头的关注下，回到了我原来的病房。媒体大肆报道了我，标题十分夸张。另一方面，为了尽快解开谜团，政府成立了救援指挥中心，根据我所述的事故发生的方位，继续向下挖掘，试图找到第二个幸存者。

我待在病房里，每天通过显示器了解救援的进展，且定时接受外界的探访。又到了今天的探视时间，我不知道今天会有谁来，病房像是一块置于深海的密封立方体，它默默吸收外界的一切声响，让我的孤独感十分真实。

我时常从病床上醒来而不知自己身处何处，甚至怀疑自己在银河中飘浮。因此，我十分期待每天上午的十点钟，自我从"老家"回来那天起，每天这个时候，控制室将按钮打开，我的病房门就会一层一层地打开，随后会有意想不到的人涌进来。

我作为整件事备受关注的焦点，每天都要接受政府指派的最权威的主流媒体的采访，通过这种方式，向外界更新我的情况，并且尽可能地希望从我的只言片语里获取重大的线索，以便对正在开展的地下救援有所帮助，这是我与这个病房外的世界同步的方式。

十点刚过，病房的门打开，今天来了一位女记者。她是第一次见我，显然有些紧张和一筹莫展，任谁接手这件事也无从下手。话筒在镜头的下方，指甲露出刚修剪过的圆润弧度。考虑到我目前的身体状况，病房需要高度洁净，因此所有来访人员都穿上了无菌服，女记者被大大的无菌服包裹，露出一副简明扼要的五官。

首先她询问了我目前的状况，我转述了医生的话，告诉她我现在还算稳定，但是内脏各个器官的损伤程度还不能确定，这个医生也说不准，还要靠后续观察。女记者很及时地抓住了我的情绪，现场的所有工作人员，好像所有的机器设备也都进入到一种同步的气氛之中，女记者开口了。从她的语气中，我感受到了真切和诚恳，这点我很感谢她，她说："既然医生对你的情况做了乐观的判断，那你就要对自己有信心，也要对救援工作有信心，虽然目前我们还没有弄清楚关于整件事的来龙去脉，但我们不会放弃寻找幸存者，我们会继续努力争取早日找到你的同伴，解开你的谜题。"

女记者身后的工作人员也接连为我鼓劲，有的人压低声音地喊着："李仪挺住！"还有的人头上贴着丝带，上面写着"齐心协力"，手里拉着"众志成城"的横幅。不得不说，出于情感上的扶持，我需要身边有这么一批人出现，看到这些，我为眼前陌生的世界没有放弃我和我的同伴们而感动，无力感和绝望也减轻了不少，我靠着他们对我的承诺，撑过一个又一个难挨的夜晚。另一方面，我所能回忆起来的细节越来越少，从我回来的那天开始，连续的高密度的信息采集让我已经枯竭了，我所能提供的信息越来越有限，他们靠拼凑我提供的信息碎片，不断地调整救援策略，调用更先进的设备，向下越挖越深，希望下一秒能够发现生命的迹象。

在高低起伏的鼓劲声平息后，摄像机慢慢向我滑动，镜头越来越近，人潮向我这边移动，随着摄像机的取景，全国观众将从电视机里看到躺在病床上的我，全身的皮肤由于高温灼烧而变成揉皱的锡箔纸，头上戴着特质的无菌头盔，从脖子往下被裹上犹如麻袋一样的针织物，一种透气性极好的烫伤膏药，虽然还没有检测到我身体中可能存在的威胁，但为了安全起见，医生们给我套上了隔绝辐射的防护服，这样可以阻止我体内的潜在辐射物向外界作用，危及众生的安全。

病房门又被关上了，我重新回到了属于我自己一个人的空间和时间，头顶上方的屏幕里在播放每天最新的救援情况，方便我及时了解，9月3号，救援进行的第十一天，在第一支救援队到地下失踪后，救灾指挥总部又立刻派出了第二支救援队和第三支救援队。他们是全国各地的军队中调动出来的最顶尖的救援人员。对于已经失踪的第一支队伍，指挥部只好镇定思痛，对外宣称："地表暂时没有接收到他们的消息，我们没有放弃，仍旧在努力寻找。"

电视机里的救援场面陷入了僵局，地下一百米位置的救援人员仍旧停留在原地，那里除了沙土和石子，别的什么也没有。井道由于另一批负责食物、消毒液等必需品输送的人在返回地面取物资时缆车晃动振动过大，从四十米位置开始塌陷，向下掩埋了将近四米的深度。由于提前就考虑到井道塌陷的问题，所以每隔十米设置的弯道缓和了这次塌陷的严重性。指挥部只好派备用队伍中的一支到地下尽快打通堵塞的井道，以在井道通畅后的第一时间给救援队伍送去食物和水，如果有人身体不适，还要把他们换上来。目前为止，虽然救援还没有任何进展，但对人们为我和我同伴所做的一切，我的心里充满感激。

我的出现给这个炎热的夏天按下了一个暂停键，所有人的目光都转向了一次类似于考古大发现的地下救援中，太阳的热量照在人们身上好似失去了温度，属于夏天的燥热被人们忘记，办公大楼里的人全都停下手头的工作，将目光锁定在实时更新的救灾现场，人们嘴里谈论的全都是救援的最新进展和各种关于我身世的猜测，传闻由我的口述改编的电影已经开拍了。

我看了一眼电视机右下角的时间，已经十点五十五分了，我用意念动了动几乎完全失去知觉的左手食指，电视机听话地关掉了。明天醒来，又会是新的一天。

8.12 李仪

晚上八点半从教学楼回到宿舍后，我和蒋颂到盥洗室小隔间里洗澡。我俩把小门关上，留外面一小间给别人洗漱用，因为害怕有人推门进来，我们俩没有开灯，但是从门缝里有一道外面隔间的灯光照进来。虽说这栋楼住的全是女生，但是自己光着身子的样子总不愿意被别人看见，尤其是在一个不应该赤身裸体出现的地方。

蒋颂后背皮肤很白，像是光滑的肥皂块，胳膊呈现出粗糙的小麦色，她催促我快点洗，洗完尽快出去。我问她明天还需不需要到大港那边采集海水样本，她说要看刘老师的指示，如果上一波检测进展不顺利，就需要再采样一次。

"这一次检测谁负责，靠谱吗？"

"王培琳在搞。"她为难地说道，"到什么时候出结果还不知道，但已经磨磨蹭蹭测试几遍了，得出的数据都不在合理的范围内，也不知道问题出在哪。整个项目如果卡在了这一步，那往下就没办法进展下去,那我们也只能跟着耗下去。原本还指望大工程早点结束,剩下一到两个星期回趟家避避暑,但我们负责的这部分好像总是一波三折。但大港附近管线勘探工作进展得很顺利,所以地质队的刘涛对自己能够按时参加八月底在北京举行的围棋比赛胸有成竹。"

一个女生不知道里面有人洗澡,贸然推门进来,吓得我们三个同时大叫了一声。我和蒋颂慌忙端起盆子,从上往下冲身上的泡沫,蒋颂盆举高了,一个猛劲水进到鼻子里去了,溅得到处都是,把她呛得连咽几口泡泡水,发出猪吃泔水的"哼哼"声,我笑她的丑样笑得头发都散了,她朝我这边吐了好几口唾沫,那个女生以为我俩在玩鸳鸯戏水的把戏,下巴上的洗面奶没洗干净就推门出去了。

蒋颂笑着把擦身的干毛巾递给我,先我一步穿好内裤和睡衣,堵在门那帮我看着。她半倚着门框,脸朝外面,拢起的头发又厚又松,像马上要塌陷的沙堆,耳朵上方的发际线被沾湿,很好看地贴在鬓穴上。

我拿着从她手中接过的毛巾囫囵吞枣地擦身上的水珠。穿衣服时身子没站稳,右脚人字拖"呲"地往右一滑,左膝盖结结实实地磕在了洗漱台上,缺了口的瓷砖刚好嵌到我膝盖的软骨里,我疼得直抱腿。

正要喊蒋颂过来,但是一抬头她人已经不在门那了,我一肚子火,喊她:"蒋颂!哪儿呢?来一下!"

没人应我,门缝开得越来越大,吱呀吱呀地自己开了,外间闹哄哄的,全都在讨论什么事,洗脸的也不洗脸了,刷牙的嘴里咬着牙刷柄,全都挤着脑袋围着一个女生的手机看,蒋颂挤在外围,手里拎着洗澡盆,我喊她:"你干吗呢?帮我挡着门,我还没穿好呢。"

她听见我的声音回了一下头,转头对我说:"你等会儿,出事了出事了!"

"怎么了?"

蒋颂没应我,继续和人群叽叽喳喳地讨论着什么,我听到一个女生问:"现在立马就要过去吗?"我想到自己衣服还没穿好,冲着人群喊了一句:"去哪儿啊现在,几点了都。"蒋颂回应我:"快穿,紧急!现在到地测学院大圆球集合。"

蒋颂完全不知道我的膝盖刚刚磕在洗漱台上,人群哄散而去,留下还冒着热气的洗脸盆和没盖上盖子的牙膏,我意识到了事情的严重性。我扶着洗漱台,两个胳膊支撑着全身的重量,蒋颂急匆匆地走出盥洗室回头对我喊:"穿好了到宿舍楼下等我,我去大概收拾下我俩的东西。"我冲着蒋颂背后喊:"我走不了了!"但人群嘈杂,楼道里全都是人穿着拖鞋的奔跑声,她显然不可能听见。

我一个人单脚站在原地,光着身子完全不知所措,蒋颂哪怕再多回头看我一眼,就能看到我的情况不对,但她总是这样粗枝大叶。我没辙了,只好一屁股坐在地板上勉强把衣服穿好,一路扶着洗漱台凸出来的边沿走到门外。

这个时候楼道里已经空无一人了,所有寝室的门都开着,一片落荒而逃的场景,走道上还有一只匆忙中跑掉的黄色拖鞋。我手上的水珠还没干,扶在过道的白墙上印出一道水渍,墙皮不断地往下掉,粉尘掉到我的眼睛里,手上也沾满了白色的粉末。我缓了大概半分钟才勉强睁开眼,这时透过过道尽头的窗户,我看到大草坪上的照明灯全都亮了,刺眼的光芒照着慌乱中奔跑的人群,他们手里提着看上去并不沉的行李箱，拼命地往地测学院的方向跑去。我就像是非洲大草原上方的无人机一样，目睹一场野生动物的大迁徙。

8.12　王培琳

我们组今天派我到现场，早上6：30第一班地铁从高新区开过来，到大学城这站大约需要十分钟。我习惯早起，搭首班车对我来说并不是什么难事。

地铁里今天人不是很多，座位刚好坐满。地铁从大学城站到大港站一共有二十二个站，路途前半部分和后半部分属于郊区，中间是市中心。地铁窗户的视野很辽阔，没有任何东西遮挡视线，似乎呼吸也顺畅起来。全市最大的天然气公司的黄色管道像是十字绣上的金线一样，密密麻麻嵌在灰蒙蒙的厂区地域上。

下了地铁感觉自己突然被塞进了烤箱，坐了工程队的班车到离营地两百米的固定停车点下了车。大港港口，原本主要向外输出本土的海鲜产品，自从全市都开始用天然气，这个港口就重建了，原本接收和出口的货物现在都分散到周边的几个港口。

去年年末，大港居民区有人反映，家里水龙头出来的水有银色的金属粉末，如果水龙头一晚上没用第二天早上一拧开里面就会流出来混着铁锈的黄水，跟尿一样，自来水公司的人问之前有没有过这种情况，他们说从没有，自从港口改建以后就开始这样了，肯定是天然气公司用的管子不达标，劣质管生锈污染了海水和周边水域，让我们生活在海边的人遭这种罪。

政府不能不管这个事，下令让天然气公司换管子，否则就重新投标，天然气公司说换，全线换，从港口的天然气储备站一直换到天然气公司，原本X80的金属钢管全部换成X120的。

我们院专门负责水污染检测的刘老师就是在平息民愤后接到这个项目的，与他同时为天然气管线整改工程效力的还有地质学院的任平刚老师，这给我们学校带来了不小的关注度。

我海水取样取了不下十次了，按照最不利的标准，我需要取近海最不干净的水做水质检测，如果这部分的水都能达标的话，那就说明整体没问题。但近海的水质怎么可能达标，大型货轮停靠在这里，工地上还有生活垃圾。

我实在不想再拖组里人的后腿了，蒋颂正等着我的检测结果向刘老师上报，我一直跟她说快了快了，可能是我仪器没用好，我再校核校核，我看得出来她已经不想等我的最终结果了，或者很有可能她已经照着指标把数据编好递交上去了，她很不体谅人，从不会考虑到别人的难处，自己做着最轻松的信息整合工作，作为刘老师眼前最受宠的女学生，一马平川，逍遥自在，哪会想到焦头烂额的我的苦处。

越想越觉得自己窝囊，我走到器材室打开储物柜，掏出潜水服，到外面的空地上穿上，结果一不小心绊倒了刘涛的三脚架，我也没管就下海了，刘涛在我身后喊你干吗呢，你这样会影响我测量，我回之以"扑通"一声游到了深水区。

这一次肯定会达标，因为我往海里游了有十分钟，下潜深度有五十米，取出来的一烧杯的海水明显比之前清很多，杂质也少了，更看不到彩虹似的五颜六色的油花了，终于要结束这份无功而返的差事，无论怎样我尽力了。

我从海里出来，抖了抖潜水服上的水，卸下后背上的氧气瓶。码头上一时间多了好几艘大货轮。刘涛在收仪器，我很纳闷，想走过去问怎么收工这么早。又想到刚刚对他甩了脸子，任谁也不可能心里能舒坦，所以干脆就这样僵持下去，毕竟工程一结束，大家各自回到各自的学院，萍水相逢，很快就忘了对方叫什么。

我带上取样的海水，坐上地铁，早早地回了学校。

8.12 刘涛

就这样被赶走了，拎着水准仪和三脚架，肩上背着全站仪，我早上测了十组数据，水准仪里面的气泡一直是偏的，我就说这部分管线有问题，得改，没人听我的，我一开始以为是因为王培琳把我的三脚架绊倒，所以造成了测量误差，但是我发现根本不是仪器的事，因为我从施工队那里借了新的三脚架来，水准仪的气泡还是偏，偏左下方，也就是偏北。

我向上头反映，他说你先回来吧，新管线的事不着急，等过了今晚再说。我说现在不是新管线的事，地表有点向北塌陷了，施工队是不是背着我们偷偷施工了。等了十分钟他没有回复我，我把仪器扔在原地，到棚户区发现那些工人果然不在，旁边堆放管材的地方现在只剩几块破帆布堆在原地。

那批 X120 的钢管还没有除静电，根本不能直接用，里面气体流速稍微高一点别说港口玩完了，估计全市都得炸糊了。我没办法只能去找刘姐，想问她赵哥他们到底进行到哪了，管子下地了没，结果整个棚户区找遍了也没找到她。十万火急，我只能打她电话，她跟我说她在清场，我说你清什么场，她说全市在推行天然气汽车，最近燃油公交车和出租车好多都下岗,上了全新的天然气汽车,用气量一下猛增,港口今天来了好几艘货船,这些液化天然气要经过气化站气化后,连夜经过管线通往天然气公司,明天送往各大加气站,所以港口今晚有得忙了,到时候怕来不及清场,所以现在提前清场,别到时候出什么差错。我说,打住,赶紧把赵哥他们叫回来,这管道今晚不能通气,会出大问题,叫你们提前除静电你们偷懒,现在着急用管道就直接把新管子铺下去了,你们早干吗去了。她在那头撵人,不知道有没有听到我说的话,冲着电话说,得得得,你也赶紧离场吧,就当我在电话里通知你了啊。

为了超额地完成任务,今晚的天然气输送一定会提高流速。

我气得往沙坑里踢了一脚,收拾完东西赶紧离开了现场,天色渐渐黑了下来,海边的夜晚,黑起来格外诡异,我感觉身后像有什么在驱赶似的,再不走快一点,整个人就要被吞噬了。

一路上我扛着长枪短炮,心里一直害怕屁股后面着火,我几乎是走一步看一步,过了安检口,我连滚带爬地上了工程队的大巴车。

没有人察觉到今晚的港口和之前任何一个工作日有什么区别,工作人员等待到点然后打开总阀门,重复自己日复一日的工作,不断地比对,眼睛盯着压力表,只要不超过警戒值就继续开大阀门,用迫不及待的心情尽早结束今晚的工作。

我大约算了一下,距离整点八点还有十八分钟,只要八点一过,这个港口就被上了刑。但我不能跟着这些倒霉鬼一起完蛋,我要想办法尽快远离这里,回学校也不是个办法,旧的管道线就经过学校旁边,何况天然气公司也离学校南门不远,回学校就是往枪口上撞。

我问司机能再开快一点吗,他说,那你坐好,别嫌颠。我刚想坐到座位上，身后突然从大港传来干涩的轰鸣声，那声音就像是海啸一样裹挟前进，我的耳朵瞬间像被堵上了木塞，背过气去，我抱着副驾驶座位的靠椅，一点点慢慢挪到座位上，抬头看看他，说，没事，机器可能卡住了，他没理我继续开他的车。

下了大巴车，我一路狂奔到地铁站，四分钟后地铁到达西站，我又一路狂奔到站内买票，现在是7：55，我捏着手里的车票，在哨声响起的最后一秒上了车，像是打了个喷嚏，车厢晃动了一下，窗外的站牌开始后退，我看到身后的车轨，像是炸开了纽子的衬衫，一点点被撑破成两半。

8.12 蒋颂

我在慌乱的人群中尤为显眼，像是个石墩立在宿舍楼门口，有的人问我怎么还在傻站着，有的人根本来不及和我说话就从我身边走了，我左等右等不见李仪下来。

没办法我只能先把行李箱放在一边，准备上楼去找她。迎面撞上宿管阿姨一把把我拦住，她手上拿着一大串钥匙，宿舍楼的门刚被她用铁链锁上，我冲上去夺过她手里的钥匙串，她气得直朝我瞪眼，说我可管不了你们了，我先走了，你们学生的命是命，我的命也是命，我不能陪着你们等死。说完她就和大部队一起走了。

这个时候，楼道里的灯突然灭了。我不能丢下她不管。这个时候我口袋里的电话响了，是刘老师，他的语气很急迫。

"你现在走到哪了？"

"刘老师我走不了了，现在宿舍楼被阿姨锁上了我开锁呢，李仪还在楼上没下来，不知道出了什么事。"

"你还没走就好，谢天谢地，真是赶巧了，李仪刚刚用一楼宿管阿姨那屋的固定电话给我打电话，说她腿受伤了，让我们派一个人过去接她，你赶紧进去，她应该伤得不严重，另一条腿还可以走路……"

当我打开门找到李仪的时候她躲在宿管阿姨的床铺下面，黑暗中我俩像是凝固的蜡烛。她怀里抱着掉漆的红色电话，从床底钻出来，扑倒在我怀里。

"我看见了，你开锁的样子像是一只走投无路的老母鸡。"

"你知道我没走就好，我俩怎么说好赖得在一块啊。"

8.12 李仪

蒋颂找到我的时候，外面的空气已经明显不对了，宿舍楼外就像天庭一样被仙气包围着，那仙气从地表突突往上冒，就像一口大蒸锅。

我们走不了了，出去得被呛死。刘老师的电话始终打不通，只能靠我俩自己了，这时楼外草坪上的照明灯突然全灭了，楼道里的报警器也不响了，我们俩陷入了绝对的孤立无援的境地中。

蒋颂白皙的手因为着急开锁被划开了一道粉红色的口子，我从桌子上撕了点卫生纸，裹在她手上。窗外的烟气透过窗户缝钻进来，我们俩同时闻到了，我把抽屉里的大胶带递给蒋颂，让她顺着缝隙从上到下多粘几道。

刘老师的电话还是没有打通，现在连中国移动四个字也看不见了。

不一会儿地板就烫起来了，好像底下有口锅在烧，我和蒋颂转移到床上，从被窝里翻出遥控器，屏幕在雪花和正常画面之前来回跳动。

电视里说，消防人员正在紧急切断离大港最近的临兴调压站的管线输送，但是这个调压站离爆炸点太近，消防人员很难攻进去，现在正在派人前往二次调压站，也就是位于龙梓湖上游的调压站。

我和蒋颂对视了一眼，"如果能够在龙梓湖处切断成功，我们就有活下去的可能。"

此时外面的烟气已经由白发黄，越来越浓，地表的温度越来越高，我能感受到热气直往脸上扑。新闻里报道，一次爆炸把大港那边炸得面目全非，救援乱成了一锅粥，消防队进退两难，爆炸等级目前估测是相当于二十吨 TNT 爆炸。

我对二十吨和 TNT 都没有概念，但是看到消防队一直退到大港地铁站附近，迟迟不敢上前，我就知道，里面哪还有活人，全成白灰了。

我猛然间想起来晚上吃饭没见着刘涛。

"刘涛回来了吗？"

"没见着，会不会睡在营地了？"我的话让蒋颂意识到，我们身边已经有人确确实实从这场事故中丧生了。她的情绪波动了一下，但立刻就被我扳了回来。

"大港那边爆炸这么严重，说明天然气还是集中在源头，大部分还没来得及通过管道输送到这边，现在就算龙梓湖的局势挽救不回来，爆炸也不会像第一次爆炸那么严重，况且，大港的场面完全没法控制，消防员进去就是送死，只能在外围喷喷水，主力和重点全都放在龙梓湖这边。"

她听了我的话，悲观和恐惧消散了一些，心底重新注入了希望，我不知道还要这样想方设法给她打气多少次，但看到她还没有被击垮心里就舒坦些。

在我们失去意识的边缘，一声巨大的轰鸣声把我们俩从昏迷中震醒，我知道，这是爆炸蔓延到了天然气公司，终于到了尽头。我晃了晃她的胳膊，她勉强动弹了一下然后又趴在原地维持原状，我隐隐感觉她要撑不住了，她喘气的声音越来越大，我在她身上摸了一通，没有找到她一直带在身上的哮喘药，再这样下去不是办法。

我下床撩开窗帘，看了一眼外面的情况，刺眼的白光像是持续曝光的闪光镜头，这样的强光眼睛根本没办法适应，现在只有等光慢慢暗下来。

我从桌子底下发现一口电饭锅，这是宿管阿姨平时用来给自己热饭的，我掀盖子，里面还有半锅的米粥，我用铁勺盛出来一些喂了蒋颂几口，她迷迷糊糊地慢慢往下咽。

我把床上的被单扯下来用剪子剪成两半，一半用来蒙住蒋颂的脸，另一半把她像婴儿一样绑在我的后背上，窗外的火光慢慢暗下去，天边慢慢染上一层橘红色，我知道这意味着爆炸后大火逐渐熄灭温度降下来，一切慢慢归于平静。我用湿毛巾捂着鼻孔系在后脑勺上，背上蒋颂，一瘸一拐地去大圆球找大部队，当天值夜班的校医肯定也在那里。

8.12 王培琳

我们所有人蹲在漆黑的大圆球里，像是下水道里密密麻麻的老鼠。大圆球是我们学校最标志性的建筑，它建成以来被用做科技馆和天文台，因为里面有精密和昂贵的天文望远镜，所以平日里几乎不对外开放，而能有机会进去参观的人也少之又少。

然而今天晚上，所有人都被迫挤在这个空旷的、连打个喷嚏都有回声的大圆球里。本身临时规定的秩序，按照学院顺序依次下至地下一层，现在在这种慌乱的情况下，没有人遵守毫无约束力的规则。所有人都认为越往地下躲越安全，在生存空间有限的情况下，不可避免地产生争执，我们学生被从负一层赶到一楼。

因为对死亡的恐惧，我们每一个人都对身边的人充满防备。因为李仪和蒋颂一直没有出现，我像是孤身一人置于漆黑的草原，感知不到危险，也丧失了求生的渴望。

晚上十一点，很多人在闷热中睡去，外面发生了什么没有人知道，直到一声巨响，很多人从沉睡中惊醒，纷纷问身边的人怎么了。由于大圆球外表面是金属材质的原因，那声爆炸声后，大圆球内急剧升温，现在就像是在烤箱里。裸露出来的皮肤被烤得发疼发痒，大家都控制不住用手挠，很快有人皮肤溃烂，流出黏稠的液体。在这种生存极限的压迫下，有的人开始撞门，试图打开通往负一层的通道，但是铁门岿然不动，生命的通道摆在眼前，但被堵得死死的，没过多久，大家就放弃了挣扎。

人们被继而连三的巨响惊醒然后又睡去，在半睡半醒之间，我看到很多人倒在了地上，像是一摊融化了的雪糕，再也没有动弹过一下。我不知道自己还能撑多久，我多想给屋顶开一个洞，让外面的风吹进来，我梦到自己回到了大草原，二月一过，春风吹在脸上可以划开一道口子，一望无际，哪里都是出口。

不知道是不是幻觉，恍惚之间我看见玄关处有一束昏黄的光照进来，一个模糊的人影，背上负着重物，光扫到我的眼球里，我下意识地躲闪了一下，随后便昏了过去。

8.22 救援队方力

迫于舆论压力，我们为了一个声称自己来自 2016 年的事故幸存者，而下到地下一百米的深度。已经连续作战七天的我们，根本看不到任何人类文明的迹象。

就在我们想要返回地上的时候，全体人员的通讯设备都意外中断了，我们等了一天一夜，食物和水已经消耗殆尽，电源指示灯开始发出警报，随后，一股强烈的振动沿着井壁传播到地下，头顶上的土砾开始往下掉。

我们双手抱头趴在地上，动也不敢动，队长在地势最低的地方，他最先开始下陷，不一会儿我们就看不到他人了，紧接着，我们也感受到膝盖下面的土开始松动，像是沙堆一样带着我向下滑，速度越来越快，仿佛身下的区域正在一点点被掏空，大家极度恐慌，发出失去理智的哭嚎，惊慌之中，不断有土块掉进我的口腔和鼻孔里，呛得我背过气去。

等我们醒来的时候，才发现自己置身于一片荒芜之地。目之所及，是一片沉寂了很多年的事故现场，零星的汽车残骸，有的轮胎框架还矗立在地上，而有的车身已经大半陷到地下，房屋倒向一个方向，被火烧的痕迹还隐约可见。这些足以看出离事故发生已经过去很久了。树干、垃圾桶、广告牌，已经基本风化和降解，留下来的部分不足本体的百分之十。远处一个巨大的金属圆球，基座被掀翻，看上去像是被大风连根拔起的树根,我们面面相觑,开始相信那个莫名其妙的幸存者所说的,都真实发生过。

不知道是命运把我们降落到这里,还是时空的替换,我们完全失去了与地面的联系,来到一个错乱的时空,我们所看到的,不知道还有没有人有机会再看到。

9.3 邵芳

距离仪儿被救出来已经十二天了。这十二天里我和她爸无时无刻不饱受着精神上的折磨,我们做出了无数种假设,也有过破门而出的冲动,但都被另一方制止了。冷静下来的我们决定继续隐藏当时的谎言,我们没有说出真相的勇气,因为随之而来的谴责和道德批判不仅会毁了我和她爸,也会毁了整个家,擎儿没有错,他不应该在这件事中受到牵连。

但是我们万万没想到仪儿还能准确地说出我们全家人的信息,媒体和警方毫不费力地就找到了我们。我们按照提前商量好的办法,坚决地否认我们家有李仪这个人。当时政府答应我们把李仪的身份信息从我们家的户口本上抹去,就是为了防止事后败露。现在只有仪儿的一面之词,我们暂时还站得住脚,况且她现在充满疑点,她的言论是否具有真实性还需要证实,从目前的局势来看只要没有更加确凿的证据出现,我们全家就可以顺利挺过这次难关。

仪儿,我知道我和你爸对不起你。但当时火势太大,烧起来没完没了,消防队在外围几次想要冲进去灭火都被热浪逼退回来,我和你爸第一时间就买了去大港的火车票,但是又被临时通知大港被封锁,限制人流进入，我和你爸只好成日成夜地守在电话旁，每过五分钟就给大港所在的消防总队打去电话，但那头总是告诉我们"请耐心等待，救援还在继续"。

事发第五天，大港火势逐渐消退，但温度上升到70摄氏度，周边城市的居民纷纷撤离到离大港较远的城市，也是在那天晚上，我和你爸接到一个男人打来的电话，他说他代表消防总队来处理遇难家属的事宜，他说他们不准备营救了，因为那样势必会造成更多人员的伤亡，可以的话他们会补偿给我们一笔钱，只要我们在一份协议书上签字，我和你爸考虑了一个晚上，第二天我们妥协了。

我们不知道别的家属有没有签字，但我们真的撑不下去了，我们一方面想结束这种令人绝望的等待，另一方面我一直没有跟你说过，因为冷库跳闸，我们家的海鲜一夜之间全部变质，生意上我们欠了很大一笔钱。但我现在说这些你可能不信，我们真的不是想拿你的这笔补偿费弥补生意上的亏空，我们当时真的没有选择，毕竟大火烧了五天，我们真的以为仪儿你已经不在了，妈如果骗你，就让妈死在大街上受世人的践踏。仪儿，妈想见你，妈想见你想了四十年了。四十年间我们只能麻痹自己，既然当初做出了那样的选择，我们没有资格再以遇难家属的身份博得世人的同情，四十年间举行的大大小小遇难家属帮扶会，我和你爸一次都没有去过，我们现在就连走出家门都很心虚。

但是仪儿，现在我和你爸改变主意了，爆炸发生的两年后有个叫刘涛的小伙子找过我，他问我是不是李仪的家属，作为你当时的同学，他想对我表示慰问，我当时惊慌失措没有承认，昨晚我通过各种渠道重新找到了他现在的联系方式，虽然难以开口，但我还是坚持把整件事情的经过告诉了他，我和你爸不想再在深夜梦到你站在大火里伸手向我们求救的场景，无论舆论会不会把我们压垮，我们希望我们一家人能够重新团聚。明天，仪儿，明天就是真相大白的时候了。

9.3 刘涛

睡前接到电视台打来的电话，问我四十年前是不是就读于大港科技学院，我隐约觉察到那根刺将破土而出。我如实回答了电话那头的问题，配合地完成各方面信息的核对，最后我终于合格地成为四十年前的"自己"，成为李仪口中的"刘涛"。老伴从房间里出来，她站在我身后，期待着从我的只言片语中猜测出事情的大概，我确认了一下探访的时间："是明天早上十点没错吗？"

电话那头说可以提前一点来，可能会有媒体提前采访我，他们给了我医院地址，我拿起笔筒要记下，挂了电话老伴猜到这件事是跟四十年前我乘坐的 G252 高铁脱轨有关，她以为是时隔多年记者挖掘题材旧事重提，我没有跟她过多解释，我希望明天她能够从电视里和所有人一起知道某些事情的真相。临睡前医院的地址一直在我脑海里重复出现，像是脑子里装了个打印机，反复在打这几个字，想到要见到李仪，我的心情犹如见到四十年前另一种命运下的自己。

早上六点我准时醒来，自从围棋成为我的生活主线，我的神经极其敏锐，生物钟犹如紧绷的弦线，到了点就有一枚黑子在我脑海里的棋盘上落定。我盛了碗电饭煲里的米粥，喝了两口想到忘了什么，来到书房打开最里面的抽屉，里面存放着我年轻时的杂物，打开一个铁盒，里面保存着我这些年来的各种证件，我找到当时在大港地质勘测时的工作证，蓝色的带子已经变硬，塑料封套上有密密麻麻的小点，像是用利器凿过，这些都是时间的痕迹。

到了医院，并没有电话里说的记者，可能是我来得太早，他们还没有上班，我只好在走廊里坐了一会儿。发生爆炸那天我逃生的那辆高铁脱轨，我因为严重的撞击和长时间的挤压，被救出来的第一时间就住进了重症监护室，随后我在医院住了整整两年，也就是那两年，我每天躺在病床上钻研围棋，后来才下定决心一心扑在围棋上。刚醒来的那段时间我极其痛苦，大港一夜之间被毁，我死里逃生保住了一条命，但是醒来发现学校里的人没有一个被救出来，我打听了很长时间找到了李仪母亲的联系方式，想要去看望她，但电话那头却莫名其妙地对我说我找错人了，我只好作罢。

时隔四十年，李仪被重新救上来，人们将之解释为由爆炸引起的事故区域被时间囊封存现象，被封存的区域和现实世界之间有着明显的时间滞后，想必这也是四十年过去了李仪还能存活下来的原因吧。

8：30医生准时上班，电视台的人向医生引荐了我，然后我获得了探视李仪的资格，我向医生询问了李仪目前的情况，医生说她并不乐观，和刚救出来相比，她的器官开始快速衰竭，但是原由尚未明确，没办法给出具体的治疗方案。

在休息室里我待了一个半小时，期间我拒绝了记者的采访，来到医院，谈到这件事我第一个想见的人是李仪，而不是眼前这堆不知道发生过什么只想满足好奇心的人。

十点一过，病房的门一层层打开，我穿着厚厚的防护服来到李仪的病床前，她的眼睛半睁着，我不能确定她是否能够意识到有人进来，我问身边的护士，李仪现在能否正常沟通，护士说勉强可以与人交流，但是可能反应比较滞后，护士告诉我那两块显示屏的作用，然后就关上门出去了。

房间里现在只剩下我和李仪两个人，我告诉她我是刘涛，当年大港勘测队爱下围棋的那小子，我确定她想起我来了。因为我看到显示屏上及时地出现了"嗯嗯"两个字，我从口袋里掏出工作证，在她眼前晃了晃，她眨了眨眼，目光没办法跟随我的手快速移动。

我把工作证拿到她眼前，和她隔着一个玻璃罩，她看了一眼工作证又看看我，露出不可思议的表情，她显然没有意料到我还活着，于是我把我如何如何逃生，如何如何等了四十多年终于等来这期待已久的惊喜。

她自己都不清楚自己怎么被时间囊封存了，我耐心地向她解释了一遍，从她的表情看得出来她一时间难以接受。

临走前，显示器上出现了"蒋颂"两个字，我在脑海中回想了一下当年和李仪一起被困的人，是有一个女生叫蒋颂，我知道这个人对李仪来说一定很重要，可能是李仪目前最想要见到的人，但是很遗憾，我帮不上任何忙，所有人在这件事面前都必须接受没有预示的等待，也许今晚，也许明天，所有人就重新回到了人们的视线。

出了病房，记者如潮水般向我涌来，闪光灯像是蝴蝶的翅膀，高频率地闪动着，我站在人群的中心，用平静的语气对着镜头说出本不该由我说出的真相。

洞穴守夜人 | 函谷关喜

依然是酸雨肆虐的季节，所有的猛兽和人类都躲在了天然的石穴里去躲避灭顶之灾。

太可怕了，石明回忆父辈说的那一场百年前的酸雨，铺天盖地下了整整三年。所有的庄稼不再生长，连厚德载物的大地都承受不住天罚的威力。地球上的建筑物被腐蚀得千疮百孔，许多人为的制造品在酸雨的作用下销声匿迹。树林在成片地烂死枯萎，而淡水湖泊更是呈几何倍的消亡。这逼得人类政府释放了全部消硫化的导弹来打散酸雨的危害。但是，人类失败了。

于是幸存的人类躲到了充满碱性石灰层的洞穴才能生存。大地上的废墟在慢慢消融，以往坚固的石头建筑记录的历史文化在慢慢消融。

父亲说，我们带着大量的科技成果躲在了地下，开始建立地下的城市。可是阳光永远离开了我们。食物和水也在控制的范围之内。制造暖湿的大棚放出气体催化早熟的食物，所以，石明是洞穴出生的人类。他饥渴地吸取酸雨污染严重前的历史。突如其来的酸雨是怎样湮灭人类创造的世界？没有人解答。现在幸存的人类科学家躲在乌托邦里进行各种推演。

大气中的二氧化硫和二氧化氮经过科学家冒险截取的数据,它的标准达到了百分之百。以往认为的硫酸只占百分之六十的错误数据,那些冒险去外面的世界侥幸生存逃回来的人身上就是最佳体现,他们就像在一团大火里烤着他的肌肤和灵魂。没有一处不是焦烂的煳味在地底里飘荡战栗。

石明今年十八岁,按照惯例,他将沿着先辈的道路去石洞口守夜。防止酸雨的进一步腐蚀和维护石洞的安全。这已经是亚洲地区排名二十的大洞穴了。容纳的人口不过区区二十几万。常年躲在阴森潮湿的洞穴里,石明步伐缓慢,发育矮小,沉默寡言。父亲躺在石床上嘱咐了他一番。他带上了家里仅剩的一点口粮,去洞口守夜了。

每一个守夜人都是要在外围的洞口过活一个礼拜,完成他的成年礼。

他披着一件防止微弱酸雨侵蚀的防护衣,踩着凹凸不平的钟乳石,在一条人为开采的简易道路上踏入未知的恐惧。

走出了石洞的干燥区域,丝丝的雨水开始渗透在地上,他小心躲避。人类畏惧雨水的伤害,又希望拥有它的生命,多么复杂的矛盾冲突。

狂风呼啸,大雨倾盆。有一堆篝火在洞门前燃烧,火光映照着一个佝偻着背脊的人。洞口有科学家研制的防酸雨布,它也只能有效地阻止中等的酸雨污染。即使中和了大地碱性的元素,它看来仍旧脆弱不堪。

"我来接你了。"石明走到雨帘的十米开外,看清了篝火外的男人。他疲惫不堪,摇摇欲坠。压缩的食材炖在一只钢锅里,冒着水蒸气。男人抬着一只手打了个招呼，又沉默下去。寂寞梧桐雨。他的脑海像外面的天空划过一道惊雷，石明激动道："你是谢梧桐，我以为你死了！"

谢梧桐把头从黑暗的影子里钻出来，他的面皮有多处灼伤的疤痕。除了一双还算明亮的眼睛，其他的地方面目全非。儿时的好友谢梧桐在十七岁消失在他的视野里。有人说他死了。有人说他失踪了。总之大半年沐浴在酸雨的季节里，除了对逝去的人死亡的哀悼，就是祈祷艰难地活下去。

"我以为你死了。"石明想冲过去拥抱朋友。谢梧桐从篝火里扔过来一根焦炭的木棒，嘶哑的喉咙大喊："你不要过来！"

石明脚步一滑，险些跌倒。他扶住了洞口的石壁，冰寒的湿气无孔不入。他打了一个冷颤。真是冻死人了。谢梧桐依旧淡漠地望着石明，没有要来帮助他的意思。

石明咽了一口唾沫，神情愤怒地说：

"你为什么这样？"

"没有为什么？我需要你冷静地回到老鼠洞里去。"在谢梧桐黯然神伤的声音里，石明听出了毛骨悚然的感觉。自从他消失在地底，石明就知道他一定去了地上。酸雨笼罩的地球，生机灭绝，他要追寻科学家父亲的脚步去找到百多年前的那一场真相。

石明慢慢退步，为了不再刺激他，谢梧桐给他一脑袋无法解释的问号。他无奈离开大约三四百米的距离，在略显干燥的一处通道里拿出蔬菜饼干嚼，还有珍贵的水壶里的淡水，是地下水源的清澈味道。

谢梧桐见他没有继续过来，仿佛安下心来，他拿出一块碱性的石板在记录他知道的痕迹：

"十年前,我偷偷跟踪父亲来到了靠近地表的石洞门口,父亲被守夜人挡在了洞口。他们人多势众,有四个人,父亲被他们用绳子捆起来,扔在火堆旁。因为酸雨腐蚀的威力,人类又回到了生火烤肉的半原始社会,用碱性材料的器皿来抵抗酸雨的无情。我好奇地随着父亲的脚步来到洞穴的上方,见到年龄偏大粗鲁的守卫,心想那些年轻的守夜人哪里去了?

"这个守夜的传统一向是年轻人的专利,对于没有接触过地表繁华的年轻人来说,直观感受洞外酸雨如注的世界是多么残忍绝望的事情。

"现在事情显然偏离了正确的航道。因为这几个粗鲁的守卫把父亲扔在一边便不管不顾,他们围坐在篝火旁一言不发,双手合十在祈祷。自从进入地下,一切人类的宗教都被遗弃了,因为它们拯救不了人类。"

写到这里,谢梧桐拿出一把木勺舀出鲜淋淋的汤汁,一种菌类的杂草汤。

他努力地咽下枯燥的汤汁,泛着恶心,忍住呕吐,继续手写:

"我一生难忘这样的场景,四个人在篝火旁恶心地念叨。我悄悄匍匐爬行,试图接近我的父亲。父亲一扭一扭的像一条丑陋的蚯蚓。我的形象也好不到哪里去,活像蹲在泥地里的癞蛤蟆。

"我渐渐靠近,他们的模样在火光里清晰可见,四个孤寡的老头子。头皮刮得锃亮,圆如镜子反射夏夜的星空。我忘了星空是被无休止的酸雨云笼罩,透不出一点明月皎洁的诗情画意。他们穿一件黑色的斗篷,像极了父辈描绘欧洲神父衣衫的标准样式,赞美仁慈的主,给我们升到天堂的殊荣。赎清往昔的罪孽。但贼老天呢?没有答案。

"我隐藏在黑暗的影子里,宛如一万年那么漫长。就差一步了。我就要像猛兽一样从森林里钻出来,从恶徒手里解救父亲。这时,一件突如其来的事情打断我的计划。

"他们褪去了黑色的雨衣,苍老的躯体散发衰老的气息。他们的面部五官透着柔光一泻而来的半扇阴影,善的一面潜藏,恶的一面孕育,我没有看见过撒旦,此时此刻,我怯弱了。

"因为他们各自拿出一柄锋利的砍刀,我没有见过如此胆战心颤的事,他们四个人开始互相往对方的头皮切下第一刀,顺着头顶正中央,没有任何鲜血淋淋,犹如划过皮革的拉嗞声,又像锯子拉过原木的刺耳的噪音。头皮仿如一块剥落的老树皮,从两边慢慢分开,直至完全摒弃。

"我看到了,一股源自内心的恐惧。他们脱去真皮的伪装,显出了他们的真容。他们的五官移位,密密麻麻如同凸起蚯蚓的疤痕覆盖在他们的面容上,无一块好肉,他们面部的软组织坏死,不再有复原的希望。植皮手术?如果你愿意听我继续讲述,他们脖颈以下隐约可见的裸露在稀薄空气中的烂肉触目可及。

"我听见了父亲野兽一般的大叫:'你们怎么会这样?'

"'好笑吗?曾经我们和你一样意气风发,现在无颜再面对你了。'为首的一位丑陋老者叹气道。

"'我认得你的声音。邱落,你怎么会变成这样?是不是酸雨?不是有最新研制的防酸雨衣吗?它没能……抵……挡……住吗?'说到最后,父亲的话里有虚脱无力的哭泣。

"'你不必如此,我早已死去,这里四个人都是我们生前设计的克隆人,带着我们濒死的记忆来告诉你酸雨的真相。因为怕你过分激动冲进雨里,只有阻止你了。'"邱落'万分抱歉说。

"父亲一辈子追查真相,他努力使自己坐起来,渴求的目光冲着'邱落',你快告诉我,告诉我啊!

"'准确地说,是一百五十年前,人类的科学家们在几大国支持下进行了灵魂实验,就是把临死前那出体的灵体捕捉到。你会斥责我荒诞,但是如果我告诉你灵魂具体重量为三克你会怎么想?如果有佛教徒、天主教徒,他们一定斥责科学家们妨害了那些善恶之人的转世。那一次成功,他们用冷冻氮气进行保存研究。后来检测到一年以后,灵体莫名其妙失去了一克的重量。因为检测不到原因,三年后灵体消失。他们开始了无休止的疯狂试验,找出灵魂的秘密比什么都重要。毕竟这世界上枉死的人有很多,二十年后,死于实验的活体有近十万。他们又拿克隆体做试验,却无一例外失败。因为克隆体不存在灵魂。'

"我听得汗毛倒竖,趴在接近父亲的位置,弱小的我不敢再有丝毫举动,他们没有人性,克隆体只有本能,连一个灵魂都没有的复制人,一旦他们丧失了耐心,会比寻常人更可怕。

"父亲背对着我,他的背脊开始挺直,这一刻他前所未有的伟大超越了我心目中的父亲:'他们知不知道这是违法犯罪,有悖于人性,他们要遭报应的。'

"'报应,'坐于火堆旁左手边的那克隆人说,'如果有,也是我们全人类作的孽。那些消失的灵体并没有彻底消散,而是以另一种物质形态存活。即使一只亚马逊热带雨林的蝴蝶能掀起数周以后的暴风,他们为什么就不可以?所以,接下来才最可怕。'

"我一下为此时恐怖的氛围感到担忧。机械般的冷静叙述。我和父亲深深陷入到世界被酸雨毁灭的巨大谜团之中,灵魂不灭,被一帮野心家拘禁。最后消散在天地里,然后以强力的姿态回归,他们报复的手段到底是什么?和这贼老天有什么关连?

"我在痛苦地垂泪,父亲却问了一句关键性的问题:'他们为什么要进行灵魂实验?'

"四个克隆人陷入了短暂的沉默。为首的那一个人作出了扭曲的表情,他溃烂腐肉的面庞有一弯苦笑跌出:'或许,谢雨石,你摸一摸自己的面皮就明白了。'"

谢梧桐余光触到一道移动的阴影,他即刻放下石板,看见了石明悄无声息地匍匐过来,如同当年的自己,他微张着嘴巴动了动,一句话也说不出来。

谢梧桐温和地说道:"算了,本来我还想想留下这一块石板,给你说明。既然你那么好奇,我就告诉你吧。"

"在克隆人强烈的要求下,父亲摸了自己的肌肤,我也情不自禁像他一样摸去。'啊,为什么,我的面皮像从来不是我的一样,里面到底是什么?'父亲惊慌失措道。

"'你不要害怕,因为酸雨除了有腐蚀的特性,它还有传染性,在每个地底出身的儿童身上都有二十年到五十年的蛰伏期,我们以为逃到地底就安全了。其实污染源是来自地下的,我们忽视了这一点。所以,你今年四十多岁了吧,要不了几年你就像我们一样衰老,然后腐烂变质死亡。'右首的克隆人不带情绪道。

"'还有,'为首的克隆体道,'那些被科学家囚禁的灵魂体正是他们为了报复几个大国的首脑,开始影响几个大国首脑的脑电波。也许几份很少,但数以万计呢?于是你所见的。什么碱性导弹阻止酸雨形成挽救人类危机。那是假的。因为几国首脑下达投放的硝酸导弹才是元凶祸首。几百颗导弹毁坏了大气层的构造,紫外线强度超乎寻常让我们受到了末日危机。酸雨形成,森林灭绝,湖泊干涸,大地荒芜,这就是我们地球人类的末日。'

"'那为什么要研究灵魂呢?'父亲被我突如其来的窜出吓坏了。那四个克隆体似乎觉察到什么,他们的眼珠仅仅是转动了一下,并没有过多关注,他们冷漠千疮百孔的外观看不出任何浮动的表情,这时我想起了溶洞里几万年悬空在天顶上的钟乳石,未来的人类,变质的生物就这么似是而非地生存。他们没有未来。即使酸雨不下了,破坏了的臭氧层和大气层早已不适应人类。据地底的科学家说再坚持一段时间,不需要五十年,酸雨会逐渐减弱,恢复到正常的气候。那个时候,人类会慢慢地找回失去的科技和成果,弥补贼老天的过错。

"'这是一个错误,'从来没有开过口的面对篝火的克隆人出声了,他转过脸,他的面目更为狰狞,因为他更接近'邱落'的本体,'当时研究的初衷是为了使克隆人具有灵魂。我知道你们想说克隆人的意识是主体赋予的,它代表了每一个人生前的记忆。但是当时的顶级科学家认为这是狭隘的不切实际的命题。他们抽取的那些顶尖的垂死的杰出人士的灵魂是为了延续辉煌。克隆是生命体的延续,它一旦诞生出智慧或者意识就很难控制。所以,克隆体不存在灵魂是虚假的,我们被骗了一百多年。我花了整整四十五个我的复制体才弄清事实的真相。只是我的生命快到尽头了。'

"我为父亲松了绑,他爱怜地摸了一下我的栗色头发,把我护在身后,声音有些颤抖: '你告诉我这些有什么用意?我们又能做什么?'

"为首的'邱落'说:'事实是那些被禁锢释放的灵魂是标本们诞生的意识,就是我们科学家无法研究出脑部活动的灵魂重量。他们殊死一搏研究出了通过脑电波来影响首脑们的决策,最终埋葬了我们的时代。所以我需要你爸刚才说的传达给地底的人类,告诉他们提防克隆人的报复。'

"'你不是说那些复制的灵魂全部没有了吗?为什么还有存在的?我怎么找出他们?'父亲从来没有感受绝望,以为是大自然的背叛惩罚了人类,其实是人类自己的欲望毁掉了这个星球。

"左首的克隆人忽然在地上打滚,他的身上窜起一道鲜亮的火焰,一会儿他就被烧得如焦炭。在我们惊愕之间,最接近'邱落'的克隆人严肃地站起来说:'没有时间了,不是所有克隆体的灵魂都会去做出悲壮的事情,他们有一部分人潜入海底,有一部人进入地下,在人类大规模躲避到地下防治酸雨的时候,借着新生儿出生之际,他们侵入了你们母亲的胎盘。为什么刚开始繁殖的时候,有一段时间母亲们都死于难产。那就是他们的阴谋。所以我怀疑有的孩子就是他们侵入灵魂的结果。所以我的克隆体,甚至科学家队伍都有他们的人存在,他们在克隆体里注有毁灭的程序,请你把我的话一定带到。'

"我听见了最美妙的焚烧声音,一个个相继在我们面前燃尽他们丑陋的一生。他们没有灵魂,只是植入了一段智能的生命程序和记忆。一切都不剩下来了。

"'父亲,他们为什么自己不把话带到?'我泪眼婆娑地说道。

"父亲谢雨石摇摇头说:'他们没有时间了,是要向地底人说明酸雨的无孔不入。未来会变成一个毁容的怪物。他们没办法承担所有人类的痛苦。'

"'可是我不同意他们关于水源的解释，为什么我就没有他说的任何症状。蛰伏期二十年到五十年。只有父亲你知道我十岁就死于疾病。你克隆了我，我今年五十岁了。'我茫然无措，理不出任何头绪。

"谢雨石走到篝火旁，理了理他衣领结，把揉皱的衣服拉平，从我懂事起，父亲就是一个爱干净的人。他格格不入于世俗。一心想要到外面的世界。

"'梧桐，我向往外面的世界，哪怕酸雨滔天，其实有时候可怕的不是酸雨，而是人心。你信不信，为了活下去，这溶洞里的克隆人已接近一半，我们全部活在自己的恐惧之中。酸雨仍在下，可是不能让它成为我们心中永远的恶魔。我要出去了，即使我会死。'

"谢雨石准备启程向外面的世界，我跑过来不让他走出去，幼小的胳膊抓不住父亲坚实的臂膀。

"谢雨石慢慢把我的手拽开，认真地说：'你是我最好的实验品，你的衰退期还要过很多年，至少还有十年，你知道守夜人的职责是什么吗？就是努力向外探索人类的征程。顺便告诉你，我已经研究出一份净化水源的报告提交给了事物委员会。即使邱落说的是真的，克隆人的灵魂不光是复仇，他还有了感情，你就是，我亲爱的孩子。'

"后脑勺一记沉重的眩晕感，我看见了父亲诀别的微笑。"

"你一直都知道，是不是？"石明对着唯一的挚友在发脾气，"那你还不回来，那你还不回来，我当你死在了外面，你知不知道？"

谢梧桐说："我不回来是因为父亲告诉我，那些克隆体逃生的秘诀。就是他们死亡的一刻，灵魂会飘出，逃出这天地。这是父亲研究的雨帘，除了阻隔酸雨还能捕捉灵魂。只有这样，剩余的这些人类才能获得最后的乌托邦，改善水源，阻止真正的人类彻底灭绝。"

石明愣在那里。谢梧桐在微笑，他的身体有了一种急剧升温的状态，仿佛像一个冬天的火炉，一碰就化。

谢梧桐指了指这个篝火旁温暖的座位说："轮到你了，我的朋友，还有三十年不到，未来就改变了。我的父亲也盼望我这样。

"然后他的目光望向透明雨帘以外的天空，和大多数不愿意作孽的灵魂一样，父亲的肉体消亡在茫茫的天地，他一定是冲破了肉体的束缚，利用曾经的权利用灵魂来救赎自己的罪行。他相信净化的地下水会再次反馈回天下，到那时，酸雨将消失，人类又将回到阔别已久的大地。

"到那时，我的好朋友，替我亲吻花朵和雨露，还有无私的太阳。

"我活得太久，克隆体在零落化泥，酸雨期越来越短了。我忘了最后一句话，把我和这篝火焚烧在一起吧。"

只有石明的哭泣在溶洞口扩大，传得很远，很远。未来改变了。

第三方编译 | 刘文丽

无数个幻影重叠着，悬浮在空中，一张张模糊而又觉得是在记忆深处的脸逼仄地显现在瞳孔前方十厘米，往后缩，往后缩，逃，红色的苞绽开扑灭了闪烁如鬼火般的注视，在后面白色的墙上溅洒了一片红色妖艳颗粒。突然，一只机械手臂从屋顶上悄穿而过，在快要抓住脖颈的上空加速。"啊，"波尔猛地睁开眼睛，大口呼吸着，这是被梦魇住的第三个晚上了，波尔缓过来看着自己胳膊上的脉络蜿蜒着，从肘部到指尖，昨晚被割伤的手指已经结成暗紫的痂，波尔神经质地一下下抠掉了它们，看着透着光泽的新肉，感到一阵心安。"至少我的身体还忠实于我，去你们的噩梦吧。"波尔伸开手臂，打了一个大大的呵欠，想到一个大男人被一个梦吓住了，不禁在心里打了自己一拳头，这事要是南莎知道了，以后可别想开她玩笑了。

窗帘缓缓地打开，像是一个翩翩少女和着母亲的慈爱唤醒晨而未醒的白领青年们。阳光从城市的东方透过宽大的落地窗进入了波尔的蓝色瞳孔。波尔看着这座城市，想来这是从英国到中国的第五个年头了，嵌在墙壁里的厘子表显示着时间，2086年6月22日08：00：00，地点，中国上海。

金色的光一点点普照着这个城市，显现着创世以来，人类城市文明发展的最高阶段。仅仅几十年的工夫，人类就把已经快要窒息的城市一点点救了出来。六十年前，被化学物质污染得五颜六色的垃圾带着光鲜喜悦的色彩一步步从城市外围奋勇突进，就像是神初创人类世界的时候，那时候看一切都是好的，没有预想到人性自然发展后的结果，贫富极度分化的表征就是，穷人在城市外围以肉体和房屋作为最后的屏障，地底下深埋的垃圾联合着郊区的垃圾，以及城市内脏源源不断的排泄，空气里充斥着雾霾的烟呛味和令人作呕的气味。城市整治与维护发展联合会召开了紧急会议，跨国与跨区域间机动科学补救消化计划正式开始，"五十天清除所有"的口号兴起，那个时候波尔的祖父是当时外联支援的环科高级研究员，见证了文明即将消逝的严峻局面，长达五十天的分类与机械投注再生成的清除再造计划终于全部完成。

祖父的睡前故事一直都是波尔的深度启蒙，童真的构建和一丝诡异的气息相交织，影影绰绰地逐渐向波尔展开了一个隐秘的真相，只是，一切仍旧不是太清晰，而这未知的一点，莫名促成了波尔内心的困惑探索。

"波尔，你要相信这个世界还有很多你不可知的力量，敬畏他们但不要靠近。"第三方编译，在祖父口中，是一个神秘而独立的任务集团。在现代社会，第一方势力，自然是国家政府，主导着整个国家的主流思想和人力资源脉络，其资本入驻于国家企业和私人企业的各个深层之中，拥有强大的资本和权力支撑。第二方势力，是服务于第一方势力的自然及社会人文科学知识界精英层，为执政党提供解决政治经济文化的参考。第一方和第二方势力本来在几十年前就存在制衡获利模式，而第三方势力像是在野地里开出的一朵大丽花，在两方势力的滋养下，生长得灼灼康健，就像一首亘古的诗里描述的那样，"她成长的时候无人可见，孤独而可爱，是暗夜的星辰甘露，默默吸吮着，无人见的美丽在长成的那瞬间，看见苍绿的枝叶下泄出的光亮，穿插着红色的花朵，在风中摇曳着，一边是善，一边是恶"。根据黑匣子理论而成的外包式任务集团，高度机密，运作效率却极高。暗黑中光纤传递着的信息被引流到四面八方的接触器里，接触器像是黑暗下的触角在涌动中急速触碰和窥探着符号在瞬间生成的意义。在这里，无关任务的善恶，第三方编译的终极目的是，在瞬时光速中，解释和翻译全信息与半全信息，在编译汇总之后，到达执行触手，从而提高整个社会的工作效率，最终在混集和混沌中实现人类社会的新陈代谢和快速到达地球的文明高峰。"这种存在，只想想就觉得很伟大呵。"

"波尔先生，这是您指定的早餐，请您输入今天的行程地点，以便单索程序的自动录入。"刚洗漱完毕的波尔在餐桌上刚坐下来，闪烁着红蓝按键的托盘就悬浮到面前，简单地选了最简单的三明治西式早餐和一杯中国茶，本科时靠着一篇名为"从茶杯均匀散质意象论未来城市可容纳构建计划"的毕业论文，荣膺英国国家奖学金并获得格林尼治大学计算机和环境科学双位博士学位的他在一年一度的环科大会展示核心内容的时候被中国的杨勃清教授一眼相中，并将其吸纳进中国上海未来城市示范基地的建成精英队伍之中。

坐进单索，现代私人地点穿梭机，缓缓加速中，波尔觉得自己坐在一个深海里的梦幻泡泡里，一栋栋轻简小楼房漂浮在深海之中，在固定的范围内漂浮移动着，却又像两个永远不会相遇的凤尾鱼一样机动灵巧地避免碰撞。高空简易 2KB 大户型漂浮楼房的开发，使中国高居不下的房价终于像降落伞般缓缓降了下来。那时一家四口蜗居在上海郊区五十平米的房里，像困居的斗兽一般，不得不在束缚中勉强建立家的概念，还有五十年前爆发的又一次金融危机，引发了次贷的恶性循环以及房价的空前高涨，一座房子已然成为了一座可望不可及的神址一般，买房子像买车子一样需要摇号碰运气，几千个人空有贬值的大量钞票，无助地咽着唾沫，看着电视转播的幸运儿一家的狂欢。"如果没有高浮材料的成功，真不知道这个世界现在是什么鬼样子啊。"波尔脑中闪过这些以前的种种不堪的城市生存生态，笑着叹了口气。

突然，"嘭"的一声巨响在前方五十米处响起，单索自动检验到异常情况便停了下来，难得的巨响倒是吓了波尔一大跳，现世纪的新闻里已经很少有车撞事件以及爆炸事件了。到底前面发生了什么事故，波尔的视线沿着单索的铁色轨道向前望去。在巨响引起的耳鸣恢复之后，赫然出现在波尔眼前的就是自己所在的工作单位：上海环科研究所。"FUCK！"在骂了一声之后，波尔立即语音指示单索继续前进，并开启了自我保护模式。单索立刻启动前进，一点点近了，近了，终于看清了，未散开的烟雾还环绕在漂浮楼的周围，里面好像听见了一个女人的呼救声，"坏了，是南莎。"南莎一直是很早到工作的人，在爆炸发生的那一瞬间，虽然大楼已经自动触发了报警机制，但是太慢了，还是太慢了。单索在波尔的语音指令下，自动镀上精钢铝的外壳快速冲进火场。"NANCY, DON'T WORRY, I'M COMING."在穿过扑过来的三层烟雾后，红外线定位到南莎的位置，研究所里一片狼藉，南莎一边咳嗽一边朝他招手，单索在脱离轨道自用后只有十分钟时间。"波尔，波尔，Here，Here。"心急如焚的波尔立刻扯开安全带打开了舱门想奔向南莎，冷不丁被突然袭来的一股烟气呛得一阵咳嗽，没顾着眼泪被烟雾熏得哗哗流下来，一只手捂着口鼻，一只手死死拉住南莎往单索方向过去，就在两人距离舱门一步之遥的时候，一个闪烁的红色身影朝他们扔了一个榴弹状物体。波尔立刻反手推了南莎一把，自己跌到单索的右侧，而就在他们刚在的地方，爆炸开了一朵硕大的红色花朵烟雾，将合金地面生生地洞穿。

波尔脑子里的最后一个画面，交织着诡异的红色和柔亮如天使羽翼般的白色光亮，她看见南莎被红色幻化一点点牵扯进去，南莎的脸痛苦地扭曲着，滴着大颗大颗的血花，而他想要靠近，身体却被一股力量死命地拉扯进后方刺眼的光亮，波尔感觉自己上了一条月光做成的船，全身被包裹、注视、呵护着。当一个人突然在梦里意识到自己在做梦时，无助和恐惧会冲开意识的诱惑和阻碍。"啊，"波尔猛地睁开眼睛，却发现自己在类似太空舱，或者更形象地表述，在一个上半面透明，下半身是合金的"棺材"里。波尔挣扎着想要起来，却发现自己脖颈以下毫无力量。舱里绿色的指示灯突然亮了，一个陌生的声音被输送过来。

"你好啊，波尔，好久不见。"波尔在大脑里检索了一下记忆库，对这个声音印象不是很熟悉，但是好像有点印象。另一个屋里，在落地窗边站着一个人，一身的白色制服，一架银框眼镜，比波尔还要透亮清澈的蓝色眼眸，机敏地泛着一丝狡猾的光亮，他背靠在黑色皮亮的软椅上，看了一眼监视器里的不知所措一脸茫然的波尔，慢慢地转过身，看着在身边恭敬站着的这个美丽女子，红棕色的大波浪卷像波浪一样一倾而泻披在肩膀上，锁骨上有一撇隐约闪烁着银色小十架的光芒。"南莎,干得不错。"女子谦虚地微微一笑,转而对波尔说,"欢迎来到第三方编译。"

第三方编译的一个内部顶端技术是物质引流而成的高度人体思维引流,而人体思维引流的目的是作为整个社会的个体牺牲品,充当工蚁角色。集团上层认为,这是自然选择的过程,也是组织对个人的拣选过程,虽然好像为此蒙上了一层黑化意味的危险,隐含着被选中的个人因为其特殊技能被第三方编译的超级检索计算机"上帝之眼"成功选择,因其巨大的隐秘潜能和生产力,以及非机器类的特性集成神经和思维模式,和其趋向于超级人类的某项指标,在十年一次被拣选的那一刻,这个人,就立即被纳入"第三方编译"的集团计划之中。又因为第三方编译超脱于任何组织和国家,从百年前的环保科技组织衍生生长到现在的全方位的隐秘掌控者,其积累的科技是为当时的政府内人类官员不能窥视到的。

而波尔,则是那个十年轮回下的被选择的高层所谓的"十架战士",在创世之初,救世主的十架背负是穿越了亘古依然闪耀的徽章,成为人类蒙昧未醒之时的银色指引。当关于宇宙和地球自身的秘密,所有被符号化的秘密,在经过亿万次的选择辨析之后,被集合在第三方编译的上层。一块块碎落的,被人们忽视的现象在符号化之后,竟然在不知不觉间拼凑成一个关于终极的真相,关于毁灭,关于重生,关于人类的价值和终极意义,关于分化和留存,甚至关于文明与智慧的另式存在。不确定性是很多,它们密集地随着时间和空间呈现在非线性又非函数的递变、渐变和突变之中。但是,真相只有一个,将所有最难以置信的片状真相描摹之后,最后呈现出来的真相和结果只有一个。而正因为这个结果不够符合千年基因传递后的所有人脑海深处关于完美陨落的构建，所以又是一个挑战啊，一个隐秘而伟大的挑战啊。当光明和黑暗交汇的那一刻，究竟寰宇欢愉的意义以一种什么粒子存在。也许，价值，一定是要通过有价和不能衡量的无价来达到最后的神级揭幕。

波尔喜欢南希，他知道，就是作为一个无比渺小的人的那种喜欢，在淡淡的爱慕和想要占有之间的那种纠缠。就是在可以居家工作，视频联系时代，还要定期去工作室，以各种缘由，像是病态依赖般的，去窥视那一抹红棕色的发丝。在黄昏的时候，无数丝像是末世前的光丝，透过大大的落地窗，照射在南希如瀑的长发上。波尔痴痴地看着，一闪而过的银色光芒落在南希洁白傲然的脖颈上。"波尔，你醒了么？"好像是做了连环不断的梦，波尔感觉到的压抑像是最后一颗糖果被丢掉，落在太阳后面跑的无助的孩子。"南希，你，没事吧。"用尽所有力气组织了语言，最后却是这几个字。

隔着一层合金玻璃，像是割裂了两个空间的联系，一切都显得有些虚无缥缈。坐在形如棺材的观察床里，波尔看着透明光色下的南希，像是看到了远古的雅典娜，带着一丝冷漠和孤高，隐隐地有些陌生。波尔僵硬地抬起一只手，肢体的麻木和隐隐的痛感，给了他一丝清醒。"波尔，你还好吗，恭喜你，成为这个世纪的十架战士。"南希弯下身子，她的声音缓缓穿透了材料的阻隔，像是天籁般传到波尔的耳中。南希按下了红色按钮，舱门缓缓打开，波尔身后的软垫自动变成了椅子——"戴手铐"的椅子，波尔现在的腿部肌肉群被锁定为硬化状态，以防止其在得知任务瞬间失控启动自我伤害模式。

第三方集团的最高指挥者，没有名字，只有代号。他的眼睛里已经植入了电脑的宇宙芯片——这个时代最为隐秘的最为伟大的发明。

是时候开启这个计划了,是时候让人类中的战士起来看看现在的真相了。"波尔,别怕,你是幸运者,是万里挑一被天眼拣选的幸运者,没有人一开始就心甘情愿接受这个任务的,但是从你承认自己是十架战士之后,你的征程将是整个地球甚至整个宇宙的创举,现在,我慢慢说,你慢慢听。"

"你知道吗,唯有宇宙和人类的愚蠢是永恒的,""银框"在黑色软皮椅上交叉着手指,"创世的刹那,一切开始于普朗克时间,人类已知的最小时间存在。当刻钟开始的那一刻十维的宇宙分裂成一个四维宇宙和一个六维宇宙。六维宇宙崩溃,公尺缩小。四维宇宙,即我们今天所在的宇宙则迅速爆炸,此时的温度高达 10 的 32 次方。再往后,大一统作用力崩解。"波尔之前很讨厌听这些虚无缥缈的事,虽然少年的时候望着星空,他涌起过想窥探一切真相的欲望。

"必须承认的事实是:人类的大脑和眼睛,只是为了应付三维空间和四维时空的各种情况下演化出来的,因此它们不具备的便是解析高纬度空间物体的能力。"波尔眨了眨眼睛,是啊,在肉眼极限之外,这个世界到底还有什么样的存在?可这跟自己有什么关系,逻辑颠倒的生活就突然变成了这样。

"所以啊,波尔,一旦人类将所有的作用力整合成一个超作用力,这时会有什么突破?我们能够改变时空的结构,了解宇宙万物的来龙去脉,让物质变得井然有序。控制超作用力后,我们便能任一地组合与改变粒子,制造出前所未有的物质形态。我们甚至能左右空间的维度数,制造出具有不可思议属性的人工世界。我们,将成为世界的主宰。你从未梦想过么?"一席话说罢,"银框"的声音里透着按捺不住的激动,蓝色的眼睛里好像有盈盈的泪光,有些痴迷地看着左上方悬挂的星球图。

"十架战士就是救世主的另一个化身，波尔，我说过你足够有能力去承担这个责任。"这个第三方编译集团的总指挥的声音突然变得柔和起来。爷爷说过，不要妄图拯救世界，不要自不量力去充当毁灭前的最后一根稻草。

波尔张了张口，正要说话，突然几个机器人走过来，波尔眼前一黑，觉得有什么液体被注射进了自己的身体。一大片看不到尽头的暗黑森林里，潮湿的地上蓦地生出许多尖锐的东西，一双战靴被无数双足迹追赶着。从脚腕处流下的血被浸湿进黑色的土地。脚步越来越慢，沉重的喘息声一步步叹进心脏，最后轰然一声巨响，一道银色的十架光芒一闪而过，人重重倒地。"轰！"波尔猛地睁开眼，警惕地环视四周，发现他一个人漂浮在星空之中，没有附着力，就是漂浮着，漂浮着。波尔现在的脑子无比清醒，他不知道他们对自己干了什么，他跟南希在一起的时候，只听见过关于十架战士的只字片语，波尔感到自己的脖子有一些灼热。低头一看，自己的颈间已经嵌入了一个银色十架的印记。

感觉到无数关于伟大事物和微小事物的真理，那种自己了然于胸的感觉让波尔看到自己好像处于造物者的仆人地位。脑海中情不自禁地翻腾着搜索着传说中的终极秘密。终于，到了这个节点。一种对人类的爱和看到真相之后的怜悯从内心深处翻腾而起。是时候了。

所有的高浮材料将会在某一时刻全部化为灰烬，这个事实在建造之初就被毁灭者们成功隐藏，第一集团及第二集团都不知晓。第三方集团也是在集齐了五千万轨道碎片之后截取合成才获知。到全部化为灰烬的时候，天空和大地之间将全都是尸体。高浮材料的充斥扩大了人口容量，伪造了奢华如地面的实在触感。但是在程序建造所给的隐藏设定中，就暗寓了吞噬的力量。像基因密码一样，他存在于毁灭纪年中的背后掌控者撒旦之徒的手中。

第三方编译集团已在波尔的调动下进入了紧急备战状态，全球所有的生化专家和全球计算机博士都在一条条搜索着近万条的反馈信息。而他们充当的只不过是蚂蚁社群中工蚁的角色。而这场战争的重点则是，波尔异于常人的点是什么，是否具备打败并击毁暗黑势力的能力。

"滴滴滴，滴滴滴……"提示音响起，位于北纬二十六度的科研室响起了提示音，所谓第四方的隐匿点已经找到，正在第三方编译集团高层进行破译。显然这又是一个黑洞，所有的科学家都不知道自己为何寻找，迫于悬赏和名誉惩罚的双核压力，才一个个竭尽全力去寻找，或者更怕的是那句，"未寻便是终结"吧。

波尔在中央控制区，已经穿好特制衣服准备到达F区——第四方临时所在地。闭眼，穿越进黑蓝漩涡，再睁开眼的时候，周围一片黑暗。"欢迎你，波尔先生，欢迎和我们一起进入灭亡倒计时。"从上空传来冷冷而苍老的声音，透着声音主人的一丝丝疲惫和抑制不住的期待。"灭亡可以延迟，现在不是时候，"波尔冷冷地说，"把程序设定销毁吧。""我们是设定者，但是更改程序的权限已经自动转移了，所以这一天的时间，你可以去外面和我一起欣赏这世界的凋落，我保证会很美。死亡，尤其是全部的瞬间死亡，是最美的凋落。"第四方的代言人饶有兴味地看着面前这个微小的人，在黑暗中漂浮着，无依无靠。

波尔眉头皱了起来，他听到千万公里之外有东西在坍塌，事情已经刻不容缓了,只要二十四个小时,大地上都将是血色浪花。如果造物主在一开始要创建世界,如果最后的毁灭是救赎,如果并不存在第二个英雄,如果一切足以称得上伟大传世的艺术作品和其他千年的人类智慧结晶,要在今天坍塌,那我们万年的生命是否一开始就是无意义的呢?"十架战士"呵,"十架战士"在自然界的位置到底在哪里?肯定存在这样的意义,所以到底在哪里?波尔在高速运转着自己的大脑。

爷爷的一句话突然闪现在波尔的脑海中——"找不到答案的时候,找自己。""找自己"这句话开启了波尔的思路。波尔立即给第三方编译发去信息,"请完全解构我自己。"完全解构意味着人体和思想粒子的瞬间分离,在瞬间的极痛之下,解密人体内所有的密码。没有人撑得过三秒。根据笛卡尔的理论,人在这三秒内,意识和身体两个基本元将会全部分散。

无数的晶莹粒子瞬间爆炸开来,聚合在人体的轮廓之中。五十个红色芯片在一秒内全部映射着波尔解构之后的粒子,四万四千五十二个大粒子,三万微粒。微粒在解析之后,瞬间组成了一个图案,大哈马星云图,在解析之后赫然出现了!高浮材料的终止程序和波尔自身的自毁程序竟然被绑定了!计算机截取了其中的信息程序和密码,两秒之后,波尔形体和精神重组,科研组把结果告诉了他。

"那就这样吧,南希的爱我没得到过,我人生也只过了短短二十年,有很多事我还没经历就提前知道了,其实我不想知道的,如果我有选择的话,我不会当十架战士。但是大自然给了我这个机会,他让我用毁灭证明我自己的存在。在被印上十架之时,我洞悉了宇宙,最后洞悉了自己。我问过我愿不愿意拿我自己换这个世界暂存几十年,现在我觉得值得，因为当你真正活过，你就会觉得死亡对你才是重生。"在知道结果的刹那，波尔就按下了程序，启动了毁灭键终止了自己的生命。无数粒子在三秒之后消散殆尽，只有在他脑海里打出的这篇字，是他最后对这个世界说的喃喃细语。

"银框"和南希站在屏幕前，看着波尔一点点地涣散殆尽。南希说："其实他不知道我爱过他，真的爱过，在他驾着单索来之前，甚至在他以为我不喜欢他之前。但那天我就知道了他是十架战士，终究不能只为我而活。""银框"看了南希一眼，南希的红色头发还是一如既往的鲜艳，只是多了两丝银发。远处的轰塌声没了，世界恢复了平静。有的人甚至不知道"他"不在了，默默无闻，隐忍伟大。

波尔在最后一刻，又想到了爷爷的话，"消失是另一种方式的存在"。波尔的手再也触摸不到实体世界，他只是比了一个肉眼看不到的胜利手势。

其实，"十架战士"的永恒在于，在宇宙间将形体化为理念的永恒，在多维度间存在维持着隐秘的救赎和正义。战争已结束，十架的轮回还未结束。